O Cafezal

JOSÉ CELSO DA CUNHA

O Cafezal

ROMANCE

LETRAMENTO

Diretor Editorial | Gustavo Abreu
Diretor Administrativo | Júnior Gaudereto
Diretor Financeiro | Cláudio Macedo
Logística | Vinícius Santiago
Preparação e Revisão | Lorena Camilo
Projeto Gráfico e Diagramação | Luís Otávio Ferreira
Capa | Luís Otávio Ferreira, a partir da pintura sobre tela: "*Rubião, o calango do cafezal*", da pintora mineira Valquíria Faria de Barros.

Referência para citação

CUNHA, J. C.da . *O cafezal:* romance Belo Horizonte(MG): Letramento, 2017.

Dados Internacionais de Catalogação na Publicação (CIP)
Bibliotecária Juliana Farias Motta CRB7- 5880

C972c Cunha, José Celso da, 1950-

O cafezal : romance / José Celso da Cunha . -- Belo Horizonte(MG): Letramento, 2017.

336 p.; 23 cm.

ISBN: 978-85-9530-036-1

1. Romance brasileiro.I. Título: romance

CDD B869.3

Belo Horizonte - MG
Rua Cláudio Manoel, 713
Funcionários
CEP 30140-100
Fone 31 3327-5771
contato@editoraletramento.com.br
editoraletramento.com.br
casadodireito.com

Grupo Editorial LETRAMENTO

À minha mãe, Benigna Augusta da Cunha, (Nidinha),
que completaria 100 anos em 10 de setembro de 2017.

1

Eu não me cansava de ir e vir naquele terreiro de secagem de café, para frente e para trás, revirando tudo e recomeçando a mesma trajetória, fazendo novas fileiras paralelas. Gostava do cheiro agridoce que despertava do chão e subia como vapor de chaleira até senti-lo quente no meu rosto, quando revirava os grãos de café, ainda úmidos pela geada da madrugada, que jaziam em contato com o piso frio cimentado do terreiro. A umidade, vaporosa, parecia surgir das entranhas do chão, sob os meus pés.

"Infiltra da terra e vem para cima", disse certa vez o Patrão, quando pegou com a mão esquerda um punhado de café e o levou até o nariz para cheirar. O que sempre fazia quando o sol começava a aquecer as primeiras camadas de café em coco, com casca, secando ao sol no terreiro cimentado da fazenda, permitindo que o vapor ascendesse e despertasse nele o cheiro preciso que esperava sentir. O Patrão era canhoto. Sua mão direita, como dizia o Tonho, "serve só mesmo pra ele dar bom dia e virar a chave da caminhonete". A mesma velha caminhonete que um dia me levou ao hospital, na cidade, quando fui operado do apêndice e quase morri.

O Patrão, na época da secagem do café, num momento preciso da manhã que somente ele sabia determinar, se abaixava e colhia um punhado possível de grãos ao sol, apertava-os com a mão esquerda, criando atrito que fendia as cascas e despertava "aromas", como ele dizia. Depois, num gesto pensado, leve e vagaroso, abria a mão e cheirava aquela munha de casca e de grãos, toda amassada, e fechava os olhos por uns segundos para experimentar melhor o que esperava perceber. Eu não sabia o que ele, diferentemente dos outros, conseguia alcançar naquele gesto porque não falava nada, não mexia com um só nervo do rosto. Não dava para compreender no primeiro momento o que ele alcançava. Sua testa, afundada no chapéu, ficava escondida sob a aba larga e pendente, de tal forma que nem mesmo suas sobrancelhas esbranquiçadas eram percebidas mexer nesse momento.

Por vezes experimentei sentir esse aroma diferente ou mesmo especial que imaginava se desprender dos grãos amassados naquele gesto do Patrão, pois me agradava conhecer do café um pouco mais do que interessava à maioria das pessoas da fazenda. O que o Patrão notava quando cheirava o café amassado e comparava com algum outro aroma que tinha na memória, eu ainda não compreendia. Entretanto, acreditava que ele buscava identificar de que parte da lavoura aquele punhado de café teria sido colhido, para seu registro da memória, dado que de vez em quando ele me perguntava sobre a origem daqueles grãos.

Mas não era só para isso. Apesar de perceber existir alguma diferença no que ele intuía naquele momento, eu tinha esperança de que mais cedo ou mais tarde eu também acabaria por reconhecer. Às vezes eu olhava de onde ele tirava o punhado de café no chão do terreiro para avaliar o aroma. Arreparava bem para não repassar o rodo sobre o local escolhido por ele para tirar a amostra que avaliava na expectativa de fazer a mesma coisa quando ele não estivesse mais por perto. Queria experimentar o que o Patrão percebia naquele gesto.

Depois de cheirar esse punhado de café esfregado na sua mão esquerda, ainda misturado, uns mais secos outros menos, ele abria aqueles olhos grandes e claros, sob as sobrancelhas largas e esbranquiçadas, como pelo de gato pardo, que ainda se podia ver rente à aba do chapéu. Por um instante ficava assim, parado como a olhar para dentro em busca de alguma resposta escondida. Em um momento impreciso, piscava suavemente os olhos e os fechava lentamente, sem apertá-los sob as pálpebras. Em seguida os abria novamente no mesmo movimento, deixando entrar vagarosamente a luz da manhã, enquanto olhava para o horizonte em direção ao sol. Nesse momento eu achava que conseguia compreender um pouco daquilo, ao perceber seus olhos fixados muito além dali, mas que sua mente trabalhava para identificar o que pretendia. Eu percebia pelos seus olhos se ele tinha gostado ou não do que encontrara naquele punhado de café esfolado em sua mão esquerda. Nesse momento, o sol clareava forte quando nascia sobre a porteira, entre o muro da Tulha Velha e o ipê amarelo, ainda sem as flores que no fim de agosto brotariam.

Ele olhava, assim, com os olhos voltados para a serra, para além de tudo que a gente comum podia imaginar. Eu procurava não observar de frente o rosto dele nesse momento, pois ele certamente perceberia o que eu estava fazendo: lendo nos olhos dele o que ele ainda não podia ou não queria revelar...

Não sabia o que ele procurava distraidamente no horizonte, mas sei que não estava no morro o que interessa ver. Nem mesmo na lavoura ou mesmo em nada daquilo que se enquadrava daquele lado da fazenda, e certamente nada ali na frente lhe interessava naquela hora, mas o que observava muito além da percepção dos olhos. Sei que ele via alguma coisa associada ao que decompunha do cheiro que se desprendia do café quando elevava tudo esmagado até suas narinas vermelhas abertas em cadência, como fole de ferreiro, sorvendo aromas indescritíveis do café ainda em grão.

Mas o Patrão olhava e olhava de novo, e pensava alguma coisa com o semblante sereno, e voltava a cheirar aquele punhado de grãos que ainda trazia preso à mão. Tudo isso acontecia num breve momento. Era muito rápido, mas eu desacelerava o tempo e percebia muita coisa naqueles movimentos e gestos, como sentimentos e pensamentos que passavam devagarzinho. Nada me escapava nessa ocasião especial em que via o Patrão cheirando o café em coco apanhado no meu lado do terreiro. Queria sentir o que ninguém sentia ou mesmo percebia como ele naquela fazenda. Por isso ele olhava para longe dali, mas inspirado em alguma coisa que aprendeu naquele lugar; naquela posição do outro lado do terreiro, olhando acima da cumeeira da Tulha Velha. Mas ele olhava, e tenho certeza de que via alguma coisa além do monte, mas não com os olhos; via com o sentimento, com o improvável que carregava com ele, escondido com ele e que ninguém percebia. Nem os passarinhos ou mesmo o Rubião, o meu amigo lagarto que espreitava tudo de cima do muro da Tulha Velha.

Nesse momento, enquanto ele analisava o café e olhava para longe, ninguém que estava por perto falava qualquer coisa. Todos paravam o que estavam fazendo. Paravam o rodo, as rodas do carro de bois, e as vezes coisas que a gente nem mesmo imaginava ter parado por estar entretido no que fazia o Patrão. Nem mesmo o galo cantava, parece.

Eu, sempre muito perto nesse momento, ficava a admirar o que iria acontecer. Esperava ali, parado, apoiando o cotovelo direito na ponta do cabo do rodo que segurava de lado, sob o meu comando, mas ele, o Patrão, olhava mesmo é para bem longe daquele lugar. Ele conhecia muito além do que existia atrás da serra. O meu Patrão, como ele mesmo dizia: "conheço o mundo". Devia conhecer mesmo, pois ele já era assim, desse jeito, quando o vi pela primeira vez. Não sei quantos anos ele tinha. Devia ser muitos anos. Muito mais do que o Tonho tinha, muito mais do que dois Tonhos juntos, somados num papel de fazer contas.

O Patrão me olhou pela primeira vez com aqueles olhos claros, com a testa franzida debaixo do chapéu, quando eu ainda era menino, muito criança ainda, e quase não sabia andar. Sem uma palavra ele se aproximou de mim. Acho que a minha cabeça chegava ao máximo na altura do seu joelho, que devia ser muito branco por debaixo daquela calça larga de cáqui que nunca tirava. Nem sorriu, mas também nem fez cara feia debaixo do chapéu que também nunca tirou. Lembro-me bem daquele dia. Eu era mesmo muito pequeno, pois para pegar na minha mão, também muito pequena, ele teve que se abaixar até à minha altura. Curvou-se muito, tanto se abaixou que parecia tombar para cima de mim. Senti que o vento trazido com a sua descida, naquele gesto repentino, fez as folhas da roseira, ao lado, balançarem, e só podia mesmo ser o vento, pois não escutei nenhum esbarrão do pano da sua camisa roçar aquelas folhas. Sei que me afastei um pouco, com medo de ele me cair por cima. Dei um passo para trás e parei assustado com os olhos arregalados e presos nos dele.

De frente para ele, olhando para os olhos dele, assim tão de perto, aguardei o que aconteceria em seguida. Fiquei assustado, mas apesar de muito miúdo, fiquei firme quando ele pegou na minha mão pequenina e a sacudiu levemente com muito cuidado. A aba do seu chapéu roçou o meu nariz, fazendo uma coceira, que no mesmo instante me permitiu sentir o cheiro dele, que parecia vir de trás, das costas. O mesmo cheiro que carregava sempre com ele: o cheiro do Patrão.

Fazia sol, fazia chuva, fazia frio ou calor, de manhã, de tarde ou mesmo de noite, era sempre aquele mesmo cheiro que carregava, quando ficava ou quando passava. Onde permanecia por muito tempo, ficava o rastro do cheiro dele. O Pagé, o cachorro malhado do Patrão, que ia sempre de companhia para aonde quer que ele fosse todos os dias e todas as noites, não tinha problemas para encontrá-lo quando queria.

"A raça do Pagé, o cachorro do Patrão é certa perdigueira". Foi o nome que ele disse para o Tonho quando o cachorro era ainda muito pequeno e balançava o seu rabinho duro ao acompanhar o Patrão nas visitas que fazia todas as manhãs às lavouras da fazenda.

A Madrinha falou uma vez que o cheiro do Patrão vinha de um vidro de colônia do estrangeiro, um tipo de perfume que ganhou do pai dele há muitos anos, quando era ainda muito pequeno. Isso, desde quando a Madrinha era moça e nem se lembrava de quando teria sido. A mesma colônia que ele sempre compra quando passa uns tempos fora, na Capital, segundo ela que trabalhou na casa da fazenda por muitos anos. Ficou lá até o dia em que teve de vir para a nossa casa cuidar da minha mãe que parecia estar morrendo, pois, segundo disseram, não duraria nem mais uma semana.

A Madrinha, há muitos anos, conheceu a família dos pais do Patrão, como também seus irmãos, depois a mulher, e os dois filhos do casal quando vinham à fazenda com a mãe, mas depois se mudaram definitivamente para a Capital.

"Eles não qué sabê da fazenda", dizia, completando: "Puxaro a mãe que também vinha pôco por aqui". Quando conheci os filhos do Patrão, ainda que de longe, eles já tinham se casado há muitos anos também. Raramente vinham até à fazenda. Geralmente ficavam na casa da cidade onde se encontravam com o pai de tempos em tempos.

Os dois moravam na Capital, mas todos eram muito mais velhos do que muita gente que trabalhava na fazenda. "Onde moram tem muita gente, muita agitação e por isso mesmo eu sei que nunca iria gostar de um lugar como esse", pensava. Ou ainda, "porque eu não gosto também de carro".

Na verdade, tinha muito medo de carro... De ônibus, nem se fala! Preferia andar a pé a pegar um ônibus. Desde quando um ônibus perdeu a barra da direção e se revirou na ribanceira, na serra perto do Distrito de Gameleira, matando todo mundo, eu nunca mais quis andar de ônibus... "Mas eu acho que um dia eu acabo me acostumando", pensava.

Eu era muito miúdo quando o Patrão me viu pela primeira vez, no dia quando eu senti o cheiro dele, da aba do seu chapéu encostando-se em meu nariz. Ele não falou nada, naquele momento, somente me olhou como olha sempre um bezerro novo que nasce lá na cocheira ou no curral. Apenas soltou um raspado na garganta, igual fazia o Pagé, o cachorro malhado – de rabo esticado e atento – quando percebia algum bicho distraído saindo do brejo, na beira da mata.

Ao me ver de perto, naquele momento, o Patrão disse: "Mais um menino". A minha Madrinha me falou que – na verdade –, eu não deveria me lembrar desse dia, pois eu era muito pequeno e nem sabia andar direito, dado que ainda eu não tinha completado um ano de idade. "Mas eu me lembro, sim, Madrinha", eu dizia desse jeito para ela, quando negava a minha lembrança. Recordo, como se fosse hoje, o dia em que senti o cheiro que vinha do chapéu do Patrão no instante em que vi de perto aqueles olhos grandes e claros a me olharem de frente; foi na beira da bica, no fundo da nossa casa, onde a Madrinha punha a minha mãe assentada na cadeira de rodas, enquanto lavava as roupas da casa. Depois, virando para trás, já de saída, sem nada para falar, passou a mão na cabeça da minha mãe e foi-se embora. Não me lembro de sua presença na varanda da cozinha lá de casa em outras ocasiões.

A minha mãe, assentada de frente para a bica, me olhava com os olhos bons. Eu me lembro disso porque foram muitos anos desse jeito. Ela não dizia nada. Não falava nada, e nada sentia, aparentemente. Mas seus olhos sim, eles me falavam tudo o que eu queria saber. Eles me olhavam com ternura e me diziam: "filho eu gosto muito de você! ". Os olhos da minha mãe, que eram pretos iguais aos meus, falavam comigo, mas ninguém sabia disto, pois da primeira vez que tentei falar a respeito com o Tonho, muito tempo depois, ele não acreditou. "Deixa disso menino, que coisa esquisita", dizia. "Reza pra ela, só isso", continuava, quando percebia que eu falava sobre os olhos dela conversarem comigo.

Então, depois desse dia não falei mais sobre os olhos da minha mãe com ninguém, pois se nem mesmo o Tonho acreditou nisso, sendo ele o mais inteligente de todos na fazenda, como é que os outros iriam entender que minha mãe falava sobre tudo comigo através dos olhos, ou que ela percebia o que eu lhe falava e me respondia? Fiquei calado depois do dia que o Tonho me mandou rezar. Tive o apoio da minha mãe nessa minha decisão. Ela afirmou com os olhos que não adiantava insistir, pois ninguém iria mesmo acreditar.

Assim, quando eu conversava com ela sobre os meus problemas de menino, ou sobre o que havia acontecido na escola, no início, ou do medo que eu tinha de fazer as necessidades do lado de fora, na casinha, durante a noite – por causa do mão pelada ou de aparição na mata –, ela me dizia com os olhos que velaria por mim, que iria cuidar de mim sempre, por toda a vida, e que eu poderia fazer as coisas, brincar como qualquer outra criança, na fazenda ou na escola; ir a qualquer lugar, a qualquer hora sem ter medo de nada. Mas, caso eu não quisesse, não era preciso contar para ninguém sobre a nossa conversa. Assim, da mesma maneira que os meninos e as meninas conversavam com suas mães, eu também conversava com a minha. E ela também sorria e se sentia feliz com os olhos quando estava perto de mim, só não me pegava, abraçava e beijava, porque não podia. Se pudesse, eu sei que era isso o que ela faria na mesma hora, não esperaria um minuto sequer. Disso eu tinha certeza. Mas eu já me acostumara com ela assim. Acho que seria esquisito se ela pudesse se mover e me abraçar com os braços de verdade. Seria muito estranho, pois eu nunca a vi se mexer, nem virar a cabeça, nem balançar as pernas, nem cantarolar as músicas que a gente escutava no rádio, como a minha Madrinha. Mas ela me entendia e eu a entendia também, ela conversava comigo e me amava muito; disso eu tinha mesmo certeza.

Algumas vezes eu sonhava que ela estava me abraçando em seu silêncio. E eu podia sentir a maciez do seu colo, que era quente, diferente da pele fria que se percebia ao lhe abraçar. Assim mesmo, ela não falava nada. Até hoje eu sonho do mesmo jeito. Para saber o que ela queria me dizer – comigo em seus braços que me abraçavam–, eu precisava olhar para os seus olhos, pois não expressava nada com a boca, sempre com os olhos. Aqueles olhos pretos como os meus. Eu acho que puxei a minha mãe nos olhos. São olhos bons, como dizia a minha Madrinha.

A Madrinha gostava de me ver ao lado da minha mãe. Ela até falava disso com as pessoas que apareciam pela redondeza e entravam em casa para uma visita, ou mesmo para dizer bom dia, numa conversa de passagem na varandinha da sala, sem mesmo entrar, quando aceitavam apenas um golo d'água da moringa. Na última festa de São João, em que minha mãe ainda estava em casa, a Madrinha comentou sobre isso com as amigas. Lembro-me que nesse dia – ou mesmo nessa noite fria como em todas as noites de São João daquele tempo –, a minha professora, a Dona Regina, veio também à festa na roça quando trouxe com ela os meus colegas de grupo, vigiados pela Piedade, a servente da escola. Como eram muitas, as crianças vieram com ela fazendo bagunça em cima da carroceria do caminhão que transportava latões de leite durante o dia.

A minha Madrinha falou com a Dona Regina sobre como eu gostava de ficar ao lado da minha mãe, conversando baixinho com ela os meus problemas e sonhos. Mas, de vez em quando, quando eu estava perto da minha mãe, na bica ou mesmo na hora da comida, dentro da cozinha, eu observava a minha Madrinha que parecia incomodada. Isto não era sempre assim, só algumas vezes quando ela estava com a cara um pouco amarrada, sei lá por quê. Talvez estivesse cansada. Parecia que ela tinha ciúmes da minha mãe, e, na mesma hora, sem mais nem menos, me pegava no colo e me dava beijos e falava que também era minha mãe, pois, como ela mesma dizia, "Madrinha é a que fica no lugá da mãe quando a verdadeira vai embora". Mas a minha mãe nunca tinha ido embora até a noite em que ela foi mesmo para sempre. Eu não compreendia, então, o que ela queria dizer com aquilo. Eu acho que nem mesmo o Tonho saberia dizer, se fosse com ele.

De qualquer maneira, a minha mãe estava sempre por perto, sabia das coisas que aconteciam ao seu redor, apesar de não ser mais percebida por ninguém, pois a partir de certo tempo ninguém mais conversava com ela; nem contava mais casos para ela, pois ela, no seu estado entorpecido, aparentemente não participava das conversas. As pessoas, parece que se cansaram. Tudo ficou de uma maneira simplificada como se minha mãe não existisse mais. Parecia que era mais fácil assim, pois ninguém mais sofreria se o caso dela não fosse mais lembrado, ou comentado. Mas ela existia, pois estava lá todos os dias, na bica, na cozinha, no quarto e mesmo na sala ou na varanda. Onde quer que fosse necessário, para que ficasse ao nosso lado, lá estaria ela, trazida ou levada em sua cadeira de rodas. Não reclamava nem se aborrecia com nada, permanecia sempre ali, acompanhando as pessoas que a cercavam com os olhos pretos como os meus. E não dava trabalho nenhum.

A Madrinha, que já era velha, às vezes ficava cansada de ajeitá-la na cadeira, de tirá-la da cama e de novo voltar com ela para a cadeira, de colocá-la novamente na cama, empurrar, dar banho na bacia, comida na boca, limpar a sujeira que ficava num penico escondido debaixo da cadeira da minha mãe. Tudo isso, certamente, cansava a minha Madrinha, mas ela nunca reclamava. Ela nunca dizia que estava cansada. O Tonho é quem falava que ela estava se cansando muito, "a olhos vistos", segundo ele, e que a pressão dela podia subir e causar um problema de "derrama", ou coisa assim, era isso que eu escutava quando era pequeno. O Tonho que nunca deixou faltar nada em nossa casa, como provedor, sempre ajudou com seu trabalho e sua presença. Era um homem de pouca prosa, sabia ouvir mais do que todos na fazenda e "não jogava conversa fora", como diziam sobre ele, sobretudo os amigos, como o Tião. Mesmo em casa economizava palavras, mas nunca fugiu de responder sobre o que quer que fosse discutido em família, seja indagado por mim ou pela Madrinha.

Mas, na minha percepção de criança, o Tonho e as pessoas da fazenda estavam ficando velhas. Somente o Patrão não envelhecia mais, além do que já envelhecera, porque parece que não tinha jeito de ficar ainda mais velho. Continuava o mesmo, do seu jeitão especial dentro daquela calça cáqui, os cabelos brancos, os olhos claros, feitos de uma mistura de azul com verde e cinza, como folha de embaúba sob o sol do meio-dia.

Quando eu estava sozinho, em casa, fazendo as tarefas da escola, eu ficava sempre ao lado da minha mãe. A princípio, era porque a Madrinha me pedia. Depois, quando aprendi a conversar com os olhos dela, eu ficava a seu lado para capturar aconselhamentos vindos do seu olhar. Somente eu falava, mas sem pressa e com cuidado para ser bem compreendido. Eu também ouvia ou mesmo percebia os olhos da minha mãe conversando comigo, como se falasse com a boca. Não falava com ninguém através dos olhos como para mim. Nunca compreendi por que ela não comunicava com os olhos com as outras pessoas. Nunca pude saber por que ela falava apenas comigo. Nunca me deixava sem respostas. Eu cresci assim, menino da roça, tendo o olhar da minha mãe que me acompanhava e me dava conselhos e minha Madrinha que me criou, como se fosse outra mãe, além do Tonho que esteve sempre presente.

A minha Madrinha, apesar de velha, mesmo caminhando com dificuldades, nunca me abandonou. Acho que ela me criou como só uma boa mãe pode criar um filho, pois a minha não tinha braços para me abraçar, nem calor nas mãos ela tinha. Nem no peito, que era frio, apesar de macio, pois quando eu encostava minha cabeça em seu peito eu sentia o quanto era frio. Minha Madrinha era diferente, talvez por ser mais gorda. Ela tinha o peito quente que eu sentia sempre quando me apertava. Quando eu me achegava ao colo da minha mãe, de pé, ao lado da cadeira de rodas, encostando a cabeça nele, procurando algo quente para me ajeitar e não encontrava, eu percebia que ela fazia um pequeno movimento com a cabeça. Nesse momento, quando a gente estava a sós, eu sentia que o seu queixo se encostava levemente sobre a minha cabeça em sinal de carinho, mas, devagar, pois ela não mexia nada depressa. Nem a boca para falar, nem as mãos que ficavam sempre fechadas – como numa figa de madeira apertada, com o dedão enfiado entre o indicador e o dedo médio – mexiam. Ela movia muito pouco os braços, quase nada; enquanto as mãos continuavam sempre fortemente fechadas, a ponto de cortar a palma da sua mão, que sangrava e inflamava sob a força dos seus dedos, quando cresciam as suas unhas. A mão esquerda, também em figa, mexia menos.

Ela não gostava que o Tonho fumasse, nem a minha Madrinha. Ela tinha medo dele ficar como ela, entrevada de "difrusso do peito", como diziam os mais antigos. Eu percebia que ela não gostava. "Mas nada tirava o Tonho do pito", pensava. Gostava de um cigarrinho de palha depois do café, seja de manhã ou mesmo depois do almoço. E, por causa dela, ele não fumava mais em outras horas. Ela apenas tremia a mão esquerda, como um chocalho, quando via o Tonho fumando um cigarro de palha que acendia no fogão de lenha da cozinha. Ele tirava o chapéu e baixava o rosto até o tição mais próximo, na boca do fogão.

O Tonho era um homem magro, de meia altura, cabelos lisos e pretos com a barba sempre por fazer. Era um bom pai. Tinha um olhar sincero e confiável, que escondia sob a sombra da aba do chapéu de palha que nunca tirava, mesmo à noite. "Mais tinha o vício do cigarro", como dizia a minha Madrinha, sempre quando o assunto era doença trazida pelo hábito de fumar, repetindo o que os médicos comentavam de vez em quando sobre o fumo, na Rádio Nacional.

Para completar, a Madrinha não gostava que ele tirasse lenha com brasa na ponta para acender o cigarro de palha, pois caía na base do fogão, já limpo de barro branco recém passado. O barro branco era a tinta branca da roça que ela passava do lado de fora do fogão para deixá-lo limpo depois da janta, todos os dias, formando uma superfície lisa e arredondada nas quinas, com o passar dos anos. Era uma espécie de calda grossa, cinza claro, de um barro que dava num brejo, perto do Córrego das Pedras, no caminho da fazenda até o Distrito de Gameleira. Depois de espalhada no chão, paredes ou fogão, com uma brocha de pano velho, a pintura ficava branca como a cal depois de seca. O Tonho, a pedido da Madrinha, é quem buscava o barro quando acabava. Ele fazia pelotas do barro branco, do tamanho de abacates grandes; colocava tudo em dois balaios de esteira que trazia presos na cangalha no lombo do burro até em casa. Fui com ele muitas vezes buscar barro branco, mas ele preferia ir sozinho. Pedia que eu ficasse em casa e ajudasse a Madrinha, pois na volta o burro não conseguiria trazer todo mundo mais os dois balaios cheios de pelotas de barro.

Para acender o cigarro de palha na cozinha, sem ter que ouvir coisas da Madrinha, o Tonho tinha então que chegar o rosto com o pito "nos beiço", como ela dizia com a cara fechada, até à boca do fogão para buscar o fogo. No momento em que o Tonho queria acender o cigarro desta maneira, eu percebia que a mão esquerda da minha mãe tremia e os seus olhos ficavam tristes. Mas era uma tremura rápida, que passava como passam as coisas que nos afligem, ou nos maltratam de vez em quando e vão-se embora. Ela ficava triste, simplesmente, sem poder se manifestar para os outros, com gestos ou com palavras da mesma forma que fazia comigo com o seu olhar.

Certa vez, o Tonho soltou um grito e se afastou do fogão como se tivesse visto o diabo lá dentro. O fogo de repente aumentou, como quando caía gordura quente de fritura sobre as brasas e por isso ele até queimou as pestanas dos olhos; queimaria muito mais se não tivesse sido esperto e se afastado de repente para trás. Queimou também, naquele dia, o bigode ralo que tinha na época e a sobrancelha do olho direito. Ficou esquisito com a cara limpa. Depois teve que raspar o bigode, porque ficou descompensado com a queimadura, mais ralo de um lado do que do outro. Ficou com a cara engraçada, o Tonho sem o bigode. O Patrão assim que o viu, achou graça e perguntou se ele tinha "perdido o pelo comendo tição".

"Não suje o chão, Tonho. Acende o pito direto no fogão, homem, ou então vai lá pra fora...", ela falava assim para ele. Dizia e voltava para o seu canto na cozinha, assentada no banco de madeira, com uma xícara esmaltada cheia de café à mão, enquanto aguardava hora para colocar a minha mãe na cama para descansar um pouco, depois do almoço. Ultimamente era sempre o Tonho quem a colocava na cama depois do almoço. A minha Madrinha não podia mais, estava escadeirada, como dizia, e não tinha mais forças para isso. Cuidar da casa, empurrá-la na cadeira, fazer comida, levar marmita até à lavoura, limpar e cuidar de outras coisas como lavar roupas, tudo isso era função da Madrinha, mas colocar e tirar a minha mãe da cama era só o Tonho quem fazia, porque somente ele conseguia naquele tempo.

Eu apenas acompanhava aquilo tudo enquanto segurava a cabeça dela para não pender para trás, pois achava que minha mãe não gostava de ter a cabeça virada daquele jeito. Ela falou comigo sobre isso, com os olhos. Depois, quando já estivesse mais bem acomodada no travesseiro, com a cabeça virada para fora, me olhando com aqueles olhos pretos, eu pedia ao Tonho que me deixasse cobri-la com a colcha de algodão tecida pela Madrinha. Ele sempre deixava que eu fizesse aquilo, depois de me dar um tapinha na cabeça, de brincadeira. Eu tirava os chinelos de pano dos seus pés e os colocava em cima do tapete que ficava ao lado da mesinha do espelho e da imagem de Nossa Senhora Aparecida. Era um espelho desbotado com a moldura vermelha de madeira, pregada na parede. Era o único espelho da casa, já um pouco velho, desgastado, aonde a Madrinha conferia como ficou o rosto quando terminava de enrodilhar o cabelo nas cinco voltas do seu coque, no alto da cabeça. O cabelo dela, que ela nunca cortava por causa de uma promessa, quando solto, batia abaixo da cintura.

Em cima da mesinha, que tinha uma só gaveta, havia sempre um bule esmaltado velho, sem tampa, cheio de flores e rosas brancas na frente da estampa da Nossa Senhora Aparecida. Segundo a Madrinha, minha mãe gostava muito de rosas brancas e era devota da santa.

Com a minha mãe deitada, a colcha de tear já colocada sobre os seus pés, eu me assentava ao lado – entre a cama da Madrinha e da minha mãe –, num banquinho de madeira forrado de couro de cabrito que o Tonho fez para mim, eu pegava um livro da escola e lia para a minha mãe. Sei que ela gostava desse momento em que eu lia alguma coisa para ela, pois, num certo dia ao chegar da escola, ela me contou com os olhos que também gostava de ler, assim como eu. Mas que sabia e tinha certeza, mesmo antes de eu nascer, que o seu filho iria aprender a ler bem e se interessar pela leitura de coisas importantes. Eu ficava ali ao lado da cama, lendo para ela as histórias do meu livro da escola, sobre a raposa e as uvas, ou do carvalho e a taboa, que ela mais gostava pois havia muita força no que parecia ser tão frágil. Eram histórias que a professora de vez em quando lia de um livro ilustrado, escrito em francês, como também as aventuras da Emília, o saci e a Dona Benta, assim como outras histórias bonitas de criança. Apesar de leituras infantis, minha mãe bem que gostava, pois me falava, com os seus olhos bons e pretos, que sentia muito orgulho de mim, até adormecer.

2

O Tonho era atencioso com a minha Madrinha e nunca falava um não para ela, nem de brincadeira. Mas também, ela não abusava de sua boa vontade. Ele pedia a benção dela em todas as manhãs quando levantava, antes do galo cantar, mesmo depois de velho. Quando o Tonho saía para usar o banheiro que ficava no terreiro, ainda sem o claro da madrugada, já estava a Madrinha ao lado do fogão de lenha com o café coado e uma broa de fubá, assada no forno, que o Tonho comia com a boca boa. Ele gostava também de biscoito frito que ela fazia dia sim, dia não, e de um ensopado de mandioca de manhã, antes de tomar o café com broa.

"Isto dá sustança", dizia o Tonho, limpando a boca com a ponta da toalha da mesa que pendia sobre suas pernas, do seu lado da mesa de quatro lugares. A Madrinha não gostava que ele fizesse isso, "limpar os beiço na toalha, limpinha", como bem dizia. Mas também não brigava. Se sujasse muito, e isto sempre acontecia no decorrer da semana, ela punha para lavar aquela toalha, só isso.

Ainda cedo o Tonho saia e tratava de apartar as vacas no curral para tirar o leite, com a ajuda do vaqueiro, responsável pelas vacas leiteiras e do carro de bois, como se dizia na fazenda. Havia outro, mas que ficava mais longe e cuidava do gado de corte, próximo da Mata Grande, a duas léguas da nossa casa. Depois que ele ficou mais velho, e quando eu não ia mais para a escola da Dona Regina, ele me chamava para ajudar na tirada do leite. Não havia muitas vacas, pois, o Patrão não gostava de gado de leite. Só umas tantas para o gasto da fazenda. O leite que sobrava – dois ou três latões de vinte litros –, era levado no lombo do burro até o trevo da estrada, perto da minha escola, onde ficava um abrigo com duas tábuas, servindo de prateleira para os latões. Mais tarde, mas ainda muito cedo na manhã, os latões eram recolhidos pelo caminhão de leite, quando o vaqueiro, depois de ter recebido um comprovante de entrega, retornava com outros dois ou três iguais, vazios, para a fazenda.

Como a minha mãe sempre machucava a palma das mãos com as unhas, quando cresciam, por causa da figa apertada que fazia com os dedos, a Madrinha cortava suas unhas, todas as semanas. Mesmo se elas não estivessem crescidas, desde o último corte. As minhas também ela cortava, logo em seguida, mas somente depois que eu lavava bem as mãos lá na bica do lado de fora da casa. Ela me obrigava a lavar as mãos, sempre. Dizia que era mais "ingiênico". Também, "que minhas unhas eram duras como um cavaco de braúna". E por isso mesmo eu deveria lavar as mãos e molhar bem as unhas para que elas ficassem bem limpas e macias para serem cortadas. Ela contava que era para aproveitar e fazer uma faxina geral nas unhas da casa. Somente as do Tonho ela não cortava. Ele não gostava de proximidade com as pessoas, era arredio igual à jaguatirica, aquela oncinha malhada com listras no pescoço, arisca como só.

O Tonho, do seu jeito calado e retraído, nunca gostou que ninguém pegasse em suas mãos, nem para dar bom dia. Quando podia evitar, não cumprimentava as pessoas de perto, até mesmo o Patrão, que já conhecia o seu jeito arredio e não se importava com isto. Acho que o Tonho não gostava de mostrar suas mãos grossas e calejadas de trabalho, para não passar vergonha como quando era moço e puxou uma moça para dançar. Não houve nada que pudesse justificar sua atitude desconfiada, mas, segundo o Tião, seu melhor amigo, ele ficou ensimesmado, pois pensou que ela não havia gostado dele por causa da aspereza das suas "mãos da roça", como ele dizia.

O Tonho cumprimentava as pessoas só de longe, levando a mão direita até o chapéu em sinal de respeito. Tinha mesmo muito respeito pelas pessoas que mereciam o respeito dele. Ele, desde sempre, era "muito respeitoso", conforme a gente ouvia a minha Madrinha dizer muitas vezes para as visitas sobre ele. "O Tonho é muito enducado e paciente", repetia quando falava sobre ele com as pessoas, quando ainda vinham visitar a minha mãe, entrevada e na cadeira de rodas. Ele era mesmo respeitoso com todo mundo com quem conversava, sempre com a voz macia e baixa. Nunca se alterava e tinha muita paciência comigo, também. Mas, a minha Madrinha não falava sobre a "enducação" do Tonho quando ele estava por perto, pois ele ralhava com ela, pois não gostava de elogios. Fechava a cara e saia da roda de conversa. Era de poucas palavras, o Tonho.

A cadeira de rodas da minha mãe tinha apenas três rodas: duas atrás, maiores, e uma pequena na parte da frente. Tinha também dois cabos de madeira pregados nos braços, voltados para trás, que serviam para a gente segurar firme e levá-la para onde a sua presença fosse necessária. Eu me lembro da primeira vez em que eu levei a minha mãe na cadeira de rodas, sozinho, para fora da cozinha, em direção à bica. Foi quando eu ainda era muito pequeno e percebi que a Madrinha tinha ido lá dentro da casa recolher as roupas nos quartos para lavar. Eu senti que já podia fazer isso, sozinho, ainda que receoso de fazê-lo e ter problemas, pois havia uma descida forte no trajeto. Queria há muito tempo conduzi-la até a bica. Seria, na minha cabeça, uma surpresa para a Madrinha essa façanha de já poder levar a minha mãe para fora de casa, sem a ajuda de ninguém. Conhecendo o meu desejo, a minha mãe me falou com os seus olhos que estava bem, que eu conseguiria levá-la até perto da bica, onde ela gostava de ficar olhando a Madrinha lavar, bater e estender as roupas da casa para secar.

Primeiro, eu abri a cancelinha de grade, também feita pelo Tonho com ripas de madeira entrelaçadas, que deixava penetrar luz na cozinha e evitar a entrada de bicho em casa. A cancelinha abria-se para fora da porta da saída da cozinha para a varanda de serviço. Do outro lado, além do telhado da varanda, ficava a bica d'água e o tanque de lavar roupas e vasilhas. Destravei a pedra que estava debaixo da roda da frente da cadeira de rodas da minha mãe e a empurrei devagar em direção à porta, para depois direcioná-la para a varanda. Na saída, depois da cancelinha de ripas, havia tábuas que serviam de rampa para a descida das rodas da cadeira, para compensar o desnível entre o piso da cozinha e o do lado externo, que ficava mais baixo alguns palmos. Antigamente as tábuas ficavam soltas, sendo retiradas da soleira da porta durante a maior parte do dia e recolocadas novamente no lugar, momentos antes da Madrinha sair ou entrar levando a minha mãe na cadeira de rodas. Ela era conduzida até bem perto da bica, onde permanecia, observando o dia, enquanto a Madrinha lavava as roupas da casa ou mesmo as vasilhas da cozinha.

No momento em que a roda da frente desceu sobre a rampa improvisada, ela entrou em uma greta que se formou entre duas tábuas soltas. Primeiro, parou de repente: travou. Depois de poucos segundos, assim que dei solavancos para soltar a roda presa, ela se desprendeu sem que minhas pequenas mãos pudessem segurar os braços de madeira, devido ao puxão que a fez desprender em seguida. Assustado, percebi que a cadeira foi sozinha, deslizando em direção à bica, como quando era guiada pela Madrinha, descendo a varanda, mas cambaleando, parecendo que iria cair para os lados, enquanto resvalava entre um esteio que segurava o telhado da varanda e o fogão de pedra. Sobressaltado com aquela cena, enquanto a cadeira com minha mãe deslizava sozinha sobre as três rodas, levei as duas mãos aos olhos e rezei, parece. Foi tudo muito de repente. Em seguida, abri uma fresta entre os dedos da mão direita e olhei o que havia ocorrido, pois não se ouviu barulho de queda ou de cadeira tombada. Ouvia apenas o meu coração que parecia explodir de tanta emoção. Espantado, sem acreditar no que via, percebi que a cadeira com a minha mãe assentada foi parar bem ao lado da bica e por acaso não tombou para os lados. Parou exatamente no lugar em que minha mãe gostava de ficar, do mesmo modo quando a Madrinha a conduzia até à bica para que ficasse em sua companhia enquanto trabalhava do lado de fora da casa. Acho que foram os olhos da minha mãe, conduzidos pela força dos seus pensamentos, que não deixaram que a cadeira de rodas caísse para o chão. Corri imediatamente até lá, abracei as pernas frias da minha mãe, que me sorriu com os seus olhos pretos que me disseram que eu era um menino muito lindo e que ela gostava muito de mim. Depois desse dia, vez ou outra eu a levava para fora sozinho, mas com a Madrinha ao lado, caso ocorresse algum imprevisto como aquele das tábuas soltas, o que nunca mais ocorreu. O problema foi resolvido naquela mesma tarde pelo Tonho, que as pregou definitivamente na soleira da porta da cozinha.

3

O Tonho gostava de cortar as unhas com o canivete amolado. Não usava a tesoura, dizia que era muito complicado usá-las nas unhas dos pés. Cortar as unhas da mão direita com a tesoura na esquerda, nem pensar! Ele usava o mesmo canivete velho que tinha desde sempre. Era um velho Corneta com o cabo de osso trincado, que ele usava há muitos anos e que deu para mim por ter achado outro na estrada que vai da fazenda até o Distrito de Gameleira. Antes de me dar o velho canivete Corneta de presente, que ganhou não sei de quem há vários anos, o Tonho ficou sem usar o canivete novo, achado, por muito tempo. Cansou de perguntar se alguém conhecia quem havia perdido um canivete Corneta, novo, com cabo de osso na estrada, mas não teve resposta. Alguém disse, ou mesmo sustentou que talvez alguma pessoa ou um menino o tivesse deixado cair da carroceria do caminhão de leite. Ou ainda, que o canivete pudesse pertencer a algum viajante da cidade, que teria passado por aqui somente uma vez e nunca mais voltou. Pois, certamente, não precisava mais do canivete, já que na cidade compraria outro com mais facilidade.

Perguntou na venda do Quinzinho da Marina, lá no Distrito, e na sinuca do Julião, na beira da estrada e nada. Depois, ao motorista do caminhão de leite, da mesma forma, e nada também. Ninguém sabia de alguma pessoa que tivesse perdido um canivete daqueles: um Corneta, novinho, com cabo de osso. Perguntou até mesmo para o Patrão, que lhe disse não saber a quem pertencia. Foi o Patrão mesmo quem disse para o Tonho que usasse o canivete que achou na estrada, pois como depois de tanto tempo o dono não aparecera, ele poderia usá-lo como dele; que não era pecado ficar com o canivete achado, mesmo sabendo ser dos outros. O Tonho contou isso para o Padre Juquinha, na Igreja São João Batista, do Distrito de Gameleira, num dia de confissão. Segundo ele mesmo disse, o Padre também concordou com o Patrão, pois ele não roubara de ninguém e todo mundo era testemunha de que procurou em vão e não encontrou o dono daquele canivete Corneta de cabo de osso durante muito tempo. Por causa disto, passados alguns dias do aconselhamento do Padre Juquinha e do Patrão, o Tonho resolveu, enfim, usar o canivete. No início, apenas dentro de casa, mas somente quando cortava as unhas dos pés, lá na cozinha, assentado no banco corrido de madeira, ao lado do fogão. Era o lugar mais iluminado da cozinha, de frente da janela, perto da cabeceira do fogão o que facilitava a faxina que fazia nas unhas dos pés. O banco de madeira, liso de tanto a gente se assentar nele, ficava encostado na parede, debaixo da prateleira de panelas limpinhas que a Madrinha guardava com muito cuidado – enfileiradas por ordem de tamanho, igual fila de menino na escola –, depois de lavadas com sabão preto na bica.

O sabão preto, muito usado aqui na roça, era feito de torresmo ou de gordura de porco misturada com decoada – que fazia às vezes da "soda cástica", como dizia a Madrinha. A decoada era feita da água coada das cinzas do fogão colocadas numa trouxa de pano, como um saco, dependurada numa corda para escorrer numa vasilha. É muito difícil de explicar, mas é assim mesmo que se fazia sabão preto na minha casa, assim como também nas casas das demais pessoas da redondeza. A Madrinha colocava tudo isso dentro do panelão de ferro que ficava sobre o fogão à lenha da varanda da bica, deixando cozinhar por muito tempo. Ficava ali no cozimento – mantido pelo fogo da lenha, sempre renovada, enquanto era consumida –, o tempo necessário, até que a Madrinha percebesse o ponto certo para retirar da panela as quantidades da mistura cozida que se transformou em sabão e fazer pelotas ainda quentes para guardar.

Na verdade, ficava uma lambança em volta da panela preta de ferro, a mesma que, em outras ocasiões, servia para fritar carne de porco, no dia da matança, e de cozinhar sabão quando precisava. Tudo isso era preparado nessa panela de ferro grande que ficava no fogão baixo de pedra na varanda da bica. Junto com o sabão preto que a Madrinha usava para lavar tudo em casa. As vasilhas da cozinha eram também esfregadas com bucha de cerca, molhada e envolvida com a areia fina, peneirada, que o Tonho buscava no Riacho das Pedras. A areia fina das prainhas formadas nas curvas do riacho, apanhada pelo Tonho, ficava guardada dentro de uma lata de querosene vazia, ao lado da bica. A Madrinha dizia que a areia era para "ariá as panela". "Panela, pra não ficá preta e cascuda tem qui sê ariada, de quando em vêis, minha fia", falava a minha Madrinha para as comadres que sempre elogiavam a limpeza das vasilhas da sua cozinha.

No cortar das unhas ali no banco da cozinha, ao lado do fogão, num dia com muita chuva lá fora que nos fez alargar a hora do almoço num domingo, o Tonho percebeu que o canivete novo cortava melhor. "Esse tem o aço temperado, pega mais corte, e não enferruja", dizia animado o Tonho do novo canivete. De vez em quando o seu corpo não dobrava mais como antes, para que suas mãos pudessem chegar até o dedão do pé sobre o banco de madeira. Tentava, mas não conseguia cortar a unha "mais dura", como dizia da unha do dedão do pé esquerdo, mesmo com o canivete novinho em folha.

"Põe os pé de molho na bica, Tonho, assim a sua unha de casco de boi vai maciar", dizia assim a Madrinha quando via que o Tonho tinha dificuldades em cortar as unhas do pé com o canivete novo. "O canivete é novo, Tonho. Só o canivete, ocê não". Dizia, caçoando dele, quando via que mesmo molhadas as unhas do pé do Tonho não cortavam fácil. Ou então: "Use a tisôra, homem, deixa de ser cabeçudo e deixa eu cortar essa unha encravada e cascuda". Mas não adiantava, o Tonho não deixava. Quando, muito tímido, enfiava a ponta do pé com jeito na bacia de água morna que a Madrinha colocava para ele no chão ao lado do banco de madeira, ele somente colocava os pés quando a Madrinha não estava vendo, nem por perto. Ela, muito esperta, sabendo disso, fazia de conta que havia alguma coisa para fazer dentro da casa, sempre que acontecia uma situação parecida. Dizia que ia arranjar a cama da minha mãe para ela se deitar um pouco depois do almoço. E ficava para lá até que percebesse que o Tonho tinha acabado de cortar as unhas dos pés, ou feito alguma coisa que dizia não querer fazer. "O Tonho é dos temoso", brincava a Madrinha, que sabia levar o Tonho de jeito.

– Foi o Patrão que me falou para usar o canivete. – Dizia o Tonho quando alguém lhe perguntava por que ele resolveu depois de tanto tempo usar o canivete que encontrou na estrada.

O Tião, seu melhor amigo e compadre, ficou enciumado com isso, pois, em várias ocasiões, tinha falado a mesma coisa e ele não o atendia. O Tonho era muito cismado com as coisas e não gostava de confusão, nem de ser chamado atenção por qualquer que fosse o motivo, e por isso fazia sempre as coisas da melhor maneira, sem deixar dúvidas da sua lisura, como dizia. Mas, do jeito dele, não tinha preguiça para nada.

– Eu te falei, Cumpadre, que ocê devia usá o canivete achado na estrada há mais tempo, uai. Eu tava do seu lado e vi quando ocê achou ele. Achado não é robado, Cumpadre! – Reforçava o Tião, de vez em quando, a seu modo, incitando o amigo a usar o canivete novo que guardava, sabe-se lá o motivo, numa caixeta velha de madeira escrita na tampa, *Marmelada Colombo*, uma que ganhou da mulher do Patrão, há muitos anos, quando fez uma semelhante para ela, mas de jacarandá, forrada de veludo para guardar as joias.

A caixeta que guardava o canivete novo ficava em cima do armário do nosso quarto e ninguém mexia. O Tonho guardava nela um retrato dele e da minha mãe, com o rosto dos dois quase apagados pelo mofo do tempo, um anel redondo de ouro que ela usava e um rosário velho de contas de lágrimas que era da mãe dele, eu acho.

Tempos depois é que ele resolveu usar o canivete fora de casa. Nesse dia, eu me lembro bem, ele me deu o canivete velho que tenho até hoje. Estava ainda muito bom, só que tinha o cabo trincado e a lâmina desgastada de tal jeito que tinha uma curva para dentro, como se fosse uma foice pequena, de tanto ter sido amolada na pedra do moinho d'água em movimento. Mas cortava muito bem o canivete velho e servia para descascar cana, fazer ganchos para atiradeira ou inventar brinquedos de madeira que aprendi vendo o Tonho trabalhar na serraria da fazenda. Não o tirava da cintura para nada, seja na lavoura de café, na ocasião da panha, no terreiro quando passava horas e horas espalhando o café sob o sol.

4

Não contava nem mesmo meia hora em que eu passava por ali, de um lado e do outro do terreiro de café, rodando e revirando os montes, formando tabuleiros e fileiras paralelas, para que meus pensamentos começassem a rever as coisas e a indagar sobre o mundo em que eu vivia. Era mesmo uma mistura de tempo e serviço. De curiosidade e lembranças das coisas que me cercavam e me faziam pensar. Nesse mesmo lugar, numa mesma fila traçada no chão – ora desmanchada pelo rodo de madeira para se formar outra ainda mais bem-feita e mais quente –, o vapor se desprendia do café secando, envolvia meu corpo do aroma conhecido, agora mais encorpado e bom de sentir. Por causa do calor que ascendia do terreiro, trazendo o odor do café secando, parecia que o ar ficava mais volumoso, de um jeito que eu não sabia explicar muito bem. Havia momentos em que eu retirava um torrão ou outro de pedra, aqui e ali, ainda perdido entre os grãos ou mesmo alguma folha seca, algum galho pequeno, uma semente estranha, ou também uma ponta do cigarro de palha que o Patrão deixara cair, sem querer... Não reclamava!

Apanhava tudo com cuidado e jogava lá fora, para bem longe do terreiro, pois onde passava o rodo de madeira, firme e consciente, tudo ficava limpo. Nada ficava fora da linha reta que traçava, primeiro na cabeça, depois no terreiro, criando filas e filas paralelas e muito limpas. Gostava de dizer paralelas. Aprendi esta palavra ouvindo o Patrão conversar com o comprador turco, lá da cidade, que sempre vinha até à fazenda negociar café desde quando eu era muito pequeno. "As linhas do trem de ferro caminham juntas e paralelas", dizia o Patrão ao turco para maior entendimento, do que falava sobre as marcas deixadas pelas rodas do carro de bois na poeira.

Eu aprendia sempre as coisas ouvindo as pessoas conversando. Curioso, estava sempre atento ao que falavam. Aprendi isso com o Tonho: ouvir e prestar atenção. Eu, ainda muito miudinho, ficava atrás do Tonho na época que ele também espalhava o café para secar no terreiro com o rodo de madeira da mesma maneira que eu fazia depois que fiquei maior. O rodo que usava era diferente, segundo ele mesmo falava. Tinha uma forma engraçada de tanto uso. Nada sobrava para fora das nervuras recém-criadas pela passada do rodo de madeira do Tonho, formando pequenos caminhos. Ninguém passava melhor o rodo para espalhar o café no terreiro do que o Tonho. Por causa disso, era ele quem ensinava aos novatos como fazer para secar o café de forma correta. A Madrinha me disse uma vez, quando eu já estava um pouco maior – e por isso já poderia entender melhor o tocar da vida –, "pra eu reparar sempre como o Tonho fazia as coisa", pois ele fazia bem feito, "do jeito que tem que ser". Que eu "arreparasse" como ele passava o rodo de madeira e espalhava o café como ninguém no terreiro.

"Arrepara, meu fio, como ele faz as coisa. Arrepara nele, viu?", dizia sempre assim a minha Madrinha quando conversava comigo, de frente, querendo que eu aprendesse as coisas da lida com o Tonho. Que eu compreendesse o significado das coisas, antes de mexer no que estava quieto em seu canto e já pronto na vida.

Naquele tempo, cada um de nós tinha a sua parte no terreiro de secagem e ficava responsável pelo café que secava e separava ainda em casca, depois guardava em balaios ou em sacos dentro da Tulha Velha, antes de seguir para a limpeza da casca nos armazéns do Distrito. Depois, tudo era separado com cuidado, tudo aquilo que o Patrão "classificava", ou, na ausência dele, o Tonho. Era assim mesmo que ele falava. Nesse caso, com muita atenção, o que foi classificado e separado tinha que ser identificado com uma plaquinha de madeira, com o local da origem da panha do café na lavoura. Tudo era "etiquetado", como sempre dizia o Patrão, "desde que o mundo é mundo", segundo o Tonho.

"Armazene o café somente depois que for classificado e apartado, menino", dizia em tom severo o Patrão, quando queria ser bem ouvido sobre o tipo de café a ser guardado no saco etiquetado, depois empilhado e separado na Tulha Velha, até decidirem o que fazer depois. Quando ele classificava e separava o café, do jeito dele, era eu quem orientava sobre onde guardá-lo do lado certo da Tulha Velha, até a ocasião de ser levado para descascar lá no Distrito. Pois, no lugar do Tonho, depois de uns tempos, era comigo com quem ele iria falar e perguntar pelo que foi armazenado. Eu mesmo era quem colocava a tal da "etiqueta", da tabuinha com os registros do café. Aproveitava para compreender as diferenças que o levavam a separar o café como ele separava, seja o café em coco, com casca, no terreiro da fazenda, seja já descascado e guardado na tulha nova, quando retornava dos armazéns do Distrito já catado e ensacado em sacos de sessenta quilos.

O que retornava para ser armazenado na tulha nova, o Patrão chamava de café especial. Junto comigo, no trabalho de secagem, havia mais pessoas. Numa semana ou em outra, além do filho do Tião, quando não faltava, havia outros três dos rapazes da região que também participavam da colheita junto com os apanhadores temporários na lavoura que vinham para a fazenda no início da panha do café. Depois de certo tempo eu não ajudava mais na panha, pois o Patrão queria que eu ficasse por perto para ajudar o Tonho na lida do terreiro e das coisas da fazenda. Ele também percebia que o Tonho precisava de ajuda. Quando eu era muito pequeno, eu acompanhava as turmas nas fileiras da panha do café. Como eu nunca gostava de dormir, durante as férias de julho eu saia junto com o Tonho e as outras pessoas que passavam com balaios e peneiras nas mãos, ainda de madrugada em direção à lavoura. Era o pessoal da panha que vinha para recolher e separar o café, despejar tudo recolhido em balaios dentro do carro de bois que o carreiro trazia tudo bem separado para depois despejar no lugar certo nos terreiros de café para secar. Os trabalhadores, os apanhadores de café, recebiam pelo número de balaios que colhiam na semana. Era tudo muito bem anotado pelo carreiro, que registrava num caderno de controle da panha da fazenda. No final do dia, o Tonho passava tudo para o livro em que somente ele e o Patrão podiam abrir e escrever, pois ficava bem guardado em cima da mesa do escritório novo, num cômodo construído ao lado da Tulha Velha.

O carro de bois, que ficava num vai e vem entre a lavoura e o terreiro de secagem, permanecia nessa tarefa até de tardinha. Começava a passar no cafezal para transportar a colheita até o terreiro, por volta das nove horas da manhã, um pouco antes da gente parar para almoçar a comida do buião, uma espécie de marmita bojuda, com tampa, que era amarrada numa trouxa de pano, nas pontas, onde a colher era enfiada e presa. Quando eu já estava mais crescido, nas férias de julho, conduzia o carro de bois ao lado do carreiro. Às vezes sozinho, e somente quando teve confiança, mas sempre com ele caminhando ao lado do carro.

Antes da hora do almoço na lavoura, assim que chegava o carro de bois – e enquanto os homens descarregavam os balaios cheios de café na garupa, dentro das divisões, controlados pelo carreiro –, as mulheres acendiam o fogo, com a lenha apanhada na redondeza de galhos secos encontrados perto da mata. A comida dos trabalhadores era esquentada sobre a areia quente que ficava em cima de uma chapa de ferro do fogão de pedras improvisado no chão, próximo ao Córrego das Pedras, de água fria, que separava a mata da lavoura. A minha comida, assim como a do Tonho quando estava por perto, chegava na hora do almoço e já vinha quentinha de casa. Eu bem que poderia descer até a minha casa e almoçar junto com a Madrinha, como fazia em outras ocasiões. Entretanto, nestes dias de intensa atividade na lavoura eu preferia comer junto de todo mundo, para participar de suas conversas e aprender como as coisas eram contadas e percebidas de forma diferente pelas pessoas. Ou mesmo, só por curiosidade de estar ali muito próximo daquela gente que fazia parte da minha vida.

Não havia muitas mulheres na panha quando eu ainda era pequeno. Algumas delas eram obrigadas a trazer os filhos que amamentavam, ou mesmo os maiorzinhos quando não estavam na escola. Alguns deles, mesmo grandinhos, quando ainda não frequentavam a escola – ou mesmo, segundo se ouviam, não conseguiam acompanhar o que nela ensinavam –, não sei por qual motivo, de vez em quando, alguns apareciam na panha em dias normais, fora das férias. O Patrão não gostava disso e pedia logo explicação ao Tonho. Ele não falava diretamente com a pessoa responsável pela criança numa hora dessas, pedia ao Tonho para conhecer, em seu lugar, o motivo e dar um jeito.

A não ser problemas como esse que podiam ser muitas vezes resolvidos com a transferência da mãe para um dos armazéns do Patrão, no Distrito – para trabalhar na catação e separação do café descascado, próximo de uma escola municipal–, as mães cuidavam das crianças na lavoura sem prejudicar o ritmo da colheita. Elas tinham medo de perder o emprego. De vez em quando eu ajudava a tomar conta da meninada. Os maiores, uma ocasião ou outra, eu deixava que viessem comigo em cima do carro de bois, no meio do café colhido.

Quando eu ainda era bem pequeno – mas já dava conta de auxiliar o carreiro como candieiro[1] –, alguns dos meninos vinham comigo à frente do carro e me ajudavam a conduzir as juntas de bois no trajeto entre a panha e o terreiro de secagem. Eram, na minha mente, os irmãos menores que nunca tive. A gente se divertia na condução do carro de bois durante todo o trajeto, enquanto o carro rangia preguiçoso nas descidas. No retorno, morro acima, era quando os menores, autorizados pelo carreiro, iam de pé, em cima da garupa do carro de bois, observando o passar das árvores através de gretas abertas na esteira de taquara – amarradas nos montantes com tiras de couro –, que cercavam a garupa.

Os patrões da região não gostavam de mulheres no trecho colhendo café na lavoura. "Mulher com homem na panha dá confusão", diziam, apesar de saberem que elas colhiam o café melhor do que os homens e não deixavam ficar nada para

---

1 Criança ou adulto que seguia à frente do carro de bois, segurando nas mãos uma vara ou bandeirola para indicar o caminho aos bois de guia, os primeiros bois das duplas enfileiradas.

trás. "Não deixam soca", como dizia o Patrão, "mulher não deixa soca para trás, têm mais zelo na colheita", completava.

A cada nova passada que eu dava com o rodo sobre os grãos de café no terreiro – que vinha interminavelmente após a outra –, eu caminhava para lá e para cá, conversando baixinho com os meus pensamentos, tentando domá-los, endireitá-los como fazia com as fileiras do café que secava. Nesse momento é que de tempos em tempos eu recordava a minha vida, todinha. Gostava disto, de relembrar das coisas, de passar o rodo sobre os grãos, e de controlar os pensamentos, colocando tudo no alinhamento. Alinhar as fileiras de café era mais fácil. Assim, no decorrer do dia, o sol ia subindo e depois ia descendo e, desta forma, eu não via o tempo passar. Parecia que apenas começava e já era hora de uma pequena parada para o café com biscoito que vinha lá da cozinha da casa, trazido pela Madrinha.

Mesmo antes da sua morte, uma pessoa ajudava nos serviços da casa... Ela chegava sempre de manhã bem cedo, antes mesmo do clarão da madrugada ser percebido pelo galo índio no terreiro. Levantava e vinha direto para o trabalho que começava com o café da manhã, do jeito que aprendeu ser do gosto da casa. Era uma das moças que vieram do Norte de Minas com a família de apanhadores de café no ano anterior e por aqui ficaram. O pai era carpinteiro e ajudava na serraria quando não estava na lavoura. Vieram do Norte de Minas, como me disseram. Elas tinham uma fala cantada, sonora e bonita, as duas moças, diferente do povo daqui. A mais nova delas, chamada Luíza, é quem ajudava na casa e preparava as coisas para mim e para o Tonho. Ela era calada, não conversava quase nada, apenas respondia sem encompridar conversa, mas fazia tudo muito direito. Ela aprendeu com a Madrinha desde quando retornou do hospital da cidade, vítima de males do coração. "Vou te preparar, minha menina, vou te preparar". Dizia sempre assim quando ensinava e repassava as coisas que sabia para a Luíza, como se previsse perto o seu fim, depois que retornou do Hospital Nossa Senhora Auxiliadora, na cidade, com dificuldades de caminhar e de fazer os serviços pesados da casa.

A Luíza dizia que mesmo passado muito tempo da partida da minha Madrinha, ela aprendia com ela, pois parecia que ouvia as suas falas, dentro de casa, quando queria fazer alguma coisa para nos agradar. Eu acreditava nisso, o Tonho não. Não gostava de mistérios e das coisas do pensamento, como eu. Mas o Tonho gostava muito do trabalho dela e não reclamava quando ela se esquecia de fazer alguma coisa que lhe pedia. Mas, somente quando ela esquecia, por esquecimento esquecido, é que ele não se importava. "Deixa para lá", como ele dizia. E não, por ter esquecido por querer. Sei que parece ser a mesma coisa, mas não é. Esquecimento esquecido é aquele que a gente sente um descompasso no peito quando se lembra de que se esqueceu e que não queria esquecer. O outro é aquele quando a gente nem liga por ter esquecido, pois não faz nenhuma diferença na batida do coração...

5

No meu trabalho de repassar e revirar o café no terreiro de secagem, eu estimava que percorresse um caminho muito longo, muito grande, todos os dias sobre as fileiras secando ao sol. Mais extenso do que a distância entre a fazenda e o Distrito de Gameleira, que a gente ia somente a cavalo, de charrete ou na carroça do Tonho, e gastava mais de uma hora para chegar onde queria. Eu não gostava do cheiro da fumaça dos carros. Dos ônibus, também não, me sentia enjoado. Meu estômago embrulhava, parecendo que eu tinha tomado remédio para verme, o que tinha o cheiro de limonada, mas não era nada parecido no gosto. Causava vômito. Se vomitasse, eu tinha que tomar tudo de novo, Deus me livre! Depois, vinha o remédio para matar as lombrigas. Andar na garupa de moto, nem pensar. Ficava tonto, com a cabeça virando como viram as cabeças dos meninos que pulavam da pedra, dando cambalhotas, até explodir na água do remanso da cachoeira. Gostava mesmo é de andar no carro de bois. De tocar a boiada do carro pelas estradas da fazenda era o que eu mais gostava, ainda mais quando fazia mudanças para alguém, como quando ajudei a família da Luíza no dia em que vieram para ficar. Eles chegaram no final das chuvas, no mês de março, com quase nada de bagagem, mas precisei fazer três viagens no carro de bois para transportar tudo da encruzilhada da estrada até a casinha deles na fazenda. Não sei por que, mas achei bom trazer as coisas daquela gente no carro de bois, de estar junto das moças naquele dia. Fiz o percurso três vezes. A Luíza foi comigo em todas elas, sem necessidade, mas foi assim mesmo, queria ajudar com seu trabalho. A filha mais velha preferiu ficar em casa para arrumar o que chegava da mudança, junto com a mãe. O pai das moças ficou na encruzilhada para vigiar o que ficou na estrada, mesmo tendo sido avisado que ninguém por aqui mexe nas coisas. Ele disse que era também para ajudar a colocar tudo na garupa do carro de bois. Disso ele tinha razão, porque eu não conseguiria pegar as coisas pesadas que ficassem para trás.

Permaneceram à beira da estrada, no trevo da escola, até serem recolhidos no carro de bois: dois bancos de ipê amarelo; um pilão de peroba antigo, com duas mãos de pilão novas, para descascar arroz ou socar o milho; uma mesa com o pé quebrado e um armário de madeira preta com duas portas e duas gavetas com puxador. Tinha também um baú grande com roupas, cinco cadeiras, uma trouxa de cobertores e travesseiros e algumas, mas poucas, vasilhas. Havia também uma panela de ferro preta, grande e muito pesada, usada para cozinhar porco no dia da matança, como também para fazer sabão preto, segundo explicou, mais tarde, a mãe das moças.

Eu ouvi calado e não falei que nós tínhamos em casa uma panelona preta de ferro igual àquela. Trouxeram também duas caixas compridas de ferramentas que o pai, que era carpinteiro, usaria para trabalhar na serraria do Patrão.

Na época da panha, na lavoura, e da secagem do café no terreiro, o Tonho ficava ensimesmado quando davam oito horas da manhã e a neblina, cobrindo o sol, ainda não se dispersara na mata. Houve dias em que o sol apenas aparecia ou somente conseguia espalhar o nevoeiro teimoso, horas depois do amanhecer. Quem não conhecia a natureza assim de perto pensava que iria chover, pois o dia ficava escuro debaixo da névoa. Além disso, ficava frio e úmido o tempo com a cerração pesada, que não dava trégua, mesmo porque não havia vento suficiente para empurrá-la para mais longe.

A natureza ficava parada, calma e atenta como se aguardasse algum acontecimento. Formavam-se gotas de orvalho que se espalhavam sonolentas e vagarosas, saturando o ar, condensando aqui e ali fios de água em movimento, que lentamente se desprendiam da superfície verde e aveludada das folhas das taiobas, dos caetés e dos inhames na beira do córrego. A gente da roça sabia que do outro lado, bem acima do nevoeiro, o céu estava azulzinho e bonito de ver. Nesse caso, no trabalho no terreiro, não adiantava remover muito o café porque, com o ar umedecido, havia mais demora na secagem. Era quase um dia perdido. Só não era mais quando comparado com um dia que amanhecia chovendo, o que era raro nos meses de junho ou de julho na nossa região, durante a secagem do café. Fazia muito frio aqui na serra nesses dias, mas chover na parte mais alta da fazenda, naqueles meses era muito difícil. De vez em quando isso acontecia, na lua nova, com alguma ameaça de chuva fina, sem continuidade. A gente se acostumava com o tempo e suas mudanças ou recorrências no dia a dia.

"É preciso ouvir a natureza", dizia o Tonho, quando as coisas não se mostravam tão costumeiras para a maioria das pessoas. O Tonho sabia quando a chuva viria fora de época. Mesmo as chuvas de lua nova, mais raras, no mês de junho, ele previa. Por isso mesmo ficava também ensimesmado e, num dado momento, mandava falar com o Patrão que a chuva iria chegar e que era para avisar para os companheiros prestarem atenção, pois que cairia água fora da época. O Tonho não falhava nunca... Não sei como ele sabia disso. Acho que explicava o dom que ele tinha. Nem a Folhinha de Mariana[2] acertava igual ao Tonho. Parece que percebia no corpo, na pele, não sei não. Ele alertava sobre a chuva, para que todos cobrissem com as lonas enceradas de caminhão os montes de café formados no terreiro no final do dia anterior, depois da secagem. Como as lonas enceradas, quando dobradas, ficavam muito pesadas, era necessário avisar aos homens da panha para que viessem ajudar na desdobra, depois de carregá-las da Tulha Velha até os terreiros de café. Havia ocasião em que era necessário abrir muitas lonas de caminhão para cobrir todos os terreiros de café, para proteger os grãos espalhados em fileiras para secar. Alguns homens, avisados, deixavam a panha e vinham depressa ajudar com a proteção do café amontoado e classificado nos terreiros de secagem. Outros não, não se encorajavam em contribuir ou acudir no que precisava ser feito. Alegavam dor da cacunda ou nas "cadeiras". O Tonho, com seu jeito calado, observava tudo: quem ajudava ou não, naquelas horas. Passada a chuva o trabalho continuava tão logo o terreiro secasse, com as lonas agora recolhidas e guardadas.

Nos dias normais, ensolarados, eu gostava de contar quantas vezes percorria o terreiro, durante um dia inteiro de secagem do café, com idas e vindas, para lá e para cá, caminhando em linhas retas e continuadas. Quando imaginava o quanto eu andava por dia naquele terreiro, eu pensava

---

2 Folhinha Eclesiástica da Arquidiocese de Mariana, anuário publicado pelas Edições Dom Viçoso, da cidade Mineira de Mariana, desde 1870.

que dariam mais de três léguas.[3] Quando pouco, duas léguas e meia.

Se eu perguntasse para o lagarto de rabo cortado, o Rubião – nome engraçado de um personagem curioso que a Dona Regina contou de um livro –, sei que ele iria confirmar isso, dizendo sim com a cabeça. Portanto, era só lhe perguntar que confirmaria isso: que eu andava para lá e para cá, quase três léguas no terreiro de café todos os dias na época da secagem. É engraçado, mas parecia que em todos aqueles anos o Rubião estava sempre me olhando como se soubesse o que eu falava com ele de brincadeira. Eu sempre fazia perguntas de modo que as respostas fossem consecutivamente sim. Sim, senhor, diria o Rubião com a cabeça.

Entrava dia, saia dia, e era sempre a mesma coisa na época da panha do café. Mas eu não me aborrecia, gostava muito de fazer isso, como também gostava de andar por cima das fileiras do café secando ao sol e ver igualmente o velho calango esquentando o couro em cima do muro de pedra da Tulha Velha.

Todo dia eu falava que iria contar quantas voltas eu dava enquanto revirava tudo de um lado para o outro no terreiro, indo e vindo. Vindo e indo, interminavelmente, como dizia o turco gordo, sobre a quantidade de terras que tinha lá no Mato Grosso. "Meus terra lá na Mato Grosso vai interminavelmente até na horizonte", dizia o turco abrindo largamente os braços quando pronunciava "interminavelmente".

Ficava tudo direitinho quando eu passava o rodo sobre os grãos, formando uma pequena rua estreita, paralela e continuada, que ia de ponta à outra do terreiro: sol na frente,

---

3 Antiga medida itinerária ou de distância, ainda utilizada no interior de Minas Gerais, aproximadamente igual a seis quilômetros e meio.

sol nas costas, pela manhã; sol nas costas e sol na frente, na parte da tarde.

Quando caminhava em direção ao sol, na parte da manhã, eu podia ver o Rubião esquentando o couro em cima do muro, dizendo sim com a cabeça. Mais tarde, no entardecer, do outro lado, ouvia o cantarolar perdido das rolinhas aninhando perto da mata. Cantavam com um piado rouco e tão longe que parecia não existir um canto mais longe e tão perto, que entrava nos ouvidos e na alma da gente, que dava até nó no peito de tanto que penetrava no coração e o enchia de vazio e que nos sufocava. Entrava no coração, igual a uma tristeza que a gente não se lembrava de onde vinha, mas que voltava sempre. Retornava e nos deixava respirar um pouco, tomando um fôlego para continuar, porque nunca saiu de lá de dentro. Apenas acordava e se fazia presente. Uma saudade da própria vida.

Era assim o canto da rolinha, aninhando no final do inverno na roça, que rondava a gente, que despertava o peito e deixava tudo estranho mais tarde, quando retornava de onde veio. Depois, ficava a saudade. Era assim o canto da rolinha, que cantava no ninho, escondida entre as folhas do pé de manga, do abacateiro, ou mesmo da laranjeira da terra, a da casca grossa, que a Madrinha usava para fazer doce cristalizado.

Numa tarde dessas, há muito tempo, a rolinha que eu escutava, triste, estava aninhada no abacateiro que ficava perto da bica. Eu estava do lado da minha mãe, olhando a Madrinha da varanda, pois nesse dia fazia calor do lado de fora e a minha Madrinha preferia deixar a minha mãe debaixo da varanda, abrigada do sol, nos dias quentes. "*Mas canta longe, mas canta triste esta rolinha...*", dizia assim, a contragosto, a Madrinha a respeito do canto da rolinha, quando estava na bica lavando a roupa da casa. Nesse momento eu olhava para os olhos da minha mãe, que pareciam ouvir uma música com o cantar da rolinha... "*Rolinha voou, voou, caiu no laço, se embaraçou*", cantava a Madrinha quando estava triste, como naquele dia, ouvindo o chororô das rolinhas aninhando naquela tarde quente de julho, perto da bica. "*Caiu no laço, se embaraçou...*". Mais na frente, saindo do nada, o canto continuava: "*Oh me dá um abraço que eu desembaraço a minha rolinha que caiu no laço...*".

Era uma cantiga bonita esta da Rolinha, uma cantiga de roda que as meninas cantavam também lá na escola da Dona Regina, mas que eu nunca compreendia, naquele tempo, como é que uma rolinha caia no laço. Eu nunca consegui pegar nenhuma rolinha no laço. Na arapuca feita com talos de embaúba e lascas de taquara entrelaçada, eu já peguei. Depois, quando eu já era maior, e já quase chegava na altura do peito do Tonho, ele me explicou que o laço para pegar rolinha era uma armadilha feita com fios de cabelo da crina dos cavalos. Fios compridos, resistentes, explicava ele, que eram colocados em laço sobre uma tábua larga, pregados na outra ponta do fio da crina com pequenos pregos, que o Tonho chamava de tachinha de pregar sola de sapato.

Um dia ele me mostrou como fazer esses laços presos na ponta com tachinha na tábua larga de madeira. Os tais laços, como argolas levantadas – segundo o Tonho me contou –, embaraçavam o pescoço dos passarinhos quando iam comer canjiquinha amarela colocada sobre a tábua com as armadilhas. Quando os bichinhos se agrupavam em bando sobre a tábua, comendo a canjiquinha e o farelo de milho do moinho d'água, o Tonho, que ficava à espreita – escondido numa moita perto do monjolo –, batia palmas e corria em direção ao bando de rolinhas e de outros pássaros que, distraídos, enchiam o papo sem nada perceber do perigo. A maioria voava espantada e desesperada com tanto barulho que o Tonho fazia. Mas, para a alegria do Tonho, segundo ele mesmo contava, algumas delas ficavam embaraçadas, presas pelo pescocinho, nos laços feitos de crina de cavalo. Daí a música que a Madrinha cantava: "*Caiu no laço, embaraçou...*"

Apesar do incitamento do Tonho, e por causa da música que minha Madrinha cantava sobre as rolinhas embaraçadas no laço, eu nunca quis aprender a fazer a armadilha para pegar rolinhas como o Tonho. Mas a música ficava agarrada na cabeça até me adormecer bem tarde da noite, de tanto olhar para o teto, quando a luz da lua entrava pelas frestas das telhas entre as ripas. Eu preferia caçar as rolinhas com a minha atiradeira, quando elas comiam canjiquinha ou fubá nas proximidades do monjolo e aproveitavam tudo o que caia no chão, juntamente com os canarinhos amarelos, sabiás, saracuras e assanhaços. De vez em quando algum frango curioso, ou mesmo um passarinho distraído, uma saracura furtiva, tendo entrado no cercado protegido, era encontrado esmagado dentro do pilão do monjolo. Era sangue só.

Havia também coleiros e tizius, que disputavam espaço com os outros do lado de fora, no chão, revoando pequenino, de miudinho, com suas asinhas curtas, na disputa de mais espaço com outros mais fortes. Era curioso de ver como eles se empanturravam e se disputavam bravamente como se não houvesse mais comida para todos. Apesar de tanta agitação do bando, que deixava o chão coalhado de tanto passarinho diferente, eu queria mesmo era caçar com a minha atiradeira somente as rolinhas, pois sua carne era mais saborosa. Parecia um franguinho, quando frita na gordura quente.

Era mais justo caçar com a atiradeira do que com qualquer outra forma. Eu não gostava muito de atirar pedra no bando, ainda no chão, ou de pegar passarinho na arapuca. Eu preferia caçar rolinhas quando estavam nos galhos acima da minha cabeça. Assim, o tiro com a atiradeira sempre dava certo. Desta forma, a rolinha – porque era uma de cada vez –, tinha mais sorte e podia escapar com mais facilidade se pudesse. Por isso mesmo, ela não seria enganada como quando andava sobre a tábua cheia de armadilhas, feitas de laços de forca de crina de cavalo escondidos entre a comida de farelo de milho. Eu preferia a atiradeira para caçar, como as outras crianças da roça da minha idade.

A minha atiradeira – todo menino queria ter uma, como também um canivete – era feita com duas tiras de borracha de câmara de ar, um pedaço de couro para colocar a pedra e um gancho de esperta, uma árvore pequena de folhas muito verdes que nascia perto do curral da fazenda. Seus galhos formavam forquilhas perfeitas para se fazer ganchos para atiradeiras. Depois de secos, os ganchos da esperta ficavam resistentes, macios no corte com o canivete e fáceis de manobrar na atiradeira.

A minha ficava sempre dependurada no meu pescoço, o tempo todo, para qualquer imprevisto. E na roça, era comum a gente precisar espantar um bicho, como um cachorro bravo, ou mesmo acertar uma casa de marimbondos construída num pé de mexerica carregada de frutas na beira da estrada. Cada passarinho que eu caçava, em sua homenagem – e até mesmo por respeito ao bicho como dizia um velho índio puri, desgarrado, que ainda vivia numa casinha de taipa perto do trevo –, eu fazia uma marquinha no gancho da minha atiradeira com a faca da cozinha. Mas tarde, quando eu já era maior, eu usava o canivete de cabo de osso quebrado que ganhei do Tonho. As tiras de borracha da minha atiradeira eram feitas com o que restou de uma câmara de ar tirada da roda de uma bicicleta velha de um dos netos do Patrão. Isso, ainda do tempo em que os meninos vinham até à fazenda passar alguns dias de férias. Isto foi muito antes de eu nascer. O Tonho, que me contou sobre isso, ganhou essa câmara de ar do Patrão e a levou para casa, deixando-a dependurada na varanda que dá de frente para a bica d'água. Cortava tudo com o velho canivete Corneta, bem afiado, o do cabo trincado, esticando a borracha em cima de um toco de jequitibá aparado que servia de banco na varanda da bica. O mesmo canivete que ele me deu depois que resolveu usar o novo que encontrou na estrada. Ainda tenho guardado no meu quarto, dependurada ao lado do meu retrato da escola – junto com todos os ganchos de atiradeiras antigos marcados como troféus – a minha última atiradeira também cheia de marquinhas no gancho de esperta e sem lugar para nenhuma outra. Essa última atiradeira, eu mesmo fiz.

Quando não havia mais lugar para colocar nem mais uma marquinha, era hora de trocar de gancho. Era o momento de ir novamente ao lado do curral e escolher outro galho de esperta com a forquilha perfeita para a nova atiradeira. Nos bolsos, eu sempre carregava algumas pequenas pedras recolhidas do fundo do Riacho das Pedras, um córrego de águas cristalinas e frias, que passava ao lado da casa grande da fazenda. Eu aprendi também com o Tonho a fazer pelotas de barro, aproveitando a argila de barranco que usavam para fazer tijolos na olaria da fazenda. A gente fazia dúzias e dúzias de pelotas de argila que eram deixadas secar ao sol de um dia para o outro. Depois de secas, a gente botava um punhado delas para queimar na fogueira, ou mesmo, nos dias de chuva, no fogão da Madrinha, na varanda da bica ou mesmo no de dentro, antes da limpeza da cozinha. Para caçar passarinhos, as pelotas de barro queimadas eram melhores do que as pedrinhas do riacho. Elas tinham o formato, o peso e o tamanho certos para a atiradeira. A medida exata das pelotas de barro eu aprendi com o Tonho, que, apesar de velho, além de enrolá-las como ninguém, no início, ainda acertava melhor do que eu com a atiradeira. Ele usava a minha, de vez em quando, apenas para me mostrar como melhorar a pontaria e depois me entregava de volta. Para treinar, a gente colocava abacate verde ou mesmo mamão estragado em cima do mourão da cerca, perto da Tulha Velha. Nessa hora o Rubião, já escaldado, saía correndo. Era só para treinar a pontaria, pois não é a mesma coisa quando se atira em um passarinho. Não é mesmo, a mesma coisa! É muito diferente.

Nesse caso, quando a gente está prestes a atirar em um bicho, sentimos no peito as batidas descompassadas do coração e percebemos que a respiração fica difícil, ofegante, que parece que a gente vai se afogar de tanta agitação. O Tonho falou uma vez comigo – no mesmo ano em que ele fez a minha primeira atiradeira –, que ouviu do Patrão que isso é por causa da adrenalina. "Uma coisa que corre nas veias da gente nessa hora", completou o Tonho a propósito do que ouviu do Patrão. O Tonho conversava comigo sobre essas coisas. Contava para mim toda novidade de assuntos ou de coisas diferentes que aprendia com o Patrão. Mas no caso, a tal de adrenalina, não servia para ele. Talvez somente nas nossas veias, pois no Tonho mesmo, eu percebia que ele não mudava em nada numa hora de aflição. Ficava sereno e não tinha nada de aflito. O Tonho era calmo, de fala mansa e educada. Não alterava em nada o Tonho. Eu acho que essa adrenalina nunca o pegou de jeito. O Tião, que era o melhor amigo do Tonho e seu compadre, contava que este tinha mesmo o sangue frio, pois mostrou isso quando disputaram, juntos, uma paca abatida na caçada com uma onça. A onça, atraída pelo cheiro de sangue, teria agarrado a paca de um lado e os dois do outro. O caso é meio esquisito, mas mostra bem o quanto o Tonho era tranquilo. Isso visto pelo amigo que o conhecia desde pequeno.

Contam que o Tião, enciumado por causa das estripulias da mulher, Rosa, somente se aliviava para esquecer as dores do coração, quando saia para caçar paca nas grotas formadas pelo Córrego das Pedras, à beira da Lagoa das Capivaras, no meio Mata Grande. A mata ficava a uma distância de duas léguas da nossa casa, mas ainda dentro das terras do Patrão. Nessa região da fazenda – em que havia naquele tempo mais pacas e capivaras do que cotias –, somente algumas pessoas mais chegadas pediam ao Patrão para caçar, mesmo sabendo que ele não gostava de espingardas nas redondezas da Mata Grande. Por causa disto – e porque o Tonho sabia que somente caçar pacas espairecia e acalmava o amigo Tião, com jeito –, pedia autorização ao Patrão, de vez em quando, para uma caçada de pacas naquela região. A Mata Grande era preservada com cuidado pela família do Patrão desde o tempo do Império, segundo diria a Dona Regina, na escola, quando queria dizer que uma coisa era mesmo muito antiga. Quando o Patrão ainda era criança, o antigo patrão caçava na Mata Grande, por diversão ou para afugentar bicho grande que atacava bezerros desatentos nas encostas sombreadas, onde o capim ficava verde, mesmo nas secas. Ninguém podia entrar nessa mata, nem para buscar lenha, a não ser por ordem expressa do Patrão. Ele não gostava e pronto. Mas, segundo contava o Tonho para a Madrinha – que o aconselhava a ter mais cuidado com isso, pois, segundo ela "o probrema do Tião tinha que ser resorvido de ôtras manêra, e pra dentro de casa" –, o fato aconteceu na ocasião da penúltima caçada de paca do Tião nas redondezas, quando eu ainda era muito pequeno para compreender essas coisas.

Nesse dia, ou bem, na noite da caçada, o Tonho teve que ajudar o Tião a tirar da boca de uma onça, a paca que os dois estavam caçando até altas horas da noite na Mata Grande. Era noite de lua cheia e a catinga da onça estava para todo lado, segundo contavam. Isto, depois de tomarem uma ou duas garrafas de pinga "pra espantar os musquito", como diziam. A paca teria ficado presa em ramas e cipós depois de abatida, dificultando ser arrastada para fora pela onça que espreitava a caçada de tocaia.

No momento em que os amigos desembaraçavam a paca puxando-a pela perna, a onça teria repentinamente aparecido junto, do outro lado, atraída pelo cheiro de sangue, abocanhado a cabeça da caça, embora de mau jeito, devido às ramas e cipós que lhe impediam maiores movimentos. Verdade ou mentira, como não havia mais testemunhas, botaram a gata para correr, aos berros repetidos do Tião de "larga a minha paca, onça desgraçada. Larga a minha paca! ".

Diferentemente do Tonho, o Tião morreu de medo, e que gritava assim, aos berros, desesperadamente, até a onça se assustar de vez e correr para dentro da mata. Segundo contavam, a onça conseguiu levar um pedaço da paca. Assustada e inconformada deixou para trás o resto da caça nas mãos dos dois amigos. Por causa disto, o Tião, durante muitos anos, era também conhecido como "*Tião Larga a Minha Paca*". Não tardou muito, os mais maldosos –, sobretudo os que eram do Distrito para onde o Tião tinha jurado que nunca mais botaria o pé, por causa de confusão com a sua mulher nos bailes –, gritavam no salão: "*Larga a minha paca*", toda vez que alguém tirava a Rosa do Tião para dançar.

6

Quando, logo de manhã, percebia que haveria sol o dia todo – pois, de maio a julho, e mesmo em agosto, na secagem do café, ele não faltava no terreiro –, parecia que meu coração acelerava o ritmo, de tanta alegria. Não há como explicar um sentimento desses. Sentia-me parte daquela manhã, como integrante da natureza. Ela me fazia perceber o quanto era bom secar o café, sem chuva, sem poeira, sem que ninguém viesse atrapalhar aqueles momentos dizendo "hoje o dia vai render, menino". Eu não gostava disso, mas também era bom parar um pouco e tomar o café quente com biscoito que vinha duas vezes durante o dia, da minha casa, na parte da manhã, por volta das oito horas, e depois do meio-dia, quando o sol começava a se inclinar para a tarde. Nos dias mais úmidos, por volta das quatro horas da tarde era tempo de ajuntar tudo em montes de café e de cobri-los com a lona para evitar a serração da entrada da noite e o sereno da madrugada. A gente se cansava um pouco, e por isso mesmo tinha que dar uma paradinha de vez em quando. No decorrer do dia as costas doíam por causa do movimento do corpo. Não muito, mas doíam. O sol não dava tréguas, apesar de se perceber que, de tempos em tempos, descia uma brisa fria da mata para aliviar o cansaço.

Quando o Patrão ia embora para o almoço, por volta das dez horas, o Tonho assumia o lugar dele, porque depois de tantos anos ele sabia exatamente o que agradava ou desagradava o Patrão. Às vezes o Patrão não voltava depois do almoço quando ia para o Distrito de Gameleira ver como andava a catação do café nos armazéns. Na época da panha ele ficava mais tempo na fazenda. Os dois se entendiam muito bem, pois o Patrão não precisava nem mesmo pedir as coisas, porque o Tonho parecia até adivinhar. Ele sempre percebia o que o Patrão estava prestes a pedir, do seu jeito. Na hora certa, sem pestanejar e sem muita demora, o Tonho mostrava para o Patrão aquilo que ele acabava de pedir, quando se tratava de ferramentas ou alguma coisa que deveria estar guardada nas tulhas, ou mesmo na serraria.

Parecia que o Patrão gostava muito do Tonho, confiava nele. À primeira vista, não sobrava muito tempo para mim e nem para ninguém mais na fazenda, mas todos gostavam muito do Patrão, pois, se pensássemos bem, nunca conhecemos outro para comparar. Os apanhadores de café que vinham de fora todo ano, diziam que a gente gostava dele porque ele sempre estava por perto, como um pai que fica presente junto à sua família, assim como o Tonho. Isto era verdade! Havia também aqueles que pareciam não estar satisfeitos com nada e somente não faziam graça a esse respeito, como diziam.

Quando eu era muito pequeno, às vezes eu chegava mesmo a pensar que todos da fazenda, todos os trabalhadores de tantos anos, éramos da família do Patrão. Para mim, naquele tempo, sempre tinha sido assim, pois eu nunca havia arredado o pé desse lugar, nem o Tonho, minha mãe e minha Madrinha.

Os horizontes da fazenda com montanhas altas, lavouras e matas verdes, sempre foram os mesmos. "Nossa referência", como dizia sempre o nosso Patrão, que também nasceu na casa da fazenda e nunca mais foi embora, nunca tinha deixado o lugar para trás por muito tempo. E veja que teve muitas oportunidades quanto estudou na Capital Federal, quando era moço, como ele disse certa vez. Nessa ocasião conheceu a Patroa. Foi nessa época que passou um tempo maior fora da fazenda. Na outra, já casado, ficou por lá mais alguns anos, retornando de vez quando a mãe faleceu, há muito tempo.

Ele mesmo, vez ou outra, falava para algum visitante que nós todos éramos a sua família, pois na fazenda ele não tinha mais ninguém, desde que a patroa morreu de uma doença ruim, lá na cidade. Ela ficou também entrevada por algum tempo, como a minha mãe. O Patrão comprou para ela uma cadeira parecida com a que o Tonho fez para a minha mãe, mas só que de ferro, com as rodas iguais às de bicicleta. Eu pensava que ele achou boa a ideia do Tonho. Depois de algum tempo ela morreu no hospital da cidade e por lá ficou. Foi enterrada junto com a filha que tinha morrido do coração quando era ainda muito pequena. "Ficou roxinha em torno da boca, a minina, virou os zoinhos pra trás e morreu", relatou assim a Madrinha, certa vez, sobre a morte dessa menina, a única que tiveram. Ficaram apenas os dois homens, numa família que sempre teve homens e nenhuma menina desde sempre, segundo a Madrinha, confirmado pela Dona Nenê Benzedeira que conheceu a todos da fazenda deste o tempo do Império.

Contam que o Patrão não queria que a menina fosse enterrada na cidade, mas foi convencido pela mulher cujos parentes não poderiam ficar mais tempo e nem mesmo vir até o Distrito para o enterro. Era tudo muito longe e difícil. Naquele tempo não havia a Estação Flor de Minas, da Estrada de Ferro Leopoldina, construída muito tempo depois, sendo a mais próxima do Distrito de Gameleira, até à fazenda. Ia dar muito trabalho trazer toda aquela gente importante da cidade ou da Capital até o cemitério do Distrito, por isso foi assim. Da mesma maneira a Patroa, em vida, falou que não queria ser enterrada no Distrito e sim na cidade, ou mesmo na Capital Federal, onde moravam os filhos e alguns de seus parentes e amigos, ainda vivos. Desse jeito o Patrão não teve escolha, pois os seus dois filhos e as noras, e todo o resto também quiseram assim; "e assim foi feito", resmungava.

A Madrinha dizia que o Patrão gostaria que todos da família fossem enterrados no cemitério do Distrito de Gameleira, nas catacumbas da família dele. Depois não teve jeito, pois o convenceram que no caso da menina, na cidade seria melhor. O Patrão tinha casa na cidade, mas não ficava nela de jeito nenhum, como ficava a Patroa de vez em quando, antes de se mudarem definitivamente para o Rio de Janeiro, antes mesmo do nascimento da minha mãe, na virada do século.

O Patrão não se cansava de falar com o Tonho que queria morrer na fazenda e ser enterrado no cemitério do Distrito. Deu ordem para que ele nunca, mas jamais, o levasse para o hospital da cidade. Em caso de adoecer feio, era para chamar a Dona Nenê Benzedeira, e só. Deixou tudo isso, bem escrito e registrado no Cartório do Distrito, em nome do Tonho. Não para os filhos, somente para o Tonho, em quem acreditava piamente. E também queria que seu desejo fosse respeitado por todos: os filhos, noras e netos, todo mundo. Mandou avisar a todos. Todos sabiam disso. Até o Padre Juquinha também sabia dessa vontade do Patrão. Eu sabia que o Tonho iria fazer a vontade do Patrão. Disso eu não tinha dúvida. Todo mundo, acho que até mesmo o Rubião sabia disso. E por isso mesmo eu sempre perguntava: "não é mesmo, calango? "

7

"Hoje o dia vai render... Não vai chover. Tá frio, mas tá bom! Hoje o dia vai render...". – Repetia o filho do Tião, em voz alta, para mostrar presença no serviço. Na ocasião em que ajudava na secagem do café depois da morte do pai, ficava sempre falando assim, ou arranjava outro pretexto, por ter chegado atrasado ao trabalho de secar café, tanto que tinha fama de temporão. O moço não se obrigava em nada. Não puxou o pai, que trabalhava e falava pouco, mesmo sob a chuva. Produzia, carregava, trazia e levava sem parar. Na capina, nos trechos entre as leiras de café, não tinha outro como ele para roçar o mato, limpar das carreiras tudo o que devia ser retirado para longe e ser queimado, espalhar pó de pedra para corrigir a terra, ninguém era como ele. Nem mesmo o Tonho fazia o que sabia fazer o Tião com as plantas. Floresciam e granavam sem igual. Onde ele tomava conta, e tomava conta de muita coisa, tudo era muito limpo e bem cuidado.

O filho do Tião, não! Não cuidava de nada. Não ajudava em nada. Ficava só pensando no momento de voltar para casa no final da tarde. Depois, certamente, iria para a farra. Onde havia sanfona, lá estaria o filho do Tião... Ele não se parecia nada com o pai. Parecia mesmo é com a mãe, Rosa, "meio descabeçada", como diziam dela, que desde nova sempre gostou de farra. De festa e de *furrupa*, como era chamada uma espécie de baile na casa de alguém por aqui na roça ou no Distrito de Gameleira. Ele era mesmo igual à mãe, como dizia a Madrinha.

Nesses bailes, a Rosa do Tião dava sempre desculpas, dizendo que gostava mesmo era de rodar solta no terreiro, ou mesmo dentro do salão quando a festa era no barracão do armazém dos turcos, no caminho para o Distrito. O Tonho não falava desse jeito da mulher do Tião, pois, segundo me contou a Madrinha, ele era meio-irmão da Rosa, por parte de pai. A moça, com idade de casar, foi trazida para o Distrito, mas somente quando a mãe do Tonho faleceu de problema nos pulmões. Sobre esse parentesco, ele mesmo não dizia nem que sim, nem que não, e por isso mesmo ninguém comentava sobre o assunto para não lhe causar constrangimento. Segundo contava a Madrinha, a mãe da Rosa, que nunca saiu da cidade ou mesmo veio para nossas bandas, não tinha uma vida regular quando se envolveu com o pai do Tonho, no tempo em que trabalhou por lá por alguns meses durante a reforma da casa da família do Patrão. Voltou para Gameleira naquela época e somente soube da menina, criada no mesmo ambiente da mãe, muitos anos depois.

Seu jeito alegre e extrovertido encantou o Tião, ainda solteiro com quase quarenta anos. Casaram-se um ano depois, quando a moça já trabalhava nos armazéns de catação de café no Distrito de Gameleira. Vieram morar na fazenda e tiveram um único filho, que saiu à mãe, sem nenhuma dúvida. O Tião, depois de casado, não gostava nada dessas festas, pois nunca conseguia dançar mais de uma música com a mulher. Isso, mesmo antes do episódio da onça, que somente ficou esquecido depois de muito tempo. Não sem um aviso claro do Patrão que proibira as pessoas que caçoassem do Tião de trabalhar ou mesmo entrar em suas terras, como nos armazéns que tinha no Distrito.

"Gosto de dançar sozinha", falava a mulher para o Tião desta maneira, para ver se ele a deixava ficar só, no meio do salão, onde os casais foliavam. Era somente ela e outra mulher do Distrito que dançavam assim, sozinhas. A outra era uma velha solteirona, muito esquisita, que não gostava de dançar com homem nenhum, com mulher não se importava, dançava a noite inteira se deixassem. No caso da Rosa do Tião, não passavam nem mesmo dois versos na cantiga da viola ou mesmo um repicado nos teclados da sanfona para a mulher aceitar a cortesia de outro homem que a chamasse para dançar. Não era um homem certo, podia ser qualquer um, menos o Tião. E ela aceitava toda sirigaita, como diziam dela no dia seguinte da farra, sem que o Tião percebesse. Dançava o tempo todo, sem parar, agarradinha ao parceiro de dança, criando um desassossego para o Tião.

O filho era igual à Rosa, dançava também com todas as moças do baile. Mas é diferente, homem é diferente e ninguém se importava! Ele não ligava para o serviço. Gostava muito de dançar o filho do Tião, de tocar viola, e de ficar atrás de rabo de saia.

"Rabo de saia é o que ele gosta. Não qué ôtra vida, esse moço", lembrava a Madrinha, ao lado do fogão, quando o caso era lembrado em nossa casa. De vez em quando arranjava confusão, de tal maneira que o Tonho, na falta do Tião, fazendo às vezes de tio, tinha que ir até à cadeia do Distrito para retirá-lo de lá, com a ajuda do Patrão. Além disso, o moço não rendia nada aqui no trabalho. O Patrão mesmo falou, certa vez, que não voltaria tão cedo à cadeia para o mesmo fim, que iria deixar que o filho do Tião ficasse uma boa temporada atrás das grades da próxima vez.

Eu não gostava quando alguém me dizia que o dia iria render como sempre falava o filho do Tião, de forma debochada, para justificar sua chegada tardia no trabalho, apesar da hora avançada. Acho que era só para me chatear. Só porque eu, muito novo ainda, não podia ir ao baile com ele e me meter em confusão. Eu ficava bravo com isso de ele dizer "render o dia", pois todo dia era bom de trabalhar, apesar de ser melhor quando havia sol. Ajudava na secagem do café, fazendo desta forma, render o dia.

De todo modo, trabalhando com gosto, o dia sempre rendia. O que não rendia, muitas vezes, no meu entendimento de menino, era quando a noite não passava, como se ela tivesse vontade própria. Para mim parecia que tinha. Ainda mais na lua nova, no inverno, quando a noite parecia infindável e não passava nunca. Eu achava que era mesmo porque eu dormia muito pouco. Quando eu era muito pequeno eu já não gostava de ficar deitado na cama, sem sono, mesmo em altas horas da noite. Nesses momentos, na minha cabeça de menino, parecia que a noite não deixava o sol aparecer de novo, que o detinha para ficar escondido, quase para sempre sem aparecer. Ou mesmo, fantasiava que a noite escondia o sol mais um pouco, até não poder mais segurá-lo e o deixar, finalmente, sair para clarear os montes. Eu ficava assim, desde esse tempo, provocando os meus pensamentos. Quando isso acontecia – quando o sol não aparecia como deveria, pois ele deveria estar lá quando a gente acordasse pela manhã, no momento da madrugada –, eu ficava desolado e com raiva da noite enquanto o tempo não passasse e surgisse o sol. Eu não tinha sossego e muitas vezes caminhava para fora de casa para ver o céu estrelado, apesar da hora. De vez em quando via estrelas cadentes riscarem o céu, principalmente nas noites mais frias do ano. E sempre do mesmo lado do céu as estrelas corriam, rabiscando a noite, caindo na maioria das vezes por trás da montanha de pedra negra, além da Mata Grande. Minha Madrinha contou, numa dessas noites rabiscadas de estrelas cadentes, que os antigos falavam que no local onde elas tocavam o chão surgia um pote cheio de ouro.

Eu gostava desta história contada pela Madrinha, sobre os antigos da região com suas crenças e segredos da natureza. Gostava de estar lá fora para contar as estrelas do mês, que apareciam na direção do ipê amarelo florido que ficava perto da porteira, atrás da Tulha Velha. Tudo isso para ver o tempo passar depressa. "Para chamar o sol", pensava, como uma forma de me distrair. Conhecia muitas delas, mas não sabia o nome certo de nenhuma estrela. Um amigo do Patrão, quando veio uma única vez à fazenda – pois não me lembro de outra vez que tenha vindo –, disse que elas tinham nomes ligados a lendas do passado, de quando existiam outros deuses, disputando algum lugar no céu. Era estranho, mas havia sentido naquilo que falava, pois, pessoas como a Dona Nenê Benzedeira, ou mesmo o Tonho, consultavam as estrelas nas noites claras, e mesmo sem conhecer nomes diferentes de deuses antigos, buscavam sinais que somente eles compreendiam.

Meses depois, na escola, a Dona Regina falou o nome de muitas delas, mostrando para a meninada um mapa do céu à noite, cujos nomes eram mesmo ligados a coisas muito antigas que, ainda crianças, não compreendíamos, pois, nossos corações ainda não estavam preparados, segundo reforçava a minha Madrinha. Os nomes que ela dava às estrelas, segundo constava no livro que trazia para a escola, não eram os mesmos que as pessoas da roça reconheciam. Acho que se pareciam com os que aquele amigo do Patrão associava aos deuses do passado. Por isso ela sempre mostrava os nomes do livro junto com aqueles que todos usavam na região. As minhas preferidas eram as três enfileiradas, as Três Marias. O nome delas no livro era outro como cinturão de alguma coisa que ninguém pôde guardar. Mas, como as lições na escola eram dadas de manhã, ela não tinha como oferecer uma "aula prática sobre o céu", como gostaria, segundo nos disse nessa ocasião. A gente, ainda muito pequeno, nunca teve essa tal de "aula prática", mas era chique esse nome que aprendemos, sem mesmo experimentar como seria.

Uma vez até que ela tentou, pedindo que chegássemos de madrugada na escola, em meados do mês de junho, para aproveitar a noite escura e o céu limpo da região. Todos foram, naquela manhã bem cedo, mas houve um problema com a charrete da Dona Regina que a impediu de chegar à Escola no horário marcado. A professora morava no Distrito de Gameleira. Ficamos ali, encolhidos do frio, na porta da Escola, de olho no céu, contando as estrelas que surgiam entre pequenas nuvens isoladas, enquanto a luz do dia ainda não se mostrava. As estrelas conhecidas da noite já não eram percebidas. Disseram que a égua que puxava a charrete da professora tinha fugido da cocheira durante a noite e que custaram a encontrá-la. Quando a Dona Regina chegou à escola, já passavam das dez horas. A meninada, curiosa e de barriga cheia, estava toda acomodada na cozinha ouvindo histórias de assombração contadas pela Piedade. Desta forma, adeus aula prática que nunca ocorreu. Infelizmente, não aconteceu nem mesmo no dia em que a Dona Regina veio à festa de São João no terreiro de café da fazenda, uma semana depois. Também ninguém mais se lembrou disso naquela noite em que a quadrilha e as brincadeiras interessavam mais às crianças, como também soltar bombinhas, balões e busca-pés.

O cachorro que o Patrão tinha naquela época, o perdigueiro, não gostava nada de foguetório do dia de São João. Latia, chorava e depois, com o rabo entre as pernas, ia se esconder debaixo da tulha nova e por lá ficava até na hora de ir embora. O Padre Juquinha, naquela ocasião da "aula prática", também falou uma vez que uma dessas estrelas iluminou o caminho dos tais Reis *Magros*. "Ou eram Magos?", pensava. De toda sorte, eu não sabia, naquele tempo, o nome daqueles reis que eram bons e que foram levar coisas boas para o Menino Jesus, nascido no curral. Não era bom em guardar nomes de religião.

"Eu também que não sou rei, e nem mesmo sei o que é ser um rei, poderia levar para o Menino Jesus um presente", justificava. Nem que fosse um boneco dos que eu fazia usando o canivete corneta, de cabo de osso trincado. O que ganhei do Tonho a pedido da minha Madrinha, Maria Natividade, que veio ao mundo no mesmo dia em que Jesus nasceu. Por isso é que o nome dela era Natividade, como dizia. Também, Maria, porque na família do seu pai havia três irmãs, suas tias, cujo primeiro nove era Maria, como as Três Marias do céu. Mas, para mim ela sempre foi Madrinha.

Ela me mostrava essas três estrelas brilhantes, bem próximas umas das outras, na mesma linha, toda vez que eu perdia o sono e ficava lá de fora da casa esperando o dia clarear. Anunciavam a proximidade do verão, quando eram percebidas no céu nas primeiras horas da noite. Elas estavam lá, sempre voltadas para a mesma região do céu. Ora mais longe, inclinadas. Ora mais perto, no meio do firmamento. Algumas vezes no ano elas somente eram vistas no céu de madrugada.

Às vezes eu esperava o dia nascer no colo da minha Madrinha, quando vinha me fazer companhia, ao perceber que eu tinha perdido o sono e saído para a varandinha da sala, depois de ter passado no quarto da minha mãe para ver se ela estava bem, se respirava.

Ela abria a porta da sala devagar e vinha me fazer companhia na varandinha, quando me puxava para o seu colo, cobrindo-me com uma manta de lã antiga, que tinha o seu cheiro. Eu ficava ali, esperando o sol chegar, de olho no céu, encolhido de frio por causa do sereno da madrugada. Aqui na roça, por causa dos morros, primeiro vem o clarão, detrás da serra, iluminando a montanha do outro lado onde o sol vai morrer no final do dia. É como se acendessem um farol de luz amarela, projetada sobre a ponta da montanha de pedra, no alto da Mata Grande. Era muito bonito e comovente ver o sol nascer no colo da Madrinha... Era quem cuidava de mim, desde quando minha mãe ficou entrevada no dia em que nasci. Quase morri no dia do meu nascimento. Eu fiquei filho único, sozinho naquele dia, pois tentaram acudir a minha mãe que ficou desfalecida. O Juca, afilhado do Tonho, falava que ela tinha ficado "defrussada". Era o que se ouvia pela casa durante muitos anos. É claro que devia ter sido o Tonho quem concluiu isso. O Tonho sabia das coisas. O Juca, que já não era mais novo, ainda estava aprendendo sobre a vida naquele tempo. Deve ter escutado isto da avó, a Dona Nenê Benzedeira.

Anos depois ele ficou sabendo de mais coisas e foi embora para o Mato Grosso com uma sacola de roupa e uma mulher da zona e nunca mais voltou por aqui. Não foi como da primeira vez em que teria sido enviado a Mato Grosso quando tiveram notícias da morte do irmão do Patrão. Dessa última vez, não, ele foi por conta própria. Uns falam que ele havia saído corrido, jurado de morte. Não sei por que, mas todo mundo aqui quando some ou vai embora para sempre, vai para o Mato Grosso. "Devia ser mesmo muito longe esse Mato Grosso", pensava.

O Tonho, que era padrinho do Juca, dizia e repetia que o moço não voltaria mais. A avó que o criou como filho, a Dona Nenê Benzedeira, que já estava muito velha, falava para todo mundo que não morreria enquanto esse "minino disgarrado" não voltasse para casa. Olha que ela, mais velha do que a minha Madrinha, ainda estava aí, pois sabia como levar a vida por mais tempo, apesar de se sentir, vez ou outra, um pouco fraca.

As pessoas morriam e a Dona Nenê ficava nesse mundo de Deus, como diziam dela na roda de conversa na fazenda, nas noites frias em volta da fogueira. Eu acho que é porque ela cuidava das pessoas com suas rezas e por isso mesmo Deus não a deixaria morrer como os outros morrem, enquanto não aparecesse outra com o dom que ela tinha.

"A graça divina que ela tem, qui nunca vi do jeito dela, vem de Deus", dizia a minha Madrinha. As pessoas do lugar, daqui da fazenda, e até do Distrito de Gameleira dependiam dela, das suas rezas e "benzeções". Ela, eu acho, era a pessoa mais velha da região. Mais velha até do que o Patrão, que nem idade mais tinha para somar. Mais velha da fazenda, disso eu tenho certeza. Nem no Distrito existia pessoa mais velha do que a Dona Nenê Benzedeira.

8

A enfermidade da minha mãe era uma doença que dava em todo mundo que tinha problema de pulmão, segundo explicou a Dona Nenê Benzedeira para as pessoas da região, "salvo arguma coisa adversa, que só Deus sabia", completava. Minha mãe quando era mais nova fumava muito, diziam. Lavava na bica e passava a roupa da casa da fazenda – que secava e quarava no varal, ou na grama do terreiro –, com o ferro quente que tinha de soprar várias vezes para avivar as brasas. Ela também cuidava de acender o fogão, da mesma forma, soprando as cinzas, atiçando o fogo, arrumando as coisas da casa e varrendo o terreiro. Segundo a Madrinha, a minha mãe fazia o seu próprio cigarro de palha e fumo de corda que ela mesma enrolava. Essa doença, segundo o Tonho, é aquela que não deixa a pessoa respirar direito, por faltar ar nos pulmões. "*Falta atmosfera*", como disse uma vez um homem gordo e fanho que veio comprar café do Patrão, a propósito de um amigo, justificando: "Falta de ar nos pulmões, é como fole de forja furado, falta atmosfera". Em seguida, concluiu: "morre defrussado!".

Eu era muito pequeno, mas ria quando esse homem falava ou pronunciava alguns "fonemas" – como dizia a Dona Regina na escola. Saia tudo pelo nariz com um som estranho. Era esquisito ouvir como ele fungava ao falar certas palavras como: *bife*, *bofe*, *fui*, *fiei*, *fé*, *bafo*, como quando a gente aprendia a lição do "fê" na escola. Certa vez eu o pedi para repetir essa lição e o Tonho ralhou comigo, pela primeira vez. Senti que era mesmo sério o caso. Entretanto, com o passar dos anos, de vez em quando o Tonho também remedava o jeito do homem falar, mesmo sabendo que a Madrinha daria um pito em nós dois, por rir da lembrança da fala do gordo fanho. Depois, não tinha jeito, ela também entrava na brincadeira e ria só de ver o Tonho falando fanhoso como o gordo no passado.

Quem acudiu a minha mãe, depois do parto, foi a Dona Nenê, a benzedeira. Mas foi preciso que ela viesse depressa, pois a minha mãe estava desfalecida. Fiquei no canto da cama, o tempo todo enrolado em uma manta, até que chegaram à nossa casa para nos acudir. Fiquei de qualquer jeito, mas aconchegado, dentro da manta de algodão que a minha Madrinha tinha tecido e dado para a minha mãe enrolar a criança quando nascesse.

O Tonho, que fez o parto sozinho, me enrolou nessa manta quando viu minha mãe desfalecida, quase morta. Teve medo que eu morresse. Isto, depois que deu um nó no cordão do meu umbigo, pois não teve coragem de cortar e amarrar como às vezes é preciso fazer com os bezerros quando nascem. Não quis, desta vez, usar o seu velho canivete Corneta de cabo trincado. Cortou o que podia, mas muito longe da minha barriga, com medo do meu umbigo "zangar", como ele mesmo dizia quando o assunto voltava. Ele estava sozinho conosco, em casa. Apenas deu um nó no meu umbigo, coitado, enrolou o resto em um pano limpo depois colocou tudo numa fronha de travesseiro, nos deixou no quarto em cima da cama e foi procurar a dona Nenê Benzedeira e a parteira naquela noite.

A Madrinha, na ocasião, trabalhava para os patrões e morava numa casinha, nos fundos da casa da fazenda. Por um instante, ao se aproximar do portão que dava acesso ao quintal, o Tonho hesitou em chamá-la de fora para não acordar quem estivesse na casa do Patrão. Tinha receio da farra dos cachorros que latiam com tudo que ultrapassava do portão de ferro para dentro do terreiro. Apesar de tudo, depois de ter sido identificado pela cachorrada, bateu na porta da casa da Madrinha, baixinho, e pediu que ela fosse até à nossa casa, depressa, para ficar conosco enquanto ele buscaria mais ajuda. A Madrinha fez o que pôde fazer, apesar de não saber muito como ajudar, sem desesperar. Passado algum tempo, que não sei precisar o quanto durou, a parteira veio junto com a Dona Nenê. Ela morava perto da Dona Nenê Benzedeira – um pouco mais à frente, no caminho do monjolo, para baixo da cachoeirinha, em cujo poço a meninada mergulhava de cima da pedra. Mas, no meu pensamento, não precisavam mais da parteira, já que eu já tinha nascido. Era o que eu, já grandinho, pensava. Mas, a minha Madrinha me disse uma vez que precisavam da parteira, sim. Dizia: "dispois que a criança nasce ainda tem muita coisa pra fazê com a mãe e o bebê".

Disse ainda, que não era a mesma coisa quando nascia um bezerro no pasto, ou os porquinhos lá no chiqueiro. Que a minha mãe, como todas as outras no dia do parto, precisava de muita atenção. Ainda mais porque estava desfalecida e quase morreu. Ela falava que precisavam da parteira, pois a dona Nenê, apesar de experiente com todas as doenças da roça, não sabia ou não gostava de fazer parto. Ela levava jeito, segundo a Madrinha, mas não gostava. Talvez porque já estivesse muito velha. Por isso é que demoraram a chegar. Eu fiquei ali de lado, na cama – todo enrolado pelo Tonho na manta de algodão que a Madrinha fez –, com o rosto virado para a lamparina, segundo o Tonho, com o olho entreaberto recebendo o balançar da chama, como se pudesse perceber a luz naquela hora. Acho que os meus olhos nem abertos estavam. Deviam estar mesmo fechados, como dois risquinhos. Parecem dois risquinhos os olhinhos fechados das crianças recém-nascidas, não é mesmo? Demorou mais de uma hora para elas chegarem juntas com o Tonho. Talvez mais tempo do que isso. Ficamos sozinhos, eu e a minha mãe desfalecida, por um bom tempo, até que chegou a Madrinha, depois o Tonho com as outras mulheres.

Era noite alta e o Tonho, sozinho naquele momento inesperado, não entendia disso e ficou cismado com a coisa, coitado. Nunca tinha visto ninguém nascer assim tão de perto. A não ser os bichos da fazenda, que ele conhecia muito bem. Tudo aconteceu de repente e eu nasci nas mãos dele. Não havia mais ninguém em casa, foi tudo muito de repente. Ele foi muito corajoso, pois homem da roça não sabe nada de parto. Ainda mais da própria mulher. Isso era coisa para mulher parteira, segundo diziam. No meu caso foi o Tonho quem fez tudo direitinho, com a sua falta de adrenalina. A parteira falava, segundo minha Madrinha, que eu ia nascer daí a um mês, pois a barriga da minha mãe ainda não tinha baixado... Talvez seja por isso que eu nasci muito pequeno. "Muito miudinho e antes do tempo", como dizia a dona Nenê Benzedeira, que ao me abraçar, me chamava sempre de Miudinho.

Numa conversa que o Tonho teve com um médico vindo da cidade, muitos anos depois, quando eu já estava na escola, e que a minha mãe parecia que já ia mesmo embora, ele contou para o Tonho sobre o problema da minha mãe no parto. O problema que a deixou entrevada, segundo esse médico, tinha a ver com o fato da pressão dela ter subido muito, provocando um derrame. Na semana que ela foi mesmo embora, parece que o problema voltou de vez. Tendo ouvido o que falava o Tonho a respeito do problema da minha mãe quando eu nasci, no entender do médico, lembro-me que eu apenas disse ao Tonho: “Não sei, Tonho, depois de tanto tempo, como é que ele podia saber disso?”.

9

Quando o sol estava de frente, pela manhã – a despontar entre o ipê roxo que florescia no final de junho e o mastro do cruzeiro de São João ainda todo enfeitado da festa do santo – eu procurava ver na murada de pedra, ao lado da Tulha Velha, se o Rubião estava por lá, dizendo sim. Se o tempo estivesse nublado, ameaçando chuva, ele não vinha. Aquele calango velho, que perdeu o rabo algumas vezes, parecia que me reconhecia, pois me cumprimentava todos os dias ensolarados, como num ritual: dava alguns passos para frente, no alto do muro de pedras, parava repentinamente sempre e dizia sim para mim. Nos outros dias acho que ficava na toca descansando.

Todos os anos na época da panha e secagem do café ele sempre estava lá me esperando para me cumprimentar. Se ele tivesse um chapéu, como os homens daqui, estou certo de que ele o tiraria quando me visse para me cumprimentar com um bom dia. Eu, como já disse, chamava esse lagarto velho de Rubião. Ele era mesmo muito velho. Sei que era mesmo ele, pois o Rubião tinha uma cicatriz do lado direito que eu mesmo provoquei quando o acertei com uma pelota, na ocasião em que comecei a usar a minha primeira atiradeira, feita pelo Tonho.

Depois disso, como ele não morreu daquela pedrada, ficou a cicatriz, em forma de cruz. Fiquei arrependido e com muita pena dele, coitado. Depois, ficamos amigos. Muito amigos, apesar de arredio, pois uma coisa dessas não se esquece na vida, ele me permitia chegar perto, bem perto dele. Colocar a mão, não. "Amizade sim, intimidade nunca", diria o Rubião, certamente, se pudesse.

Agia de outra forma, empinava o corpo sobre os braços esticados quando percebia alguém diferente se aproximar. Ele ficava arisco, mesmo com o pessoal da fazenda que passava por ali o ano todo, ou mesmo quando alguém caminhava distraidamente em direção da Tulha Velha. Rubião fazia um sim com a cabeça e caia fora. Não queria saber de outras pessoas. Encerrava o papo e ia embora, abanando o rabo cotó na saída. Naquele dia, no passado, ao sair correndo por causa do impacto da pelota, ele perdeu o rabo pela primeira vez. O rabo dele, caído no cimentado do terreiro de café, ficou remexendo e se contorcendo por muito tempo. Parecia vivo. Depois, virou comida de galinha.

Com o passar dos anos, quando o percebia no início do dia, sobre o muro de pedras, buscando o sol – e sacudindo a cabeça, me via mais perto dele –, era eu quem tirava o chapéu para cumprimentá-lo. E falava: "bom dia, Rubião! Como vão as coisas, tudo bem? ". Balançando a cabeça, dizia que sim. "Está tudo bem!", imaginava.

Quando o sol estava de frente do outro lado, no cair da tarde, avançando os últimos brilhos avermelhada mata adentro, antes da parada do dia, eu procurava ver se percebia – no meu vai e vem continuado – entre as folhas verdes intensas do ingazeiro, bem para trás da bica, algum movimento comum dos macacos-prego.

Sabia que estariam lá, na espreita, pois gostavam de passar a noite ali, perto da entrada da mata. Assim me parecia, mas pode ser minha imaginação achando que eles se sentiam mais protegidos naquela velha árvore, mesmo estando muito perto das pessoas. "Eles já se acostumaram com a gente", pensava. Minha Madrinha me contava que desde sempre ela se lembrava de ver macacos dormindo nas galhadas do velho pé de ingá e que de vez em quando havia briga feia, com sacudir ameaçador de ramos, galhos e muita gritaria. Ela percebeu esse comportamento dos macacos-prego no velho pé de ingá, como também ouvia contar desse costume dos bichos, mesmo antes de existir a antiga tulha, que já era muito velha.

"Os macacos gostam de voltar para o mesmo lugar...", dizia assim o Patrão, quando percebia que eles estavam sempre por ali mexendo nas frutas da mata. "Dispersam as sementes, coisa da natureza", completava o Patrão, quando comentava sobre os bandos de macacos que havia na fazenda com algum visitante. Certa vez, quando eu ainda era muito pequeno, perguntei ao Patrão o que era dispersar. Ele me falou o que queria dizer. Na verdade, o que ele queria dizer, se eu bem compreendi naquele dia, é que os macacos espalhavam cocô com semente na mata ou mesmo deixavam cair no chão ao comer, e por isso nasciam árvores de frutas para todo lado. E, por isso mesmo, com o passar dos anos "outras árvores vão nascer na mata e estarão também carregadas de frutas, na mesma ocasião do ano, e assim recomeça tudo", completava. Então, eu lhe disse que a cotia também "dispersava" as sementes, mas com as patas. Mais do que isso, eu disse para ele que "as cotias plantavam as sementes". Falei isso para o Patrão, no mesmo dia em que eu ainda era menino, muito pequeno, e queria saber o que era dispersão. Ele achou graça, dizendo que ele nunca tinha visto uma cotia fazer isso. "Mas, quem sabe? ", completou. É claro que ele sabia disso, mas não quis falar nada, sei lá por quê. Ainda mais ele que conhecia de tudo por aqui das matas, dos bichos e das pessoas. Conhecia muito as pessoas, o Patrão. De qualquer maneira, depois desse dia eu não dei mais nenhuma opinião para o Patrão sobre os bichos. Também não perguntei mais nada da natureza.

Da natureza, conhecia o Tonho. Depois que o Tião morreu, o Tonho era quem conhecia mais sobre tudo por aqui. Ele é quem conhecia dos bichos que moram perto da nossa casa, como também daqueles que habitam a Mata Grande preservada pelo Patrão. Não era necessário aprofundar na verdade das pessoas para saber que o Tonho sabia das coisas. Ele sabia de muita coisa da natureza, como cuidar dos animais e das plantas. Como o Tião, lavoura que ele punha a mão florescia na data certa e dava mais fruto. Sabia muita coisa da lavoura, o Tonho, mais ainda de carpintaria, de sapateiro, de atiradeira, de arreio, de silhão, de ferradura, de roda de carroça e de ferramenta da roça, de carro de bois, de tirar leite, de amansar cavalos, de ver o tempo. Tudo isso e muito mais.

"Um dia, quando for o momento, quero ter aprendido com o Tonho o que existe de mais importante na roça", pensava de tempos em tempos, preocupado em segurá-lo mais na minha vida, quando comecei a perceber que não permanecemos por muito tempo.

10

Quando eu ainda estava na escola da Dona Regina, junto com a meninada, eu ficava com vontade de voltar para casa para escrever poesia. A professora tinha nos ensinado a rimar com versos, do jeito que a gente lia nos livros da escola ou escutava nas cantigas de viola dos repentistas do rádio. Lembro-me bem desse tempo, pois coincidiu com o início da panha do café, uma semana antes do São João. No nosso lado, na região da fazenda, a panha começa um pouco mais cedo, mas naquele ano, aconteceu um atraso de quase um mês, e o Tonho já estava preocupado, pois houve uma demora no tempo e foi preciso esperar.

Na época da florada do café do ano anterior, o Tonho, numa conversa com o Patrão na varanda da frente da minha casa – na verdade uma varandinha, pois só havia dois bancos de madeira – falou para ele que pressentia, (foi essa palavra mesmo: *pressentia*), que haveria atraso na colheita. Era domingo. Eu sei disso porque, bem cedo, por volta das quatro horas, a Madrinha tinha ido à missa das seis horas na Igreja de São João Batista, no Distrito, com a Dona Nenê Benzedeira, levadas de charrete pelo neto Juca. Quando ele ainda estava por aqui, fazia dessas cortesias, pois gostava muito da minha Madrinha, como também do Tonho, de quem era afilhado.

Eu nunca tinha ouvido alguém falar *pressentia*, foi mesmo pela primeira vez. A minha curiosidade fez meus ouvidos aguçarem e minha atenção se dirigir para aquele assunto diferente dos dois assentados no banco da varandinha. Como eu estava perto daquela conversa, brincando com o meu pião do lado de fora da varanda, na frente da casa, afinei os meus ouvidos para entender o que era aquilo de "pressentia". Para mim era uma coisa nova e, certamente, do interesse do Patrão, que, apesar de dar de ombros e fazer como que não concordava com pressentimentos, como ele mesmo disse. Fiquei atento na escuta, assim eu comecei a associar uma coisa com a outra.

"Lá vem você de novo, Tonho, com esse tal de pressentimento. Será que a gente pode mesmo atrasar as coisas na lavoura, por causa disso?". Falou, assim, com voz grave o Patrão, ao perceber que o Tonho estava firme em suas observações, pois ele sabia que o encarregado conhecia bem a natureza. Logo, logo, percebi naquela conversa entre os dois que havia palavras e sentimentos para expressar coisas que não estavam prontas para a gente comparar com o que já conhecia. Que não havia uma certeza como tantas outras que a gente tem na roça, como o cacarejar de uma galinha, anunciando que acabara de botar um ovo. Nunca vi o Tonho dizer que pressentiu isso. Nesse caso ele falaria, certamente: "a galinha botou o ovo, menino, vai buscá ele pra sua Madrinha". Assim, eu comecei a prestar atenção nas coisas que não se pode saber com a certeza certeira, pois que ficaria sempre uma dúvida no outro quando soubesse que você teve um pressentimento. Daí a primeira reação do Patrão, ao pressentimento do Tonho. Não sabia se deveria acreditar, pois não interessava ou não queria. Acho que é isso que o Tonho tem quando diz que vai chover, que não está na hora de capinar os trechos, que já é hora de começar a plantar o milho ou coisa assim. Por mais que o Patrão tivesse informação de muita coisa para além daquela serra, pois ele conhecia muitas fazendas nesse mundão de Deus, ele sempre recorria ao Tonho para ouvir seus pressentimentos. Mas isso eu somente comecei a perceber a partir desse dia, na florada do café, no final do mês de setembro, quando o ar fica cheio daquele perfume indefinido e puro da flor do café, descendo das lavouras para a parte baixa da fazenda. Não deu outra. Como ele havia pressentido, tudo atrasou naquela safra, pois a chuva demorou muito e o sol de dezembro a fevereiro castigou a lavoura de café como também os outros plantios da roça, sem pena. O Patrão, prevenido do tempo seco e do melhor momento para plantar a roça, não perdeu quase nada comparado com os vizinhos, que perderam o milho que nem mesmo pendoar, pendoou; perderam o feijão, que minguou, deixando a vagem vazia; que também perderam quase tudo, até a colheita da mandioca, na terra esturricada, ficou prejudicada, como da cana para fazer rapadura, que não dava caldo. Por isso, o Tonho era sempre ouvido pelo Patrão. Ouvido e respeitado, pois, o que pressentia, acontecia.

No ano da previsão acertada do Tonho, como pude constatar depois que sempre dava certo, em que houve atrasos do início da panha do café, uma semana antes do São João, a Madrinha me falou que o filho do Tião estava preparando uma quadrilha na festa do Santo. No caso, o Patrão deixaria usar um dos terreiros de café com uma condição naquele ano, por causa do atraso do início da colheita: exigiu que a festa de São João passasse para o dia de São Pedro, cinco dias depois, ou seja, no dia 29 de junho, num sábado à noite. A Madrinha me perguntou se eu gostaria de participar da quadrilha. No caso, considerando que eu já estava ficando grandinho, me disse que havia uma menina, filha de uma apanhadeira de café, vinda do Distrito, que também queria fazer parte da festa.

"A mãe dela, meu fio, quer sabê se ocê dança com a minina! Dança, vai?", insistiu a Madrinha, vendo que eu estava com vergonha e não queria responder de imediato. "Queria ter tempo pra pensar", falei, envergonhado. "Qui pensá, coisa nenhuma, meu fio, e a minina tem lá esse tempo qui ocê qué?". Rebateu-me de pronto, não deixando brecha na minha escolha. Na verdade, sem mesmo pensar em quadrilha, eu já tinha visto essa menina na fazenda, ao lado da mãe, na panha do café. Sabia de quem se tratava, era a Maria Eduarda – o nome completo dela –, que tinha a minha idade e frequentava outro grupo escolar. Uma escola caindo aos pedaços, pertencente à prefeitura, que ficava próximo à praça da igreja, no Distrito de Gameleira. Como a prefeitura não pagava as professoras direito, os alunos ficavam muitas vezes sem aulas por um grande "período", como diziam na escola da Dona Regina. As professoras somente paravam de dar aulas depois de muitos meses sem receber um tostão, às vezes por mais de um ano, e por isso não tinham como pagar suas contas nas lojas ou nas vendas, onde compravam fiado. Muitas delas já não podiam mais comprar nada, porque os comerciantes não queriam ter mais prejuízos. Não deixavam as aulas porque tinham medo de perder o emprego, assim como o tempo contado para a aposentadoria. Ou ainda, de serem mandadas embora, caso ameaçassem parar de dar as aulas. Às vezes os alunos do grupo da prefeitura perdiam o ano, ou mesmo abandonavam a escola por esse motivo. Isto acontecia sempre, segundo o Tonho, quando havia troca de prefeito no município, seja por eleição, seja por indicação. Muitas delas eram mandadas embora, caso fossem apadrinhadas por políticos da oposição, ocasião em que o mandante colocava outras no lugar, assim que pusesse o pé no gabinete da prefeitura. Ficavam os alunos, sem merenda, sem banheiro, sem nada.

Uma vez essa menina, quando tinha quase sete anos, levada pela mãe, esteve na minha escola, mas não pôde ficar, pois não havia mais vagas em razão da sala de aulas estar completa. Éramos, naquele ano, 26 alunos, um aluno além do limite que a professora aceitava.

De qualquer maneira, não deu certo o negócio da quadrilha de São João, no dia de São Pedro, proposto pelo Patrão, em atendimento à solicitação do filho do Tião. Nesse caso, o pessoal da fazenda resolveu, por conta própria, ouvir sanfona e dançar uma quadrilha menor, no dia certo do santo, com apenas o pessoal da fazenda mesmo, sem muita brincadeira, apenas uma fogueira, pipoca e batata doce assada. Isto, porque ninguém gostou desse negócio de mudança do dia da festa de São João, pois nenhum devoto dele, das nossas bandas – e olha que são quase todos os que moram de um lado ao outro do terreno do Patrão – faria uma festa para o santo em dia diferente. São João Batista, além de ser o padroeiro da Cidade, era também do nosso Distrito, assim como da fazenda que sempre teve um mastro de bandeira do santo, enfeitado de bandeirinhas o ano todo, acima dos terreiros de café, ao lado da igrejinha da fazenda. Acho que de todos da região, somente a família do sô Pedro da Raimunda concordaria com isso. Mas, como a maioria também respeitava o dia de cada santo: Santo Antônio, no dia 13; São João, no dia 24 e, São Pedro, no dia 29 de junho, ficou do jeito que tinha de ser. Já o Tonho não se importava com o dia do Santo dele. Depois que a Madrinha morreu, pois que ela era quem sempre se lembrava dos aniversários da casa, eu é quem avisava ao Tonho, quando chegava o dia 13 de junho. Neste dia, quando a Madrinha era viva, tinha broa de fubá e cará com melado no café da manhã e frango com quiabo e angu, no almoço. Tinha gente, como a família do Tião – na verdade, da mulher e do filho –, que comemorava tudo o que era dia de festa do mês de junho, com ou sem padroeiro. Se não fosse no terreiro da casa deles, perto da encruzilhada do monjolo, pelo menos a mulher do Tião e o filho dela, que levava junto desde pequeno, sempre encontravam onde havia forró, sanfona e dança. Muita dança a noite toda. Mesmo com chuva – o que era raro nessa época do ano pelas nossas bandas, a não ser chuvas da lua nova, mais ralas –, eles não deixavam de ir para a farra. Depois da morte do Tião, parece que ela havia sossegado um pouco. Baixado o facho, como diria a Madrinha, num caso desses.

Quando começaram as férias do meio do ano, dois dias depois da festa de São Pedro, que não houve, pois ninguém quis fazer nada do que o filho do Tião tinha pensado, guardei os meus cadernos e livros na caixa do meu quarto. Essa caixa, parecendo um baú de madeira, o Tonho tinha feito para a minha mãe guardar suas roupas do enxoval do casamento deles. Depois que ela nos deixou o baú ficou para mim. Era também guardado nesse baú brinquedos de madeira feitos pelo Tonho, uma fotografia da minha mãe ainda menina e uma antiga de três moças, parentes da Madrinha, que eu nunca conheci. Havia ainda uma bíblia sagrada velha, faltando partes da capa e algumas páginas do Velho Testamento, que a Madrinha, certa vez, me disse tê-las guardado numa cômoda velha, no tempo em que ainda morava na casinha dos fundos da sede da fazenda. Finalmente, havia também livros de história que ganhei da Dona Regina, além de cadernos usados na escola em anos anteriores, em que eu escrevia poesias de vez em quando para me distrair. Eu as escrevia depois que voltava da escola e comia a comida quentinha que a Madrinha deixava no forno para mim, num prato esmaltado, verde. Lá em casa, cada um tinha o seu prato identificado pela cor: o do Tonho era azul, o da minha Madrinha era branco, e o da minha mãe, quando ainda estava conosco, vermelho.

Nessa época – me lembro bem –, o prato vermelho já ficava guardado, separado dos outros na prateleira e ninguém mais o usava. Nem quando vinham visitas em nossa casa, como alguma comadre ou parente longe que eu nunca tinha visto antes, era permitido usar o prato vermelho da minha mãe. Ele ficava ali, e ainda continuava na prateleira junto das vasilhas areadas e limpinhas que a Madrinha arranjava em ordem de tamanho. Depois do seu passamento, continuou resguardado da mesma forma. Quando ela dava uma arrumação grande na cozinha – ocasião em que não deixava ninguém entrar para não atrapalhar a "passação" de barro branco até no chão, depois de ter passado a tinta de barro branco nas paredes e no fogão – ela lavava também com muito carinho o prato esmaltado vermelho. Lavava tudo de novo na bica, mesmo as vasilhas que não foram usadas naquela semana. Nesse momento, com ela ainda à beira da bica, era quando eu podia ver, e somente nesse momento, que a minha Madrinha chorava. Depois de lavado, ela abraçava aquele prato esmaltado vermelho e suspirava fundo. Parece que tinha muitas saudades da minha mãe. Vendo-a daquele jeito, eu corria para a bica onde ela acabava de retirar as vasilhas que secavam ao sol, e abraçava a sua cintura e ficava assim, parado por muito tempo, de cabeça baixa, até que ela pudesse se refazer de seus pensamentos. "Vai lá no galinheiro pra mim, meu fio. Acho que as galinha cacarejô! Deve sê aquela carijó do pescoço pelado. Vai lá, vai, meu fio. Vai buscar os ôvo!". Eu ia sem pestanejar, e sem olhar para trás, pois sabia que naquele momento ela deveria estar enxugando as lágrimas com o avental.

Naquele mês de julho, em que houve atraso no início da colheita, coincidiu com a minha ajuda especial com as equipes da panha do café, pois o vaqueiro, que também era o carreiro da fazenda – que também guiava e apartava as juntas de bois nas cangas e ajustava todas no carro –, tinha se machucado e não podia trabalhar naquela safra. Na verdade, tinha levado uma chifrada de um touro novo que ele queria apartar para cobrir uma vaca no cio. Levou uma chifrada no sovaco que quase lhe arrancou os nervos para fora. O braço dele ficou torto para um lado por causa do inchaço, mas não quebrou o osso, segundo o médico da cidade. Mas deslocou feio, saindo do lugar, ficando dependurado nos músculos repuxados. Foi preciso que o Patrão o levasse correndo para o Hospital Nossa Senhora Auxiliadora, lá na cidade, em cima da carroceria da caminhonete, pois, por causa da sujeira do curral mais a sangueira que corria braço abaixo, não dava para saber o que tinha mesmo acontecido com o vaqueiro. O Patrão amarrou o braço do homem com um lençol da minha casa para estancar o sangue enquanto seguisse viagem. O Tonho, preocupado com o estado vaqueiro, foi junto na garupa da caminhonete onde o homem, desfalecido de dor, foi deitado na carroceria sobre uma esteira de taboa que ficava enrolada dentro da Tulha Velha.

A Dona Nenê, preocupada com o ocorrido, comentou com a Madrinha que somente a reza dela não adiantaria, mas que rezaria de qualquer jeito, "pois quem sabe, acima de nóis é só o nosso Deus e o nosso sinhô Jesuis Cristo! ", concluiu. Por causa disto, depois de conversar com o Tonho, na volta da cidade, o Patrão me confiou conduzir sozinho o carro de bois, mas não ainda as tarefas de pegar os bois no pasto, colocar na canga ou atrelar as juntas no carro. Eu ainda era muito pequeno e não daria conta. Esses serviços, o Tonho fazia para mim. "Somente o trabalho de carreiro, menino", disse o Patrão, mais com os olhos do que com a boca. Mas, ao contrário disso, naquele dia eu queria também participar da panha, para ficar mais um pouco ali, junto com as outras pessoas.

Na verdade, pela primeira vez na minha pequena vida eu percebera que a Maria Eduarda, a menina com quem eu deveria dançar a quadrilha e que não deu certo, estava diferente daqueles outros anos em que ela vinha com a mãe ajudar na lida costumeira da panha do café. O vestido dela parecia estar mais apertado, pois a despeito de ser a mesma Maria, ela estava diferente. Além disso, o que me intrigava naquela hora era o seu olhar que queria dizer alguma coisa que eu não podia compreender. Disso eu sei dizer com certeza, pois os seus olhos também estavam mudados, mais brilhantes. Desde quando ela tentou se matricular na escola da Dona Regina, no primeiro ano e não pôde, ela começou a acompanhar a mãe durante as férias, no cafezal, e durante o resto do ano, nos armazéns das catadeiras, no Distrito de Gameleira. Ajudava também na panha do café, como todas as crianças maiorzinhas que ficavam com as mães durante a colheita, principalmente para não permanecerem sozinhas em casa, sem a presença da mãe. "É mió tê os fio tudo por de perto, do que deixá largado, num é mezo, Cumadre?". Ouvia-se, de vez em quando, uma sabedoria dessas entre as mulheres no cafezal, na roda da conversa do almoço, ao lado do fogo de esquentar o buião com a comida trazida de casa.

No primeiro dia em que fui promovido a carreiro substituto, "por força do destino" – como dizia a Madrinha, tentando explicar o inexplicável, devido ao acidente que deixou o vaqueiro impossibilitado de trabalhar com os braços –, eu percebi que a Maria não tirava os olhos de cima de mim. Primeiramente, pensei que ela estava caçoando, pelo fato dela ter sabido que eu não tinha tomado uma decisão de imediato, sobre dançar com ela na quadrilha do filho do Tião. De qualquer maneira, não tinha dado certo mesmo.

Acho que deve ter sido a Madrinha que havia comentado com a mãe da menina esse assunto que na ocasião me parecia chato, numa conversa atravessada e sem sentido. As duas riram bastante desse comentário. Riram tanto que eu – que estava na varanda da cozinha naquele momento –, para protestar e de cara emburrada, resolvi sair dali para não escutar as duas rindo de mim sobre isso. Eu não sabia por que agi dessa maneira, pois, certamente, sai perdendo em não ter continuado a escutar as conversas das duas e aprender mais sobre as coisas como eu sempre gostei de fazer.

Entre um trecho e outro da lavoura – de encher e esvaziar balaios dentro do carro de bois –, percebi que de tempos em tempos ela me olhava de jeito diferente. Diferente e de tal forma que eu não sabia por que, naquele tempo, ela me olhava daquele jeito. "Menina boba", pensei: "credo!".

No começo, até quase fiz uma careta para ela, arremedando um macaco, repuxando os olhos, mostrando o vermelho das pestanas, com os beiços esticados para fora, de assustar. Até que ameacei. Mas, num dado momento – ao perceber que o carro de bois tinha dado um solavanco –, resolvi não fazer nada, deixando isso para lá. Fiquei só na pretensão, perdido em pensamento. Acho que foi até bom, pois, como dizia a Madrinha, "a gente não sabe nada do futuro...". Até que isso poderia ser verdade, pois a Madrinha sabia bem das coisas que fazia e dizia. Mas, e o Tonho com o seu pressentimento: não é que ele "sabia", de certa forma, do futuro? Não havia como duvidar que não era somente coincidência. Nunca falei disso com a Madrinha, sobre a negação de "a gente não sabe nada do futuro". Acho que ela teria uma resposta para mim que eu, certamente, não gostaria de ouvir.

Ocorre que ainda naquele mês de julho, dias antes de voltar para a escola, eu havia percebido estar também interessado naquele olhar da menina, a Maria Eduarda. Ela me despertara para alguma coisa que eu nunca tinha vivido nem pressentido, como pressentia o Tonho sobre as coisas imponderáveis – uma palavra que aprendi depois de grande, que se aplica bem nesse caso. Nem eu, nem o Tonho, nem mesmo a Madrinha, nem ninguém naqueles dias saberia me explicar o que se passava entre duas crianças ali da roça, ou mesmo somente comigo naqueles últimos dias de julho, no ano da safra atrasada. Sei que, por algum motivo, eu não a encontraria no último sábado daquele mês, pois as aulas começariam no meio da outra semana e ela não voltaria mais. Sem jamais ter perguntado por ela, pois isso eu nunca admitiria naquele tempo, percebi-me a procurá-la entre as fileiras do cafezal, ou mesmo perto do riacho que fica entre a lavoura e a mata, do lado descaído da lavoura, onde a família da Maria, junto com outros apanhadores de café, gostava de almoçar. Ela, como fazia todos os dias, "poderia estar buscando água", pensei. Ou mesmo em outro lugar, sabia-se lá aonde, já que não estava na lavoura. Finalmente, fiquei sabendo que ninguém da sua família estava lá naquele dia, um sábado quente, até por volta das dez horas da manhã.

Por algum motivo, a sua mãe viera sozinha naquele dia e somente depois do almoço. Tinha a intenção de trabalhar um pouco na panha do café apenas em uma jornada do dia, aproveitando o tempo que ainda havia até o entardecer. Assim que chegou, comentou com a Raimunda do Pedro – aquela que as pessoas do lugar chamavam dessa maneira, quando completavam o nome de cada um pelo do outro: "Hoje vou ficá na panha, só na metade do dia... Dispois, mais tarde, vou lá pra casa da madrinha da Maria Eduarda, da minha cunhada". Disse assim, completando que o marido já havia saído naquela manhã em direção à casa da irmã, de ônibus, levando com ela a filha que deveria ficar com a Madrinha até o início das aulas. Depois, ela explicou também para o Tonho, da mesma maneira, resolvendo o mistério que havia se criado em meus *pressentimentos*. Verdade é que ficamos sabendo no final da safra, que a família dela se mudaria da região para outra mais longe dali, para o Mato Grosso, e que a menina teria ficado mesmo o restante das férias com essa tia. Foi a primeira vez que percebi que as pessoas poderiam se mudar de um lugar para o outro, assim tão distante, deixando tudo e todos para trás e nunca mais voltar. E aquela gente iria mesmo para muito longe, pois a Dona Regina, naquele meu último ano do Grupo, explicou que "Geograficamente o estado do Mato Grosso fica no coração do Brasil". E aquelas palavras da Dona Regina, não sei por que, me fizeram perceber que tudo isso o que ela dizia era um pressentimento que me trazia, ainda mais quando ela associou o Mato Grosso, com o coração. Eu acho que esse coração era o meu que pela primeira vez na minha vida, incompleto, estava no centro de tudo. Mas muito longe com a Maria... Que levou com ela uma parte dele, sem mesmo saber...

Naquele mesmo dia, pensando na menina, sobretudo porque eu percebia, ou mesmo pressentia como o Tonho, que alguma coisa daquilo estava mesmo mexendo comigo, pois em casa de noite, quando ia dormir, deitado de costas, olhando para o telhado como eu sempre gostava de fazer, não pude tirar a Maria Eduarda da minha cabeça. Eu a via passando entre a nova florada do café que começava naquele final do inverno, com a chegada das primeiras águas de setembro. Naquele ano as chuvas vieram cedo – e como dizia o Patrão – "para compensar o atraso do ano anterior", fazendo a florada cobrir de branco e de perfume a lavoura, como eu jamais havia percebido em nenhuma outra ocasião. E, nos meus sonhos, eu via aquela menina toda linda e graciosa – perfumada como as flores novas que ressurgiam em sua frente –, caminhando pelas leiras da lavoura, com um vestido de rendas rosa e um laço lindo na cabeça, vermelho, com um pequeno amarrado de flores do cafezal. Numa noite dessas, pensando na Maria Eduarda – como quando eu perdia o sono e caminhava até o quarto da minha mãe para escutar a sua respiração e me defrontava com os seus olhos pretos me olhando – eu resolvi escrever uma poesia especial. Uma, agora diferente, que pudesse representar o que eu estava sentindo naquela hora e que não tinha jeito de deixá-la mais guardada dentro do meu coração, cuja metade, certamente, já estava perdida lá em Mato Grosso.

Outro dia, remexendo na caixa de madeira que fica até hoje lá no meu quarto, encontrei no meu velho caderno de poesias a que escrevi para a Maria Eduarda naquela noite, e que me trouxe lembranças suas, do passado:

Maria do Cefezal

Maria catita,
Da panha, bonita,
Qual flor do café;
Que cobre a lavoura,
Com luz duradoura
De amor e de fé.

Não sendo o primeiro,
Dos moços solteiros,
A se apaixonar,
Confesso, Maria,
Qui ocê, do meu dia,
É sol e luar.

Se ocê não me amasse,
E nunca alcançasse
Que vivo este amor,
Minha vida, pequena,
Sozinha e sem pena
Seria só dor.

Mas como eu pressinto,
Que é mais do que sinto,
Que o amor é assim;
Menina bonita,
Florzinha catita...
Espere por mim.

11

Com o passar do tempo, no meu trabalho no terreiro de café, na época da secagem – quando o céu ficava daquele azul que nenhuma cor de pintura era capaz de copiar –, aprendi a olhar as horas pela posição da minha sombra projetada sobre as fileiras de café, formadas como caminhos ao passar do rodo sobre os grãos de café. De manhã, quando o sol aquecia as minhas costas – comigo virado para a mata, percebendo do outro lado do terreiro a varandinha da sala da nossa casa –, bastava que eu desse uma olhadinha de nada na minha sombra que já sabia as horas.

No início, somente para testar a minha "certitude" – palavra bonita, usada certa vez por uma mulher muito branca, que conversava com a Patroa, numa das poucas vezes em que esteve na fazenda, e que segundo a Dona Regina queria dizer certeza – eu perguntava as horas para o Patrão. Ele carregava com ele um relógio grande de ouro dependurado numa corrente, dentro do bolsinho do lado esquerdo da calça, abaixo do cinto. Não me dava nunca resposta, sem antes perguntar: "por quê?" Ou ainda: "Já está cansado, menino, nem mesmo o dia começou?".

Falando assim o Patrão informava, depois de conferir no relógio que trazia na cinta, por exemplo: "Quinze para as nove", e guardava o relógio, virando-se, sem mesmo se interessar pela minha resposta, certamente. Para não ficar calado eu dizia, apenas, "que não era para nada, só pra saber do tempo", e lhe agradecia a gentileza.

Depois de constatado e ter acertado as horas pela posição das sombras, eu ficava mesmo afortunado, pois nessa época eu estava treinando adivinhar as horas coincidentes com os "quatro quadrantes do relógio", como aprendemos com a Dona Regina, na escola, quando ela queria dizer de quinze em quinze minutos. A professora, que não era nova, na frente do quadro negro, mostrava aos alunos as horas dos quatro quadrantes, apontando diretamente no ponteiro do relógio que mexia de mentirinha. Ou ainda, desenhava no quadro negro com giz branco, improvisando um compasso com o uso de um pedaço de barbante, um prego amarrado em uma ponta e o giz na outra. Enquanto segurava o prego com uma das mãos, a Dona Regina rodava o giz no barbante esticado com a outra sobre a superfície do quadro negro, até formar um círculo bem fechado. Marcava os quadrantes e arriscava escrever os números dos minutos correspondentes entre eles.

Não havia relógio na escola naquela época que pudesse servir para nos ensinar a olhar as horas. Havia, sim, um relógio, improvisado, com ponteiros feitos com duas tiras de taquara coloridas: uma, mais curta, marcava as horas; a outra, mais comprida, marcava os minutos. A professora o preparava em casa sobre uma folha quadrada de papelão grosso, arredondada nas quinas com a tesoura de costura. Não ficava muito redonda, na verdade, mas a gente entendia que era um relógio redondo, com as quatro marcações ao lado dos números: três, seis, nove e, finalmente, o doze que ficava desenhado bem no alto do quadrante. Os demais números ela não colocava, pois como a Piedade dizia – a ajudante da escola –, sem que a professora soubesse: "a mão da Dona Regina treme um pouco e não consegue aquinhoá os ôtro traçado no redondo do relógio". Isto era mesmo verdade, pois a mãozinha dela tremia um pouco, principalmente quando ficava parada na frente da gente, segurando o giz na mão direita quando escrevia ou fazia os relógios sobre a lousa. A cabeça dela também balançava para os lados um pouquinho, mas a gente gostava muito dela e a tinha como outra mãe. A professora era prima do Patrão.

O tempo de duração da aula, que a Dona Regina, acostumada, sabia de cor – ou conferia no reloginho de pulso que trazia debaixo da manga comprida da blusa –, era também controlado pela Piedade, a servente, batendo o sino que ficava do lado de fora da sala. Nos dias de sol, a Piedade olhava também o passar das horas na posição da sombra do mastro da bandeira que ficava no pátio, projetada no cimento. Ela me ensinava a marcar o tempo, mostrando sombras do mastro sobre marcas, riscadas na parede do barracão, feitas por ela. No mesmo barracão onde o Zico – um homem negro, já com a cabeça branca, que fazia tudo de pesado nos trabalhos da escola – guardava a charrete da Dona Regina, depois que chegavam os dois do Distrito, todas as manhãs. O Zico, para caçoar, chamava aquilo de relógio de sol da Piedade, pois somente ela sabia contar o tempo olhando nas sombras do dia. Ele e a Piedade eram primos. Como todos os seus parentes mais próximos, Zico e Piedade – descendentes de escravos das velhas propriedades da redondeza –, nasceram na fazenda dos pais da Dona Regina, mas somente os dois, da mesma geração, ainda ficaram por aqui e nunca deixaram a família da professora. Diziam também ter uma tia muito velha que ainda morava e trabalhava no Distrito.

O sino da escola, que era puxado por uma corda grossa com um nó na ponta, ficava no alto, junto ao telhado da varanda grande cimentada. Nessa varanda – que ficava entre a sala de aulas à direita da chegada e a cozinha, do outro lado –, em dias chuvosos depois das aulas, as crianças ficavam protegidas até passar a chuva. A gente também se escondia da chuva sob a cobertura da varanda na hora do recreio, mas somente depois de ter ensopado e sujado a roupa do lado de fora, pois ninguém queria deixar a brincadeira, seja a bola para os meninos, ou a queimada para as meninas. Entrávamos contrariados, mas somente depois de ter limpado os sapatos, botinas ou sandálias, na lâmina de uma enxada velha virada para cima, grudada no cimento ao lado do primeiro dos três degraus do portão da entrada da escola. A meninada que estava no pátio sob a chuva tinha que dar volta pelo portão dos fundos – única passagem do pátio para o lado de fora –, caminhar pela frente, na calçada encascalhada, até o portão de entrada da escola e raspar os calçados sujos de barro na enxada até ficarem bem limpos. Tudo isso, por exigência da Piedade, para não emporcalhar de barro o piso cimentado da varanda coberta. A enxada de limpar os pés, sem o cabo, foi colocada pelo Zico bem no canto para evitar que alguma criança caísse por cima dela e se machucasse.

Era também, nessa varanda, que se rezava a oração da manhã, antes do segundo sinal de entrada para a sala de aulas. As crianças, todas alinhadas em ordem de tamanho, esperavam a Dona Regina e a Piedade para a reza. Eu, por ser muito pequeno, era sempre o primeiro da fila. O Zico ficava observando de longe, na frente da escola, estimulando os atrasados a apertarem a marcha. Os alunos que chegassem depois do início da oração da manhã, do último pai-nosso, tinham que rezar tudo de novo na hora do recreio e ficar dentro da sala, sem sair. Se a criança fosse crente, a professora respeitava. Pedia apenas que rezasse a oração da igreja dela. Na verdade, orar, como diziam. Mas ficar sem rezar, nem pensar. Em caso de bom comportamento na semana anterior e de ajudar um pouco no dia do atraso da reza na lida da Piedade, que também não era mais nova, poderíamos rezar no final da aula, no caminho para casa. Assim, não perdíamos as brincadeiras da hora do recreio. Na primeira semana de setembro, em vez da reza, era o hino nacional – chamado pela professora de Oração da Pátria –, que a gente cantava com alegria, mesmo sem saber direito o significado de algumas palavras. Mas era bonito cantar o hino, e as crianças, estimuladas pela professora, cantavam com entusiasmo.

Quando fizeram uma puxada na varanda da escola para reformar e ampliar a cozinha, a escola ganhou também mais um banheiro, mas somente para as meninas. Providenciaram também um fogão de ferro trazido da capital, dois armários novos de duas portas, um balaio para colocar a lenha cortada e uma mesa comprida com dois bancos de madeira, feitos pelo Tonho na serraria da fazenda, para caber toda a meninada na hora da merenda. O outro banheiro, velho e fedorento, ficou para os meninos. Mas, depois da reforma que fizeram durante as férias grandes, de dezembro até fevereiro, até o nosso banheiro ficou melhor. É verdade que ele voltou a feder depois de certo tempo, pois disseram que a fossa não prestava e por isso dava "refluxo" do cheiro, que voltava para dentro da privada dos meninos. Era mesmo um fedor. Do banheiro das meninas, não havia reclamação. De vez em quando, os meninos eram autorizados a usar o das meninas, mas somente quando todas elas já tivessem feito suas necessidades. E também, somente quando a nossa privada entupia e o cheiro ficava insuportável. A Piedade tinha que chamar o Zico para ajudar a carregar baldes e baldes da água para desentupir. “Mesmo assim, era difícil de lidar”, como diziam. O homem que fez a privada das meninas disse que a dos meninos era uma “latrina fedorenta” porque os meninos “não tinha ingiene e fazia as necessidade de quarqué jeito”. O Zico não concordava com ele, pois também se sentia ofendido por isso. Na época, a gente não dava o braço a torcer. De fato, o banheiro das meninas era mesmo mais limpo do que o nosso, mas também, como se comentava entre os meninos, para justificar tanta diferença: “elas faziam tudo agachadas!”.

Na época em que eu estava testando a minha capacidade de ver as horas pelo sol, regulando o tempo de tal maneira que acertava os horários exatos dos quadrantes do relógio, eu comecei a compreender que o movimento do céu era constante e repetitivo. E que algumas sombras projetadas no cimentado do terreiro de café pela manhã – como a do mastro do cruzeiro de São João, ao lado da igrejinha da fazenda, que está no mesmo lugar desde sempre, enfeitado com bandeirolas da festa do santo padroeiro da região –, se repetiam e marcavam também outra forma do tempo. Passei a me interessar por isso, quando me deparei com uma conversa da professora com o Patrão, num dia em que ele levou para a escola vários livros que tinha guardados na biblioteca da fazenda e, no caso, pertenceriam a seus netos ou mesmo aos filhos. Eram livros antigos, mas muito bem conservados, ainda da época em que eles estudavam no ginásio, há muito tempo – sobre o princípio das coisas, das pessoas e dos bichos, mostrando a ligação que havia entre as espécies que aparentemente nada havia, coisa com coisa.

“Que os macacos parecem com gente, isso eu já tinha percebido desde pequeno, pois eles têm tudo o que a gente tem”, eu pensava assim, naquele tempo. Ganso ou pato, marreco, paturi e biguá, do mesmo jeito, também eram da mesma família, ainda que parentes distantes. Mas falar que um calango, como o Rubião, tinha também relação com as cobras, ou mesmo com os passarinhos, como as rolinhas, ou com as galinhas, "isso era mesmo de duvidar, não é mesmo?", pensava. De acordo com o Padre Juquinha, tudo era obra de Deus, "que tudo fez no dia da criação". Apesar disso, segundo o Patrão comentava naquele dia com a professora na varanda da escola, tudo evoluiu no mundo através dos tempos e pertence as mesmas origens Dona Regina falou, a propósito, na segunda-feira seguinte, quando pediu que eu levasse um livro emprestado para casa, um tal de *Origens das espécies*. Lembro que achei o nome bonito, assim como a capa dura do livro. Nele, conforme observou a professora, assim como também vim saber semanas depois, falava-se da ligação que havia entre as coisas da natureza, nesse mundo, desde muito tempo.

Foi a partir daquele dia que eu comecei a olhar o Rubião de outra forma: parente da cobra, mas também da rolinha e do peixe pescado no remanso da cachoeira, e do jacaré, ou dos tiús e das lagartixas. Durante muitas semanas, eu sonhava que o Rubião, transformado em cobra, descia do muro da Tulha Velha, na madrugada, e vinha balançar a cabeça ao pé da minha cama. Quando eu gritava com ele no sonho, para que saísse daquela forma *asquerenta*, ele logo se transformava em outra coisa e depois em outra, passando por todos os seus parentes na terra, da rolinha ao bagre, tudo muito rápido, até voltar de novo a ser o velho Rubião do rabo cotoco. Era apavorante!

Nessa época, em que a Dona Regina abandonou o relógio de papelão nas aulas, mas que a gente ainda podia vê-lo guardado sobre o armário da nossa sala de aulas, ela ensinava as crianças identificar as horas na cozinha. No início, era uma disputa para saber quem reconhecia as horas primeiro. Com a reforma, o Padre Juquinha que celebrava a missa na igrejinha do Distrito duas vezes por mês, deu de presente para a nossa escola esse relógio, dizendo que o bispo doou um novo para a "sacristia". Eu, certamente, não sabia o que era sacristia, mas o relógio que o Padre nos trouxe não tinha nada, nada, de velho. Além de ter os quatro quadrantes tinha também todos os números bem escritos, com tracinhos intercalados, muito bem distribuídos e espaçados, igual aos dentes da engrenagem do engenho da fazenda do Patrão. Foi exatamente essa associação que eu tinha feito naquele dia da festa preparada pela Piedade, na cozinha da escola, em agradecimento ao Padre Juquinha pela doação do relógio. Para fazer surpresa nas crianças – que se amontoavam na cozinha logo após a oração da manhã conduzida naquele dia pelo próprio Padre –, colocaram um pano de mesa grande, fixado em dois pregos na parede, cobrindo alguma coisa, bem no alto, sobre a janela que dava para o pátio do recreio. Por trás daquele pano havia alguma coisa importante, certamente, mas ninguém imaginava o que poderia ser, pois nenhuma pessoa presente naquele dia, nenhuma criança, jamais havia visto uma cerimônia parecida e cheia de mistérios feita por gente grande. A criançada estava ansiosa, as meninas menores davam pulinhos de alegria, querendo adivinhar o que estaria escondido naquela parede. Uma delas até fez xixi na roupa de tanta aflição. A Piedade teve de ir com ela às pressas até à casinha das meninas para que ela não perdesse a cerimônia.

Sob a ordem enviada pelo olhar da professora, quando a Piedade e a menina haviam retornado, o pano cobrindo alguma coisa naquela parede – para a surpresa das crianças que se voltavam para aquela direção –, foi puxado lentamente pelo Padre Juquinha por uma cordinha, enquanto os meninos olhavam curiosos buscando ver o que surgiria em seguida. Ninguém, nem mesmo nenhum dos meninos ou meninas sabia o que havia ali escondido. Fizeram tudo sem ninguém perceber, no domingo à tarde, quando o Tonho saiu sozinho de casa em direção à estrada da fazenda para ajudar – conforme ele mesmo contou lá em casa no outro dia –, dizendo que voltaria mais tarde. Pela cara da Piedade, só poderia ser coisa boa, pois havia bolo de cenoura, biscoito de polvilho, brevidade, doce de mamão ralado, bule com café puro, de café com leite queimado; canecas novas, queijo fresco e coalhada; requeijão cascudo, laranjas e mexericas temporonas, tudo isso arranjado em cima da mesa da maneira que os alunos nunca tinham visto. O Zico, que tudo olhava da janela, com aquela carinha boa, sorria também de felicidade ao ver a aflição das crianças que mal podiam se conter de tanta curiosidade. A Dona Regina, também, nem se fala! Ela estava com um semblante bonito, parecia que ia chorar de tanta alegria que demonstrava nos seus olhos. Por um instante qualquer, não sei por que razão, eu me lembrei da minha mãe, sem querer, e sei que ela também deve ter se lembrado de mim lá em casa, naquele momento.

Quando vi aquele relógio, com capa de vidro, redondo como uma engrenagem e com marcações de números em algarismos romanos, todos divididos iguaizinhos, pensei mesmo na roda dentada do engenho. Naquele dia, não houve aulas, por sugestão do Padre Juquinha que resolveu ficar muito tempo conosco "para nos ajudar a ler as horas", como ele dizia, no velho relógio da paróquia.

"Era nele que durante muitos anos eu me orientava para dar início às celebrações na igreja do Distrito, Dona Regina. Já pensou? Agora ele está aqui, em bom lugar, onde deveria mesmo estar, ajudando as crianças com a noção do tempo". Relembrou o Padre Juquinha com um semblante saudoso, enquanto comia um pedaço de brevidade que se desmanchava em farelos a cada mordida que dava e caía pela batina preta, surrada, rolando até parar na volta saliente da barriga, entre os botões superiores e a faixa preta que lhe apertava a cintura. No final das comemorações, e tendo quase finalizado o que comia com a boca muito boa, o Padre Juquinha benzeu as novas instalações da escola. Trouxe com ele um santinho colorido para cada uma das meninas, com uma oração milagrosa – contendo uma mensagem e a assinatura rabiscada do papa na parte de trás –, e um lápis preto para os meninos, com borracha pregada em uma das pontas.

Acho que as meninas não gostaram do santinho como presente, ainda mais depois que se ouviu uma choradeira e uns berros no canto da cozinha, próximo ao balaio com a lenha, em que uma menina tomou do irmão o lápis, obrigando-o a ficar com o santinho. A menina, a mais velha dos dois, alegou para a Piedade, que assistia a cena da briga de perto, que havia trocado o santinho pelo lápis, porque o irmão sempre dizia que ia ser padre quando crescesse. Que o irmão, de volta das missas das crianças celebradas na Igreja São João Batista, no Distrito – vestido com um paletó preto e velho do pai, que lhe descia até os pés, como uma batina –, fazia um altar no cercado do galinheiro. Isto, nos fundos da sua casa, ocasião em que punha os cachorros e os gatos para assistirem a missa, no meio das galinhas, patos e perus. Além disso, segundo ela, o irmão teria pedido para ver o santinho primeiro, e ela o lápis, depois. Daí a cena da briga devido à troca.

O Padre concluiu disso tudo, que era necessário dar também às meninas a mesma coisa. O que somente ocorreu quinze dias depois, quando ele passou rapidamente na escola, numa segunda-feira, de carona no caminhão de leite, de volta para a cidade, depois de ter ficado o domingo todo no Distrito, celebrando missas e fazendo batizados na igreja de São João Batista. Além de lápis para todas as meninas, trouxe também os mesmos santinhos para os meninos e uma vela benta, especial, ofertada pelo bispo "Diocesano" – eu achava que era esse mesmo o nome do tal do bispo na época –, para o menino que queria ser padre. "Uma vocação sacerdotal nos dias de hoje não se pode perder não é mesmo, Dona Regina?", falou deste jeito o Padre Juquinha, já se despedindo da professora, na saída do portãozinho, apontando para o caminhão de leite que o esperava em baixo, ligado. "Coisa rara meu bom padre, coisa rara!", reconheceu em seguida, piedosamente, a nossa professora, acenando o braço, quando o Padre Juquinha já entrava na cabine do caminhão, ao lado do motorista.

A conversa que o Patrão teve com a professora sobre os livros que trouxe em doação para a escola enveredou para assuntos de família, pois, nessa época, conforme os dois lembraram, ela ainda era uma jovem professora do grupo escolar estadual da cidade, que ficava na Praça da Catedral, no início da sua carreira. Conforme comentaram, o Patrão, já casado, passou alguns anos no Rio de Janeiro, sem voltar para a fazenda, devido ao agravamento da saúde e posterior morte do sogro.

Naquele dia da conversa e das lembranças dos dois sobre o passado, como chovia muito, algumas crianças aguardaram um pouco a chuva passar, permanecendo sob a varanda, assentadas num banco próximo ao sino, enquanto outras ficaram na cozinha com a Piedade. Principalmente as meninas que queriam aprender a fazer biscoito de polvilho do "calcanhar rachado", como ensinava a Piedade, por causa das ranhuras, asperezas e pequenas rachaduras que surgiam nas extremidades arredondadas dos biscoitos quando eram assados no forno à lenha. "Uma tentação", como dizia sempre o Zico, quando sentia o cheiro da quitanda assando no forno do fogão à lenha, que ele mesmo construiu para a Piedade, durante a reforma da cozinha da escolinha. Um biscoito de polvilho especial, grande e largo, feito pela servente em que eram utilizados muitos ovos para "ficar no ponto de assar", como dizia. Daquela vez, como também em outras ocasiões que me recordo, pois, a professora dizia na sala de aulas antes da saída para o recreio, os ovos e o polvilho foram trazidos pelo Patrão. Assim que a chuva passou, estávamos de saída, quando o Patrão me perguntou se eu queria voltar com ele, na caminhonete, tão logo finalizasse a conversa com a professora. Um pouco encabulado e temeroso de ter que andar de carro, disse a ele que não era preciso, pois a chuva tinha passado e por isso mesmo eu aproveitaria a companhia dos meninos para irmos conversando na estrada. Ou ainda, que eu queria treinar com a atiradeira nova que estava dentro da minha sacola, junto com os cadernos. Assim que eu vi em seus olhos que ele não tinha ficado satisfeito com a minha recusa, resolvi permanecer e aguardar. Retornei e permaneci assentado no banco da varanda, um pouco mais distante, mais no fundo, de onde eu poderia acompanhar a conversa dos dois na entrada do portão da escola. Foi bom, de certa forma, pois, passados alguns minutos a Piedade me chamou para experimentar dos biscoitos feitos pelas meninas e que, se fossem aprovados, seriam servidos na merenda de segunda-feira.

Nesse dia, assentado ali na varanda da escola, perto do sino, fiquei sabendo a propósito da vida da professora, que depois da sua aposentadoria, há alguns anos – dado que começou a trabalhar no Grupo Escolar da cidade muito cedo, quando ainda não tinha dezessete anos completos –, voltou a morar no Distrito. Retornou para a casa onde nasceu e que pertenceu aos seus pais, tios do Patrão. Na ocasião mandou construir a nossa escola, nas terras da família, na encruzilhada da estrada do Distrito com a fazenda do Patrão. Ela nunca se casou, segundo ela mesma contava na escola, pois tinha as crianças, os seus alunos, como filhos. "As crianças da escola sempre foram meus filhos, Primo...", dizia naquele momento, recordando o passado com o Patrão, ali na prosa que não acabava. A escola que ela fundou no trevo da estrada da fazenda, "para ocupar o tempo naquilo que mais gostava", como ela mesma dizia, era sustentada pelos fazendeiros da região, para educar filhos e netos dos patrões e de alguns dos trabalhadores da roça, indicados por eles. Apesar disso, por não ser mais nova, a Dona Regina não aceitava menino bagunceiro – ela ficava nervosa e cansada –, e nem um número muito grande de crianças, também não. No máximo 25, a partir dos seis anos de idade, segundo ela, pois havia exatamente cinco filas de cinco carteiras na sala de aulas. De vez em quando, acontecia de serem 26 alunos, o que era raro. Mas somente quando havia gêmeos, cuja família morasse em alguma das fazendas "mantenedoras", como dizia bem a Dona Regina, quando agradecia aos fazendeiros, todos os dias, no final da reza da manhã: "As pessoas devem ser generosas e agradecidas, minhas crianças", concluía com essa frase, antes de autorizar nossa entrada para a sala de aulas.

Enquanto o Patrão e a Dona Regina conversavam na varanda da escola, a Piedade – saindo da cozinha, trazendo para eles biscoitos do calcanhar rachado em uma cestinha trançada de fibra de taboa e uma bandeja com um bule de café coado e três xícaras esmaltadas –, me pediu para ajudá-la a guardar os livros recebidos do Patrão. Naquele momento as crianças já tinham retornado para casa, aproveitando que a chuva havia dado trégua. A Piedade queria distribuir os livros nas prateleiras de um armário aberto feito antigamente pelo Tonho, na serraria, a pedido do Patrão, e que a professora chamava carinhosamente de Pequena Biblioteca da Escola. Nesse dia percebi que a Piedade não sabia ler, nem escrever, porque enquanto eu colocava os livros em ordem alfabética – respeitando a disposição já estabelecida na estante, conforme era do gosto da Dona Regina –, ela não conseguia me entregar em mãos a sequência certa das letras, ficando como se estivesse distraída, com a cabeça longe dali. Mas, ao mesmo tempo, eu observava que ela ficava constrangida com o que ocorria naquele momento, um pouco envergonhada. Antes mesmo de a gente terminar o trabalho, e para o alívio da Piedade que não gostaria de me deixar conhecer esse seu segredo, o Patrão me chamou lá de fora, da varanda, dizendo-me que estava na hora de irmos embora. Despedi-me da professora, da Piedade e do Zico, acompanhando o Patrão, sem mesmo me dar conta do que viria em seguida.

Fiquei tão chocado com o fato da Piedade não saber ler, que nem liguei por andar na caminhonete. Parece que minha cabeça estava longe dali. E estava mesmo, pois nem percebi que, ao invés de irmos diretamente até à fazenda, o Patrão virou o carro para a direita da estrada, por ter resolvido de uma hora para outra passar primeiro na farmácia, no Distrito de Gameleira, para comprar um remédio de interesse da minha Madrinha, a pedido do Tonho. Era um óleo com cheiro de semente de sapucaia, que só era vendido na farmácia do irmão da Dona Regina e que a Madrinha, depois do banho da minha mãe, passava em seus braços e pernas que ficavam sempre muito secas, como dizia.

Por causa da chuva, apesar do sol quente, ainda havia muita poça de água e lama na estrada e não dava para a caminhonete seguir muito rápido no trecho da serra, o que também me deixou mais tranquilo. Somente fiquei com muito medo quando passamos na curva perigosa da serra, chamada pelos antigos de Curva do Ésse. Isso mesmo, da letra esse, num vai e volta na estrada, onde o ônibus tombou matando muita gente que retornava de um jubileu em Bom Jesus. Morreram, inclusive, crianças que viajavam no colo de suas mães, deixando-as sem seus filhos. Eu não queria morrer e deixar a minha mãe sozinha e triste, como do relato sobre uma mulher que perdera uma criança nesse acidente, tendo sobrevivido somente para sofrer na vida.

Acho que por causa disso é que eu não gostava nada, nada de andar de carro.

Naquele dia o Patrão apeou da caminhonete em frente à farmácia e me disse para vir também junto com ele para conhecer o senhor Deoclécio, farmacêutico, irmão da professora. Ele não sabia, mas eu já o conhecia, pois, no ano anterior, estive naquela farmácia com o Tonho para comprar lombrigueiro para todos na casa. Na ocasião, viemos com a charrete do Juca, o neto criado como filho da Dona Nenê Benzedeira, que também havia encomendado emplastos e um vidro de óleo de capivara para o seu trabalho com as pessoas doentes.

Ao entrarmos juntos na farmácia do Seu Deoclécio, o Patrão me apresentou ao primo, aparentando ser mais novo. Era um homem alto de rosto magro, de olhos pretos e grandes como uma jabuticaba bem madura. Pegou em minha mão para me cumprimentar e, ao mesmo tempo, não sei como ele tinha feito isso, percebi que entre nossas mãos havia alguma coisa: eram duas balas redondas de goma que ele deixou em minha mão direita depois do cumprimento. Fez tudo isso, depois de ter piscado o olho esquerdo para mim, como querendo me agradar, brincar comigo. Agradeci feliz pelas duas balas que ganhei. No mesmo instante, mostrei ao Patrão o que ganhara, oferecendo-lhe uma delas, que me agradeceu na mesma hora, dizendo-me que as balas de goma eram somente para mim. Em seguida, passando a mão esquerda na minha cabeça, sacudindo o meu cabelo, pediu-me que lhe esperasse na calçada, do lado de fora, pois que ainda demoraria na conversa com o "primo farmacêutico". Pela primeira vez percebi que o Patrão me observava por algum motivo novo, pois quando me voltei para ele com a mão estendida para lhe oferecer uma das balas, ele estava a me olhar, com o cenho fechado, observando os meus gestos, e, por que não, as minhas reações.

Em frente à farmácia que ficava na pracinha central do Distrito, como a igreja São João Batista, havia uma árvore grande, uma gameleira antiga, onde as pessoas mais velhas ficavam conversando à sombra, esperando o tempo passar. Mas ela era mesmo muito grande e sua sombra ocupava quase toda a praça, e por isso era conhecida como a Praça da Gameleira, mesmo contrariando um antigo padre da paróquia por quem ela era chamada de a Praça da Igreja São João Batista. Dizem que no passado, outro padre que esteve por aqui apenas algumas vezes, queria mesmo cortar a gameleira. Isso, somente por que ela era mais alta do que a torre da igreja, cobrindo quase toda a sua fachada, para a visão dos que entravam pela rua principal do Distrito pela estrada da cidade.

Foi embora o padre, que nunca mais voltou depois disso, ficando a gameleira do jeito que sempre esteve. O povoado passou a se chamar Distrito de Gameleira, pertencente ao Município de Perobeiras. O Tonho dizia que aquela árvore era mais velha do que o próprio Distrito e já estava ali desde o tempo em que havia somente matas na região, onde os bugres moravam em suas malocas, longe das pessoas vindas de outras terras. Isso deve ter sido mesmo há muito tempo, pois, segundo ele, nem mesmo o Patrão, que tem uma idade muito antiga, tinha nascido. Nem o pai do Patrão, nem ninguém da família dele, por mais velho que fosse, existia antes de ter nascido, naquele lugar, a velha gameleira da Praça. Ela era tão antiga que havia uma lenda que uma jaguatirica morava nela, escondida em um galho grande e só descia de lá à noite para pegar galinhas nos quintais vizinhos. Pela manhã, ao pé da árvore, entre as raízes grossas da Gameleira, ficavam as penas que se espalhavam pela praça em rolinhos, quando ventava.

Do outro lado da Praça, de frente também para a velha gameleira ficava a casa onde moravam a Dona Regina e o irmão farmacêutico, ambos solteiros. Uma casa grande sem crianças, com um quintal também muito grande, cheio de pés de carambolas e de jabuticabeiras, que desciam em fileiras até o córrego que ficava nos fundos, ao lado da Rua de Baixo. Certa vez, no mês de outubro, numa sexta-feira depois da aula, quando eu tinha cerca de oito anos, a Dona Regina pediu ao motorista do caminhão de leite para levar todas as crianças da escola na carroceria, depois do almoço, inclusive o Zico e a Piedade, para passar o resto do dia em sua casa e chupar jabuticabas e jambo amarelo. Aquele jambo cheiroso com uma semente solta dentro.

Como eu não gostava de andar de carro – e por isso mesmo ameacei, dizendo que não iria ao Distrito naquele dia porque tinha que voltar para casa e ficar com a minha mãe –, a Dona Regina permitiu, a contragosto, que eu fosse com ela na charrete. Para isso o Zico e a Piedade iriam, como foram, com a criançada na carroceria do caminhão de leite. "Apesar de miúdo, o minino pode conduzi a charrete pra sinhora, Dona Regina. Pode sim, ele é isperto e sabe o que fazê com os arreio", interferiu de pronto o Zico que sabia da minha dificuldade com carros e transportes à gasolina. Na verdade, conforme me disseram mais tarde, ela também sabia que eu não gostava e que não iria mesmo, caso tivesse que subir na carroceria ou na cabine do caminhão. Mas, apesar disso, na sua bondade, pensou que com a meninada na carroceria, poderia ser mais fácil para eu me adaptar. Isto porque, no trajeto eu certamente me distrairia com brincadeiras e palhaçadas que surgem quando bandos de crianças juntas passeiam supostamente protegidas num veículo, de onde podem mexer com as pessoas na rua, ou na estrada, gritando com cachorros, jogando água de bexiga de borracha sobre outras crianças, simulando xixi, numa aparente impunidade coletiva, mas não deu certo. Nada daquilo me convencia. Fui mesmo com a professora na charrete, ainda contrariado e com a cara fechada, pois pensava durante todo o trajeto, entre a escolinha e o Distrito, em como eu deveria retornar de lá mais tarde, pois, na charrete eu tinha certeza que não seria.

Enquanto eu aguardava o Patrão na porta da farmácia, quando ele ainda conversava animado com o primo que me deu as balas de jujuba, eu comecei a observar gestos e semelhanças nas pessoas mais velhas que estavam ao abrigo do sol, debaixo da gameleira. Como eu sempre morei na roça, não tinha oportunidade de ver muitas pessoas diferentes conversando, nem mesmo passando para cima e para baixo, como naquele dia no Distrito. Mas, naquele momento, me interessava observar aqueles velhos que se aglomeravam debaixo da gameleira, pois o sol aparecera depois da chuva, trazendo muito calor e muito brilho. Todas elas pareciam curvadas para frente, como se o seu corpo pendesse como uma bananeira carregada, no momento de cortar o cacho amarelecido. Mesmo as mulheres, também velhas que conversavam com eles, com aqueles homens, tinham seus corpos curvados para frente.

"São os sinais do tempo, meu fio", adiantou para mim a minha Madrinha, quando falei com ela sobre minha observação da curvatura que o corpo do velho faz. "Mas a senhora não é curvada desse jeito, Madrinha, mas é também velha, não é mesmo?", indaguei, esperando que ela confirmasse o que eu dissera. "Véia, eu? De jeito nenhum, qui negócio de véia é isso, minino? Véio é Adão e Eva, eu não!", disse assim a minha Madrinha, rindo do que falava, mas que, pela primeira vez compreendi que nenhuma mulher gosta de ser chamada de velha.

Mas o que eu percebi ao ver aquelas pessoas na Praça da Gameleira era que algumas delas, apesar de diferentes, tinham alguma coisa em comum, pois que pareciam umas com as outras fisicamente, mesmo em suas curvaturas. Mesmo em suas formas de se expressarem, seja com gestos ou com a maneira de sacudir o corpo, movimentar braços e mãos ou mesmo a cabeça. Observando bem, pude mesmo constatar que alguns homens ou mulheres se assemelhavam, como se tivessem mesmo a ver umas com as outras. Algumas daquelas pessoas que vi pela primeira vez na Praça da Gameleira, como constatei com o tempo, tinham algum parentesco próximo ou mesmo distantes. Naquele momento, ainda em suspeita quanto a essa possibilidade, voltei meus olhos para dentro da farmácia e comecei a olhar para os primos que conversavam: porque eram velhos e parentes. Apesar de não se parecerem em quase nada um com o outro, havia coisas que se podia distinguir como sendo muito parecidas. O Patrão, apesar de mais branco e com os olhos claros, como também mais forte do que o primo – que era mais alto, magro e de olhos pretos –, tinha alguma coisa que os ligava de certa forma, talvez no sorriso, ou no franzir da testa, não sei. Havia alguma coisa entre eles, de alguma maneira, dando-lhes certa "similitude" – palavra que aprendi lendo o livro da origem das espécies que um dia levei para casa, emprestado pela professora. Uma similitude que os unia apesar de serem completamente diferentes. Mas é claro que esse livro não tratava disto, mas a partir de certo tempo, observar tais coisas me interessava. Eu gostava de descobrir semelhanças entre as pessoas, sobretudo parentes, como a Piedade e o Zico, que eram primos. Ambos, apesar de diferentes em tudo, tinham o mesmo sorriso largo e bonito, que os identificava ou mesmo aflorava a semelhança que os ligava de certa forma nesse mundo.

De frente ainda para aquela gameleira, vendo novamente as pessoas que procuravam o alivio do calor, percebi quando o Patrão me chamou para irmos embora, dizendo-me que antes deveríamos também passar pelo armazém das catadeiras de café, que ficava próximo do córrego São João e de uma mina d'água, na Rua de Baixo. Precisava ir até ao armazém para ver "como as coisas estavam por lá". Era um galpão enorme – principalmente para mim que era muito pequeno –, onde pessoas, homens e mulheres do Distrito, principalmente mulheres, separavam manualmente os grãos de café descascados de pequenas pedras, sujeiras e ciscos, ainda misturados nos grãos despolpados, vindos da fazenda do Patrão, como também comprados de outras da redondeza. Sabendo que eu ainda não tinha comido nada desde a merenda na escola – somente alguns biscoitos de polvilho que a gente chamava "do calcanhar rachado" – passamos na venda do Quinzinho da Marina, ao lado, onde havia pastéis de queijo e de carne, como também um pastelzinho português feito com sardinha. Preferi um de queijo, pois era maior e porque eu percebi naquele momento que estava mesmo com muita fome. Vendo que comi o primeiro, sem muito esforço, o Patrão pediu outro de queijo para mim, como também um copo de laranjada que resfriava em jatos amarelos dentro de uma máquina de suco como uma bacia de vidro transparente, que o dono da venda tinha trazido da cidade no ano anterior. Era muito doce, mas gostei.

Quando chegamos a nossa casa, de retorno do Distrito, já passavam das cinco horas da tarde. O Tonho, mais cedo, a pedido da Madrinha, já tinha ido em direção à escola para saber sobre a minha demora. No caminho, segundo ele mesmo contou naquela noite antes de dormir, ele se encontrou com algumas crianças que retornavam depois da chuva. Elas lhe disseram que eu havia ficado na escola a pedido do Patrão. Como o Tonho sabia da encomenda do óleo de amêndoas solicitado pela Madrinha, associou esse fato a ter o Patrão me levado com ele até o Distrito. Dessa forma, voltou para casa, sossegado, e deu a notícia para ela, dizendo-lhe o que poderia ter acontecido. Mas que na parte da tarde, certamente, o Patrão voltaria, pois, era sexta-feira, dia de fecharem as contas da semana, para acertar no sábado os vales com os empregados, pelo trabalho da semana na fazenda.

Foi um dia difícil para todos na casa, pois naquela noite, a minha mãe parecia ter piorado e não estava mais com vontade de comer. Tinha dificuldades em continuar vivendo, coitada; às vezes não comia, mesmo se eu a estimulasse. Mesmo se eu prometesse para ela que seria um bom filho, e que ela não mais teria nenhum aborrecimento. De certa forma, por ela ter ficado assim, entrevada e sem vida, no dia em que nasci – diferente das mães das crianças da minha escola –, eu levava comigo uma espécie de culpa, um sentimento de algo que eu jamais quisesse que tivesse acontecido, mas aconteceu. Era um aperto contínuo que não dava trégua, exigindo que eu me distraísse com alguma coisa diferente, como conversar com o calango Rubião ao longo do dia, sob o sol quente como ele gostava, a respeito do que me vinha ao coração. Como era só comigo esse sentimento e dúvida, ficava difícil explicar o que eu sentia para o bicho que concordava sempre com tudo, talvez para que eu não me amargurasse muito, além da conta.

Certa vez conversei com ela sobre essa minha dúvida. Foi no domingo dois dias depois daquele desencontro, em que tive que ir junto com o Patrão de caminhonete até o Distrito. Nesse dia aproveitei o momento para falar sobre isso com a minha mãe, semanas antes da sua partida. Disse-lhe que eu me sentia muito triste por lhe ter causado o mal que a acometera no dia em que eu nasci. Que se eu não existisse, se eu não tivesse nascido com tanta dificuldade, ela ainda estaria boa como todas as outras mulheres que trabalham na fazenda. E que viveria sempre feliz e forte por muitos anos, como a Madrinha, que sempre está satisfeita com a vida, apesar de mostrar de vez em quando a saudade de alguma coisa no passado, onde eu não pude conhecer. Para bem longe de tudo que ela mais queria, certamente. Nesse momento – eu me lembro com clareza de todos os detalhes –, ela me olhou com muita ternura e apesar de não precisar nada falar, nem mesmo com os olhos, eu percebi que os meus pensamentos não estavam corretos. E que ela me amava, mesmo assim, e nunca se arrependeu de tudo o que havia se passado com ela, que daria a sua vida para que eu existisse, se isso fosse necessário.

Mas, apesar de tudo, ela me falou com os olhos, bem no fundo dos meus, que ainda agradecia a Deus pela felicidade de poder ter tido a graça de me conhecer, de viver ao meu lado por todo o tempo que Ele quis, ainda que fosse daquela maneira, entrevada, presa e solitária em seu corpo encolhido, inerte e disforme. Pois, apesar de tudo, ela se sentia a mais feliz de todas as mães, por ter o filho mais lindo e querido do "universo". A palavra "universo" foi minha – passei a usá-la depois que aprendi na escola sobre os planetas, estrelas e constelações –, pois gostaria de tê-la percebido naquele dia, para também aumentar mais um pouco aquela felicidade dela por mim.

Mas, na verdade, ela me disse com os seus olhos, sem aumentar um ponto, que eu era o menino mais querido do mundo – o que já não era nada pouco. E que ela se sentia a mãe mais agradecida desta terra por ter parido uma criança como eu. Naquele momento, apesar de tudo – por ter compreendido que o amor de mãe era mesmo muito grande – o que ela sentia por mim, como outras mães tão necessárias em nossas vidas, em nada se associava com o fato dela ter ou não mobilidade. Era um amor primitivo, anterior a tudo isso, que também ultrapassava o tempo para além do que pensamos existir de tempo. Um sentimento bom que não busca encontrar culpados pela dor que sente; do mal que percebe ou da existência do que não pôde ter.

Ela me disse tudo isso naquele dia com os seus olhos negros, como os meus, e eu me senti, como nunca em minha vida pequenina, o menino mais feliz de todos e recompensado apesar de tantas incertezas.

Ainda naquele dia, no final da tarde, em que estávamos somente os dois sozinhos em seu quarto, dado que a Madrinha e o Tonho foram até à cidade, levados pelo Patrão, assistir ao casamento de um filho de uma amiga da Madrinha, pude ter muitas conversas com os olhos negros da minha mãe. Com sua cabeça deitada no travesseiro a me olhar de frente, não havia lágrimas nos seus olhos, nem tristezas; tampouco saudades. Parece que o mundo todo de felicidade estava ali na sua frente, naquela hora infinitamente boa e demorada como se nada mais houvesse fora daquele ambiente. Nessa tarde, depois de tantos anos pude perceber que ela havia me contado com os seus olhos negros como os meus, tudo o que mais queria, que sentia poder partir para aquele universo que eu presumia, em busca do tempo em que as mães, com suas dúvidas, desejos e procuras, não se separariam jamais de seus filhinhos.

12

Certa vez eu continuava no meu trabalho espalhando e removendo o café, num dia bonito, sem nuvens no céu, sombreado de tempos em tempos por bandos de maritacas revoando em direção à Mata Grande. Do mesmo plano, voltado para o lado da casa, percebi o Pagé, o cachorro do Patrão, inquieto em frente à varanda. O cachorro coçava o focinho com as duas patas dianteiras, esfregando-o na terra, aflito, para retirar o cheiro da jaratataca que acabara de escapar da sua perseguição. Momentos antes, o cachorro estava envolvido com o bicho que havia descido do forro da Tulha Velha, desatento com a sua segurança, em busca de alguma coisa que devia ter deixado para trás na última noite. Percebendo a aproximação do cachorro, a jaratataca correu para debaixo do assoalho da tulha nova quando foi alcançada no trajeto pelo cachorro que quase lhe arrancou o rabo com a mordida, até largá-lo de vez, ao receber uma mijada fedorenta no focinho. Depois de certo tempo, acuado pelo latido e investidas do Pagé, o gambá saiu novamente correndo, desesperado, pelo outro lado do assoalho, pois não podia imaginar que o danado do cachorro continuaria ainda em sua busca, mesmo com o focinho impregnado da urina que o deixaria finalmente atordoado com o cheiro forte que exalava no ar.

O bicho embrenhou-se na mata, fugindo do cachorro que percebeu sua fuga do outro lado da tulha. Ao sentir que poderia ser apanhado no chão e perder a calda ou a cabeça, apesar da fedentina, a jaratataca subiu rapidamente no ingazeiro dos macacos prego e se instalou na primeira galhada, bem no alto. Protegida vigiava o Pagé que latia sem parar, empinado sobre as patas traseiras, saltando e dançando em ciranda. O cheiro forte do bicho, que encheu o ar em direção ao terreiro de café, naquele momento, fez-me lembrar da tarde em que fui ao Distrito com o Patrão na caminhonete, depois da aula, ainda com a lembrança da Piedade analfabeta.

Ficamos muito tempo nos armazéns de café onde as catadeiras, centenas delas, assentadas lado a lado e de frente para as outras, conversavam ou mesmo cantavam enquanto separavam as impurezas dos grãos descascados, dispostos sobre bancadas compridas que começavam na entrada do armazém até quase encostarem-se com a parede do fundo, a dezenas de metros de distância da entrada. Dúzias de sacos de café descascado, para serem separados das impurezas e defeitos, eram despejados sobre as bancadas pelos homens que trabalhavam no armazém de catação, formando montes contínuos que se desfaziam ao longo do dia, reconduzidos novamente aos sacos pelas mãos habilidosas daquelas mulheres, depois de selecionados e finalmente limpos. Cada bancada tinha um tipo diferente de café, que o Patrão havia separado e identificado antes mesmo de serem levados para os galpões das catadeiras.

Assim que chegamos à Rua de Baixo, na caminhonete, tendo atravessado o Córrego São João, onde ficam os galpões de catação de café, o Patrão perguntou que cheiro era aquele que sentia no ar, na entrada do armazém principal. "Vai ver que fizeram um gambá mijar por aqui", disse assim, o Patrão, esfregando o nariz vermelho, abanando em seguida o rosto com o chapéu que tirou da cabeça naquele momento, em sinal de brincadeira, deixando à mostra a sua cabeleira branca como algodão. Disseram para ele, na mesma hora, que se tratava de uma família de gambás aninhados em trapos velhos que se escondia por trás de uma sacaria de café limpo, empilhada no armazém de estocagem, ao lado do galpão das catadeiras. Contaram que o vigia dos armazéns, na hora do almoço, enxotou a turma de dentro do galpão com uma vassoura de alecrim, que teve de ser jogada fora, no córrego que passava do outro lado da rua, depois da confusão. Os bichos, assustados e correndo em fila, subiram numa árvore próxima, uma velha mangueira carregada de frutos grandes, ainda verdes. No momento em que chegamos, o cheiro dos gambás era ainda sentido no ar, mesmo depois de lavarem e esfregarem o passeio com sabão preto e água sanitária. Em seguida o Patrão entrou, dizendo-me com um aceno dos olhos que, se eu assim quisesse, poderia ficar do lado de fora, aguardando a sua saída.

Apesar de conhecer aqueles galpões dos armazéns – pois de vez em quando eu ia até lá com o Tonho, de charrete ou na carroça para levar ou mesmo buscar alguma coisa da fazenda –, eu nunca pude ficar assim, por mais tempo, como naquele dia, observando o trabalho daquelas mulheres envolvidas com a catação de café. Havia também homens nesse serviço, mas em menor quantidade e quase não eram percebidos, pois, não sei por que, ficavam todos trabalhando mais no fundo das bancadas, como se estivessem se escondendo de alguma forma para não serem vistos, talvez. A maioria trabalhava como carregadores, ou chapas, como eram conhecidos aqueles homens que ficavam sem camisas para manter o corpo fresco enquanto carregavam dezenas de sacos e os empilhavam nos corredores dos armazéns.

"Catação de café é serviço de mulher", diziam alguns dos rapazes da fazenda, quando estavam em conversa na roda da fogueira, comentando sobre os homens que também catavam café, vez ou outra, nos armazéns do Patrão, no Distrito, para arranjar algum trocado extra. "Os home da catação pega os trocado da cata e vai diretim pra venda do Quinzinho da Marina, na Praça da Gameleira tomá um golo de pinga", diziam outros sobre o mesmo assunto, ao lembrar de alguns nomes conhecidos de todos.

Os grãos catados, separados da sujeira, eram conduzidos pelas mãos daquelas mulheres até a uma abertura lateral da bancada, à sua frente, onde havia uma canaleta de tábuas de madeira, que descia até à boca do saco de aniagem, preso entre suas pernas. Gravetos, pedriscos e grãos malformados, folhas secas, insetos, sementes pretas, encruadas ou de cor diferente, ou ainda nas cascas, eram separados de lado e, depois de certo tempo, colocados em uma caixa aberta ou uma lata de querosene, que de pouco a pouco se avolumava do fundo para cima, formando no decorrer do dia um monte confinado nos quatro lados. Cada mulher tinha diante dela o saco que enchia, continuamente, com o café catado e limpo, e, ao lado, o caixote de madeira, ou a lata de querosene com as impurezas que encontrava no trabalho da catação. Como naquelas caixas, além das impurezas, caiam também grãos de café com defeitos que não serviam para a exportação ou mesmo para o consumo dos compradores mais exigentes, tudo era recolhido e enviado aos assistidos da Sociedade São Vicente de Paulo, que ficava numa casa antiga, nos fundos da igreja do Distrito. O Patrão chamava o lugar de "Asilo dos velhinhos", mas também das pessoas que necessitavam de alguma ajuda dos moradores da região.

Naquele tempo o Seu Deoclécio da farmácia, que também era sócio do Patrão nos armazéns de catação de café, era o responsável pelo asilo. Ele mesmo, com a ajuda dos trabalhadores dos armazéns, pegava de tempos em tempos o que era recolhido como impureza na catação e levava, em sacos fechados, para o abrigo em um jipe. Lá, segundo diziam, algumas pessoas, mesmo muito velhas – para passar o tempo e contribuir com alguma coisa na manutenção do asilo –, faziam a "recatação" do café. Separavam o que realmente não poderia ser mesmo aproveitado, colocando-se de lado a sujeira – como pedriscos, torrões de terra, gravetos e insetos –, para ser jogada posteriormente no aterro que ficava perto do córrego da Rua de Baixo. O restante, que não era muita, apesar de não ser café bonito de ver, era ensacado para o uso diário dos velhinhos, distribuído também aos pobres que vinham à igreja aos domingos na parte da tarde, quando ganhavam de um a dois quilos do café da "recatação", a cada duas semanas. Isto, durante a visita regular do Padre Juquinha ao Distrito. O café depois de torrado e moído era bebido com a gratidão daquelas pessoas. Sabendo da destinação das impurezas, algumas catadoras deixavam passar de tempos e tempos grãos sem defeitos que, se melhor avaliados, poderiam muito bem ficar no lado bom da catação. O Patrão fazia de conta que não sabia disso, ou não demonstrava, para não criar constrangimento nas pessoas.

Naquele dia conheci uma mulher negra, magra, de cabeça branca pela idade, muito sorridente, chamada Verônica, com quem o Patrão se encontrou no fundo do armazém, enquanto eu ainda estava na porta conversando com um colega da escola, cuja mãe era também catadeira de café. Falávamos rindo sobre o efeito que o mau-cheiro que persistia no ar causava nas pessoas que passavam na calçada, em frente ao armazém, com a cara de nojo.

Aquela senhora, a Dona Verônica, tinha os cabelos brancos de tanto tempo que vivia nesse mundo. Tinha também os olhos bons como os da Piedade, a nossa ajudante lá da escola da Dona Regina, que era na verdade sua parenta, conforme fiquei sabendo na segunda-feira na hora do recreio.

"A Verônica é uma tia qui nóis tem, meu fio. Ela é a mais véia da famia toda, óia procê vê! E num parece, num é meso?". Falou desse jeito a Piedade, quando se referiu à velha catadeira de café do armazém do Patrão, dizendo que ela tinha quase noventa anos.

Observei que enquanto eu caminhava entre as filas de bancadas das catadeiras, com o meu colega, vendo de perto o trabalho delas – no mesmo instante que os homens do armazém recolhiam e marcavam os sacos catados com uma plaqueta de madeira com o nome da catadeira e o tipo de café catado –, a Dona Verônica me acompanhava com os olhos. Por ser mais antiga no serviço, observei, mesmo naquele dia, em que não fiquei tanto tempo por ali, que era ela quem ensinava o trabalho para as iniciantes na catação, quando mostrava a uma moça nova no Distrito como é que se fazia para catar o café, separando as impurezas. Como pude reparar nas outras vezes em que retornei naquele lugar, havia pessoas que não davam para esse tipo de serviço. Eram desajeitadas, rendiam pouco e ficavam com um semblante que mostrava estar muito longe daquele galpão. Uma delas, segundo fiquei sabendo, estava grávida de um moço novo que foi embora, correndo para o Mato Grosso – ou São Paulo, ou mesmo em direção a outro lugar muito longe, não sabia direito –, em busca de serviço, para voltar somente depois para se casar com ela.

Nas rodas de conversa na hora do almoço, na cozinha grande, nos fundos dos galpões, onde havia um fogão com a chapa sempre quente, que queimava casca de café, a própria Dona Verônica confirmou para todo mundo ouvir – sem fazer mexerico, pois ela não era lá dessas coisas: "Tem gente que não tem distreza nos dedo qui parece tudo duro, sem quarqué molibidade nas junta. Tem tombém os preguiçoso, qui fala qui num tem sofrimento de ficar sentado muito tempo". Concluía, indignada, a Dona Verônica, dizendo no arremate da sua conversa, que o trabalho de catação não era mesmo fácil, mas muito melhor do que qualquer outro para as pessoas desqualificadas, da roça. Justificava dizendo que o dinheiro, apesar de pouco, entrava certo, conforme o combinado com o pessoal do Patrão. Ainda mais porque, como ela mesma dizia – e que ninguém a contestava, por compreender que muita coisa do que falava era mesmo verdade – as catadeiras trabalhavam à sombra, assentadas e juntas com outras iguais, parentes e amigos, com quem podiam conversar e se distrair durante o dia, principalmente as mulheres. A maioria era analfabeta, sem nenhuma instrução além do que aprendia com a lida, como a Piedade e o Zico em nossa escola. Outras pessoas, mais jeitosas, aprendiam bem o trabalho em pouco tempo. De qualquer forma era uma vida difícil para aquelas mulheres, obrigadas a sair de casa cedo para ajudar com as despesas, ainda mais com crianças quando não havia com quem deixá-las.

Fiquei sabendo que a minha mãe, quando moça, também aprendeu a catar café com a Dona Verônica, com quem conviveu de perto desde quando era muito menina, lá na fazenda, pois que a velha catadeira tinha também uma filha da mesma idade, chamada Aparecida. Segundo me contou naquele dia, essa filha morou por muitos anos na casa de um dos filhos do Patrão, na Capital, onde trabalhou desde menina e por lá ficou até se casar, a contragosto da mãe.

Segundo se comentava, brigou com a filha na ocasião porque o noivo era branco e nunca quis conviver com a família da Aparecida em Gameleira.

Naquele dia em que conheci a Dona Verônica, ao percorrer as carreiras das bancadas da catação, juntamente com meu colega que estava naquela tarde em companhia da mãe, passei algumas vezes ao seu lado, quando em uma dessas voltas ela me chamou para conversar. Ofereceu-me um pé de moleque, feito de rapadura com amendoim torrado, partido em dois pedaços, que ela trouxe de casa. Ela mesma o fez, conforme me contou no momento em que eu estendia a mão para pegar e dividir o doce com o meu colega, ao lado. Por coincidência, eu gostava muito de pé de moleque. No momento em que ganhamos o doce, a mãe do menino o chamou para junto dela, pedindo-lhe que a ajudasse a retirar a lata de querosene com o refugo da catação que atrapalhava a retirada do saco de café catado, já cheio. Nesse momento, na extremidade da bancada de catação, Dona Verônica me pediu que eu me assentasse ao seu lado, pois gostaria de me contar sobre a minha mãe, dizendo-me que foi sua mãe de leite. Adiantou que sua filha mais nova, a Aparecida, era irmã de leite da minha mãe. Disso eu sabia, pois, segundo a Madrinha me falou certa vez, a minha mãe teve mesmo uma mãe de leite quando era pequenina. Entretanto, eu nunca a tinha visto e, por esquecimento, esse assunto nunca mais foi falado em nossa casa. Fiquei sabendo também naquele dia que quando minha mãe nasceu a minha Madrinha não teve leite para amamentá-la. Precisou recorrer ao peito da Dona Verônica, que tivera sua última filha, Aparecida, quando já contava com mais de 45 anos.

"Apesar dessa idade, meu fio, eu tinha muito leite. Meus peito era tudo cheio de vida... Ficava sua mãe dum lado e a minha Aparecida do ôtro; umas belezinha abençoada de Deus, nosso sinhô!". Dessa forma a velha Verônica me explicou, com semblante de saudade daquele tempo em que a Aparecida já tinha um mês de vida quando minha mãe nasceu, segundo ela, uma menina muito saudável e risonha, apesar de pequenina. Por conta disto, a pedido da mãe do Patrão, ela ia com a Aparecida de manhã cedo da sua casa – que ficava nas terras da fazenda, perto da encruzilhada do monjolo, aonde depois veio a morar o Tião com a família – para a casa da Madrinha e por lá ficava durante o dia todo, dando de mamar às duas criancinhas. A antiga patroa, a mãe do nosso Patrão, era quem levava e trazia as duas em sua charrete.

Nessa época a casa da Madrinha ainda ficava afastada da sede da fazenda, próxima da Mata Grande, onde havia um curral com tronqueira para castrar os garrotes e muito pasto de engorda dos bois. Os outros filhos da Dona Verônica, como ela mesma disse, e depois confirmei com a Madrinha, já eram grandes, quando aconteceu dela se engravidar, vinte anos depois de ganhar o último filho. O mais velho, que também trabalhava desde esse tempo nos armazéns de catação lá no Distrito, já era casado e com filhos na ocasião.

Durante os meses em que amamentava a minha mãe, às vezes Verônica dormia na casa da Madrinha, quando chovia muito ou por outra razão, que exigia sua presença ou companhia também nas noites. Na verdade, segundo fiquei sabendo mais tarde, a Madrinha e a Dona Verônica se desentenderam anos depois e nunca mais conversaram uma com a outra. Desse detalhe, ninguém sabia dizer a razão, o que explicava o fato de eu nunca ter conhecido a Verônica pessoalmente como naquele dia. O fato é que as duas nunca mais se encontraram, em nenhuma ocasião. Coisa de mulheres, conforme me contou depois a minha Madrinha, dizendo, mesmo assim, que tinha muitas saudades da amiga, desde quando ela foi embora para o Distrito, levando a filha que considerava também como sua.

"A Aparecida era a única irmã da sua mãe, meu fio, ainda que só de leite". Comentava comigo a Madrinha, depois desse episódio, quando a saudade lhe abafava o peito. "A minina foi-se imbora pra longe... e eu num quiria qui ela fosse. Partiu meu coração de sordade!". Ocorre que Dona Verônica me contou que desde muito tempo tinha muita vontade de nos visitar em nossa casa, mas que ficava com medo da Madrinha não gostar dessa visita. Tinha medo de não ser bem recebida, apesar de ter se passado tanto tempo, pois apesar de tudo nunca mais viu a minha mãe de perto, desde quando ela ficou entrevada quando eu nasci. De vez em quando, a contragosto da Madrinha, a minha mãe, já mocinha, visitava a casa da Dona Verônica no Distrito, aos domingos, depois da missa. Nesses dias, vez ou outra, voltava apenas à noite para a fazenda com algum conhecido da família. De tempos em tempos, dormia por lá aos sábados quando ia com as amigas em festas da igreja, ou mesmo, já mais velha, acompanhada da Dona Verônica em bailes no galpão da prefeitura, no Distrito, onde organizavam um de clube de dança com bancos e cadeiras no salão, onde rapazes e moças se reuniam para dançar acompanhados das famílias. Naquele tempo a Aparecida havia se mudado para a Capital.

A Madrinha, segundo ela mesma me contou, não gostava que a filha dormisse fora de casa, repetindo sempre ao seu ouvido: "Moça direita drome em casa com a famia". Apesar de tudo isso, ela chegou mesmo a morar com a Dona Verônica por alguns meses, quando aprendeu a catar café nos armazéns do Patrão, para ajudar na compra do enxoval do casamento.

Percebendo que eu estava gostando de ouvir sobre a minha mãe, Dona Verônica me disse, baixinho, chegando-se ao meu ouvido: "Sua mãezinha de quando em vêis ficava na minha casa aqui no Distrito, meu fio, e me dava muita aligria aquela minina... Compensava a farta da minha Aparecida". Dizia assim com os olhos marejados de lágrimas, enquanto passava as mãos em meus cabelos, olhando em seguida para o teto para não me deixar ver o quanto ela sentia a falta da minha mãe, como também da sua Aparecida com quem não se encontrava há muitos anos.

Passando a perna para trás do banco em que se assentava, Dona Verônica voltou-se de costas para a bancada de catação, enquanto cantarolava uma música, baixinho, que nem dava para se ouvir direito, mas que era uma música antiga, isso eu tenho certeza, pois me lembro de tê-la ouvido em casa, não sei quando. Ao perceber que a conversa tinha se encerrado naquele momento, me afastei da companhia da Dona Verônica e caminhei em direção à porta do galpão das catadeiras. Uma chuva miúda ameaçava cair novamente na rua, em frente ao galpão. Duas crianças menores brincavam com uma menina do meu tamanho na beira do córrego, do outro lado da rua, debaixo da mangueira, onde a chuva miúda não incomodava. Aproximei-me um pouco para ver o que se passava, apesar da chuva fina. Atiravam pedras em duas galinhas d'água que caminhavam distraídas sobre os aguapés floridos no banhado da beira do córrego. Quando me aproximei das crianças percebi que para fugir das pedras, as aves, assustadas, deram um voo rasante sobre o córrego e foram piar na margem do outro lado, escondendo-se de rabo baixo dentro do mato. A menina era alegre e ria dos dois pequenos que nem de longe conseguiram que alguma pedra atirada por eles chegasse, pelo menos, perto das duas aves no banhado formado na margem em que estavam do córrego. Quis ficar por ali enquanto o tempo passava. As três crianças também estavam esperando as mães que trabalhavam na catação.

Os dois meninos, ainda muito pequenos, não me disseram os seus nomes, parecia que estavam com vergonha de conversar com um estranho, mesmo tendo sido estimulados pela menina que, de uma forma ou de outra, falava por eles. Apesar da garoa miúda que caia de vez em quando, ficamos por ali por um bom tempo, protegidos pela folhagem da mangueira, jogando pedras rasantes na água para vê-las quicar várias vezes na superfície do córrego até se afundar mais à frente. Como isso era novidade para os três, ensinei-lhes a escolher as pedras mais achatadas, ou mesmo cacos de telhas, mais apropriados para a brincadeira que tantas vezes repeti no remanso da cachoeira da fazenda. Minutos depois, paramos de jogar pedras no riacho, assim que percebermos que não havia mais nada, de chuva. Mesmo porque o sol, inclinado em direção ao poente – palavra bonita que havia numa poesia, lá na escola –, voltou novamente a brilhar entre nuvens grossas como se fosse verão. Aproveitando que o chão estava úmido, o meu colega veio de dentro do galpão para saber o que se passava do lado de fora, com a intenção de brincar com outra coisa que trazia à mão. Ele segurava um pedaço de arame grosso, porém mais fino do que um lápis, reto, com pouco mais de dois palmos de mão de menino de comprimento, para brincarmos de finca na terra molhada. A brincadeira consistia em fincar no chão encharcado pela chuva a ponta de um pedaço de arame pontudo, como um lápis fino de ferro. A gente ficava de pé com as pernas abertas, criando retas descontínuas, ao ligar os furos no chão, deixadas pela finda, até "cercar" a casinha ou a marca do adversário. A finca do meu colega, no início, estava com a ponta muito grossa, isso exigiu que interrompêssemos a brincadeira para torná-la mais fina e mais pontuda. Assim que fizemos uma ponta melhor, depois de esfregar muito uma das extremidades da finca na pedra do meio-fio, até ficar quente e desgastada, começamos a brincadeira, assistidos de perto pelos dois pequenos, amparados pela menina que não arredou pé do lugar. Não demorou muito e todos nós brincávamos juntos de finca, um de cada vez, o que permitiu que o tempo passasse rápido e chegasse a hora de voltar para casa.

Quando retornei para a fazenda na caminhonete do Patrão, no final da tarde daquela sexta-feira, senti que o meu dia tinha sido intenso. Intenso, mesmo, pois, era muito grande tudo o que sentia. Intenso, parecia ser a palavra que podia representar um pouco do que passei desde a manhã bem cedo. Muitas coisas aconteceram desde a chegada dos livros na escola, da espera da chuva passar no final da aula, da descoberta da falta de instrução da Piedade no momento em que nós dois, sozinhos, organizávamos os livros na pequena biblioteca da sala de aulas, do pedido do Patrão para que eu retornasse com ele para a fazenda, de caminhonete, da viajem que nem mesmo percebi por estar distraído com meus pensamentos, do Seu Deoclécio da Farmácia e suas balas de goma, da semelhança dos corpos e gestos dos velhos curvados a conversar sob a sombra da Gameleira Velha da Praça da Igreja, e, quase que finalmente, dos momentos que passei no galpão de catação de café, ouvindo as lembranças da velha Verônica e das crianças brincando na beira do córrego, dentre outras coisas.

Se não bastasse toda essa intensidade, encontrei em casa um ambiente de apreensão e dúvida por causa do agravamento da saúde da minha mãe. Depois de algum tempo, passados aqueles últimos dias em que sua presença ficaria cada vez mais distante, percebi que de certa forma eles marcariam o começo do fim da minha infância, cercada pelos cuidados de todos, mas, sobretudo, da minha mãe, pois me permitiriam com os aconselhamentos dos seus olhos, enfrentar o que a vida me reservaria depois da sua partida.

Nesses dias que ela me preparou para esse enfrentamento, lembro-me muito bem, quando me disse também com aqueles olhos negros como os meus, que se eu sentisse tristeza eu deveria chorar pela sua partida, porque é natural chorar diante da morte. Pois que existe força depois do sofrimento quando o choro encontra sua razão para surgir. Segundo ela, o choro deveria ser somente a expressão da tristeza ou da alegria que carregamos em nossa alma e que nos permite nesses momentos conhecer um pouco dos seus segredos. Da forma que vim ao mundo – quando ficamos sozinhos os dois à espera de ajuda, naquela noite, pois o Tonho precisou sair às pressas, depois de me enrolar em um pano limpo –, somente eu estava perto dela no momento em que ela definitivamente partiu e nos deixou.

Naquele momento da partida, minha Madrinha e o Tonho estavam lá fora da casa se despedindo do médico, que já se ajeitava dentro da caminhonete do Patrão que o conduziria de retorno à cidade. Preferi ficar com ela no quarto, apesar de saber que não haveria mais o que fazer, pois ouvi a conversa dos adultos sobre as condições terminais da minha mãe naquele dia e, sobretudo nas últimas horas. Já era noite. O médico passou o dia inteiro em nossa casa cuidando para garantir um pouco mais de vida para ela, e nada. Aplicava injeções e lhe dava outros remédios, trazidos em sua maleta preta, cheia de coisas e aparelhos diferentes.

Nem a Dona Nenê Benzedeira que esteve com ela na véspera pôde fazer alguma coisa com as suas rezas e santos. Minha mãe, apesar de tudo, não mexia, não abria os olhos e nem a boca para se alimentar. Tomar comprimidos, nem pensar! Precisava moer e misturar com água para ela aceitar. Ficou imóvel. Somente o seu coração bondoso era ouvido quando eu encostava o ouvido naquele peito murcho sobre os ossos da costela. A veia grossa do seu pescoço também ofegava, deixando ver o sangue que passava agitado. O Doutor veio até à fazenda naquela manhã de sábado para atender a um chamado do Patrão que lhe adiantou sobre o agravamento da saúde da minha mãe. Ele mesmo foi até à cidade buscar o médico, ainda de madrugada. O médico, chamado Dr. Cellini, conhecido da família, foi colega de grupo do neto mais velho do Patrão. Quando resolveu retornar para a cidade, naquela hora, o doutor anunciara, momentos antes, que o estado dela, moribundo, era derradeiro e que não havia mais nada a fazer na medicina, apesar de todo esforço dele e da família. Por isso, disse a todos que iria para casa com o sentimento do dever cumprido, deixando-nos sozinhos com ela para presenciarmos seu passamento para lá da vida.

Entretanto, o tempo em que estiveram lá fora permitiu que ela, sozinha ao meu lado, mesmo abatida e sem nenhuma força, abrisse o rosto e me falasse as últimas palavras com aqueles olhos negros e brilhantes. Disse-me para jamais perder a esperança na vida, o nosso maior tesouro. Que nas horas mais difíceis e solitárias eu procurasse nos gestos, atitudes, e nos olhos das pessoas a linguagem do coração que muitas vezes fica escondida ou esquecida em algum canto daquela vida. No momento final, segundos antes de fechar seus olhos negros pela última vez, trazendo um riso leve no rosto que se moveu como jamais presenciei, falou-me com os olhos ainda mais brilhantes: "Cuide-se, meu menino... não deixe nunca de buscar o que pode encontrar nessa terra de Deus".

13

Antes mesmo de começar os trabalhos de panha e da secagem do café, no início do mês de maio, numa manhã de segunda-feira, quando eu já tinha terminado o primário no ano anterior, fui até à casa grande da fazenda para buscar uma encomenda que o Patrão tinha trazido da cidade. Disse tê-la deixado em cima da mesa da cozinha. No dia anterior, no domingo, no final da tarde, ele tinha comentado com o Tonho sobre isso, dizendo que deixaria essa caixa na cozinha de manhã bem cedo, antes de ir para o Distrito resolver problemas que somente ele poderia fazê-lo. Ficou acertado que o Tonho iria com ele naquele dia também, a partir da fazenda. Alertou-me dizendo que mesmo se não tivesse ninguém em casa, eu poderia entrar, pois a porta da cozinha ficava sempre encostada, fechada apenas no trinco ou na taramela que o próprio Tonho havia consertado certa vez.

Nesse tempo, quem tomava conta das coisas do Patrão, cuidava de suas roupas, arranjava a casa e lavava o banheiro três vezes por semana e era responsável pela comida da casa, era a Raimunda do Pedro. Ela ficou trabalhando no lugar da Madrinha, na casa da fazenda, inclusive mudou-se para a mesma casinha onde a Madrinha morou, nos fundos, até quando minha mãe precisou dela por perto a partir do dia em que eu nasci. Não careceu de ninguém falar para ela sobre vir morar com a gente. Ela mesma decidiu, pois sabia que era assim que tinha de fazer. Como morava sozinha, não teve dúvidas, mudou-se para nossa casa, para alívio do Tonho, que já não tinha cabeça para mais nada. Ele não daria conta disso, como ele mesmo falava. Precisava de alguém para ajudar em casa, o que nunca nos faltou depois da vinda da minha Madrinha.

Como a casa do Patrão não podia ficar sem ajudante, o Pedro e a Raimunda mudaram para a casinha dos fundos, pois não tinham mais filhos para criar. Além disso, a Raimunda era ainda nova o suficiente para o serviço da casa, além de ajudar na lavoura na época da panha.

De vez em quando a filha mais nova da Raimunda do Pedro – já casada e que morava no Distrito havia muitos anos, com filhos ainda pequenos –, vinha também ajudar a mãe dela com a lida da casa da fazenda. O marido da filha, conhecido como Benzinho, trabalhava de chapa nos armazéns de catação de café havia muitos anos, ajudando a carregar o que fosse necessário durante o dia, além dos sacos de café que era o seu trabalho. Ela, ainda mocinha, com pouco menos de quinze anos, se encantou com a força do moço que era capaz de sustentar até três sacos de café descascado ao mesmo tempo: um na cabeça, que ele equilibrava de jeito, e um debaixo de cada braço.

Todos falavam que ele já tinha carregado até quatro sacos de uma só vez, mas que resolveu parar com isso quando sofreu um "esbarro na espinha", como diziam os mais antigos.

Depois disso, vieram também os filhos e ele não precisava fazer mais graça para ninguém. O Benzinho era muito grande e media mais de dois metros de altura. O Patrão o chamava de Gigante, pois não havia no Distrito um homem maior e mais forte do que ele, nem mesmo na cidade, como falavam. A filha da Raimunda do Pedro, que não era lá essas coisas de grande, pois deveria ter sido tão miúda quanto eu, quando menina, vinha também ajudar, mas somente de vez em quando, se fosse necessário, numa emergência, ou porque a mãe dela achava que era preciso arranjar melhor a casa da fazenda quando o Patrão tinha alguma visita importante para pernoitar ou mesmo para receber algum deputado, vereador ou o prefeito do município, somente para um almoço no domingo, na época das eleições.

A Patroa, que raramente aparecia, nunca ficava na fazenda nessas ocasiões porque não gostava de política. O Patrão mesmo avisava para o Benzinho, lá no Distrito, e este à sua mulher, quando a Raimunda do Pedro precisava de alguém para ajudar na casa da fazenda. Nesse tempo de eleição era um entra e sai de gente, que não dava trégua. Mesmo ainda criança, eu via que as pessoas de outras regiões não paravam de chegar à fazenda. Às vezes traziam com eles um caminhão cheio de pessoas do Distrito de Gameleira e de mais longe, somente para cortejar algum político importante em visita ao Patrão. "Mostrar força", diziam. Essa gente desde bem cedo ficava na porteira, na entrada da estrada da fazenda, na encruzilhada da minha escola, aguardando um candidato, acenando bandeirinhas ou faixas com dizeres elogiosos, sempre com a palavra "saúda", ou mais: "*O povo do Distrito de Gameleira saúda Vossas Excelências*". Dessa forma, como dizia um vereador do Distrito, a mesma faixa poderia ser utilizada várias vezes, independentemente do visitante ou do seu partido político.

A família do Patrão, desde que este mundo é mundo, como dizia a Madrinha quando queria dizer muito antigo, sempre teve influência na política do lugar. No comando, não, mas "nos bastidores", como ele falava com o Padre Juquinha quando queria confidenciar alguma coisa mais ao pé do ouvido, na varanda do casarão. Sempre quando vinha algum político para conversar de política, ele mandava também chamar o Padre. "Uma testemunha sagrada do que foi combinado nessa casa do meu pai", dizia o Patrão para todo mundo escutar. Eu, ainda muito menino, ouvia isso e achava graça, apesar de não saber patavina do que se tratava.

Da família mesmo do Patrão era muito raro aparecer alguém, pois nenhum dos filhos ou dos netos que moravam na Capital se interessou pela fazenda, nem pela política, pelo menos que eu soubesse. Puxaram a Patroa, certamente, como comentavam de vez em quando, quando esse assunto ressurgia, não gostavam e não vinham. Os dois únicos irmãos que o Patrão teve, conforme a Madrinha, não tiveram filhos, um deles morou a vida toda, bem longe, escondido em algum canto do Mato Grosso, ainda solteirão. O outro, o mais novo deles, que saiu de casa muito cedo para estudar para padre em um seminário em Petrópolis, morreu num acidente de ônibus quando iam todos em romaria para Aparecida do Norte, no dia do aniversário da Santa. A Patroa tinha casa na cidade, mas por lá também ficava muito pouco. Gostava mesmo era do Rio de Janeiro, onde foi criada e também criou os filhos. Nos últimos anos de sua vida, conforme era sabido, passou a maior parte na Capital na casa de um deles. De tal forma, que somente o Patrão ainda morava na fazenda. Na redondeza, contando a fazenda, o Distrito de Gameleira e a cidade, apenas ele, o primo Deoclécio e a Dona Regina, representavam a família.

Não precisei entrar sozinho naquela casa. Ao chegar à porta dos fundos – e já tendo subido as escadas e entrado pela varanda que permitia ver quase todo o horizonte que cercava as terras do Patrão, do lado do nascer do sol –, a Raimunda do Pedro estava à minha espera e me acompanhou até à cozinha onde havia uma caixa sobre a mesa. Na verdade, um pequeno caixote de madeira. No momento pensei que não conseguiria levar comigo aquele caixote, mesmo a despeito de não ser grande e do Tonho ter falado que não pesava muito. Dentro dele havia alguma coisa bem presa, pois não dava para saber do que se tratava, apesar de eu ter uma ideia do que poderia ser.

Em abril daquele ano, um mês antes do dia em que fui buscar a encomenda no casarão da fazenda, pessoas do Governo do Estado estiveram no Distrito junto com o prefeito e os vereadores da região, reunidos num barracão da prefeitura, na Praça da Gameleira. Vieram falar aos fazendeiros sobre o comércio do café e da importância em conhecer bem o que produziam em suas terras. Estavam também presentes, o gerente do Banco do Brasil, de Perobeiras, e pessoas do Governo Federal, chefiados por um homem gordo que usava terno branco e chapéu preto de abas muito largas. Segundo me contou o Tonho – quando também explicava para a Madrinha sobre o que fora fazer na cidade e depois no Distrito com o Patrão naquela semana – os homens do governo disseram aos participantes desse encontro que o futuro da lavoura da região estava em se produzir um café de melhor qualidade, ainda que pouco, que o preço de venda para o agricultor compensaria mesmo que fosse uma pequena produção. Isto, ao invés de se ter grandes plantações sem a qualidade do agrado dos compradores exigentes de fora. Como eu era sempre curioso e interessado pelas coisas relacionadas ao café e lia melhor do que as pessoas da nossa casa, como diziam, o Tonho trouxe um livreto – este era o nome estampado na capa –, que distribuíram para os participantes desse evento, pedindo-me que o lesse para todos. O Tonho já sabia do conteúdo, mas fez questão de ouvir tudo novamente, esperando que eu e a Madrinha tomássemos conhecimento para discutirmos depois sobre o assunto, como fazíamos em casa, sempre quando havia novidades na região.

O livreto explicava as vantagens em se produzir café de melhor qualidade, superiores ao café tipo Rio, Riado ou Rio Zona,[4] ou coisa assim, que assinalaram ser comum na nossa região, depois confirmado e bem explicado pelo Tonho ao ouvir atento a minha leitura. Além disso, era para "conhecer outros tipos de café cultivados nas Escolas de Agricultura e a sua classificação, dentro de um padrão mínimo exigido", como se lia logo no início desse livreto. Era uma publicação ilustrada com desenhos e fotografias de pessoas em torno de uma mesa, experimentando café, tendo sacas repletas de grãos de café torrado ao fundo. Fiquei interessado, de tal maneira que durante alguns dias eu li várias vezes aquele livreto até decorar o que continha, inclusive os números de produção, rendimento da colheita por tipo, técnicas de plantação e de poda, corretivo do solo, além de muitas outras coisas que jamais passariam na minha cabeça poder existir ou interessar aos fazendeiros para as suas lavouras.

A coisa estava feita de tal modo, e muito bem explicada, que se fosse o caso, o governo incentivava a que os produtores arrancassem os pés de café e plantassem outras coisas no lugar.

Poderiam substituir por cana, milho, feijão preto, ou mesmo outra lavoura de café de melhor qualidade, se fosse preciso, para evitar que os preços continuassem a cair no comércio internacional do café. Eu achava aquilo muito

---

4 Classificação da qualidade (sabor e aroma), da bebida do café quando apresenta um aroma químico, medicinal, característico de iodo, percebido na degustação.

estranho, pois para quê arrancar o que já estava plantado e produzindo, mesmo que não tivesse praga, ou mesmo sabidamente velho para a poda?

Apesar disso, disseram que os fazendeiros poderiam plantar o que quisessem na região, com financiamento do Banco do Brasil, "a juros baixos". Segundo se lia, o banco emprestaria dinheiro para qualquer outra coisa nas fazendas, da melhor forma que compreendessem, mas produzir café de qualidade ruim, nem pensar!

Isto me deixava encabulado, pois café de melhor qualidade para mim, na ocasião, era aquele que não seria enviado para os velhinhos do Asilo São Vicente de Paulo, mas que, no final, apesar de feio, parecia ser a mesma coisa do outro, do mesmo gosto, quando torrado, moído e passado no coador na cozinha pelas mulheres que faziam o café. Mas, havia por certo alguma diferença que eu vez ou outra percebia quando tomava o café puro ou com pouco doce. Ao contrário, quando tudo era misturado com leite, melado ou rapadura, dava no mesmo e não era possível perceber qualquer diferença significativa na categoria do café.

Diziam que nas cidades grandes, diferentemente da roça, havia também homens que coavam café em casa, como também nos bares. Ou ainda, que faziam um café agradável, melhor do que muitas mulheres daqui da redondeza. Melhor do que fazia a Madrinha, eu achava difícil. O próprio Patrão dizia, quando perguntado, que o café que ela coava era o melhor de todo mundo. Quando a Madrinha trabalhava na casa grande, segundo o Tonho, o Patrão sempre elogiava o café que ela coava. De vez em quando ele ia à nossa casa, na varandinha da sala, para tomar um gole de café coado na hora, a convite do Tonho que sabia que ele gostava muito deste momento. Às vezes, ela trazia também de surpresa, uma broa de fubá com erva doce, do jeito que ele mais gostava. A Madrinha ficava ao lado do Patrão, de pé, com o bule levantado, sem nada falar, pois sabia que ele, assim que terminasse a primeira caneca de café – que bebia devagar, de duas a três vezes, mesmo estando muito quente –, estenderia a mão na direção dela para pegar mais. Bebia apenas duas canecas que ela enchia somente até na metade, conforme conhecia bem aquele hábito do Patrão. Ele gostava tanto que fechava os olhos para sentir melhor o paladar, como ele dizia do gosto do café, mesmo antes de levar a caneca até à boca, para depois apreciar na lembrança o que tinha bebido. Fazia uma boca boa que dava gosto de ver.

Antes de pegar o caixote que estava sobre a mesa da cozinha e voltar para trás, a Dona Raimunda do Pedro me pediu que a acompanhasse até ao escritório da casa, localizado ao lado da sala grande da frente, pois havia nele uma encomenda para mim, deixada pelo Patrão.

O escritório tinha três janelas grandes e largas que davam para a varanda da frente da casa, compondo a fachada. Em uma das paredes, próxima à primeira das janelas, havia diversos quadros de pinturas a óleo, bem distribuídos, como também fotografias antigas da família, dispostas individualmente em quadros envidraçados, com moldura bem talhadas de jacarandá. Uma fotografia maior em um desses quadros mostrava o pai do Patrão, de pé, segurando uma espingarda de dois canos, ao lado de uma onça abatida, estendida no chão com a língua de fora, e o Patrão, ainda muito pequeno, assentado na barriga do bicho. Os antigos diziam que o pai do Patrão matou a onça no pulo, no momento exato quando ela saltou sobre ele de uma lapa de pedra escondida no meio da Mata Grande. Depois que deu o tiro certeiro, precisou afastar o corpo para o lado para não levar o esbarro da onça que caiu desfalecida, estrebuchando-se no chão da mata entre folhas secas e galhos partidos. Para quem conhecia bem aqueles lados da Mata Grande como o Tonho e o Tião, próximo a Lagoa das Capivaras, um lugar conhecido por todos como o Lajedão das Pacas, todos asseguravam existir o tal lugar. Segundo comentavam nas conversas de caçada na varanda da bica lá de casa, ou na roda da fogueira nas noites frias do inverno, o ocorrido ficou registrado para sempre com a data e o nome do pai do Patrão, riscados fundo sobre a lapa, terminados com três pontinhos, bem destacados, que seguiam sempre a sua assinatura, como também a do Patrão. A história completa dessa caçada ninguém sabia. Virou lenda, pois, além daquela fotografia, o resto já teria se perdido no tempo.

Além desse retrato curioso, com a onça morta, outros mais contavam um pouco da história da vida daquela gente que vivia na região da fazenda e do Distrito de Gameleira desde a época do Império, como dizia a Dona Regina das coisas muito antigas. Ao lado da parede com os quadros de fotografias antigas, atrás de uma das bandeiras das janelas do escritório, que se abria para dentro, deixando para fora a parte envidraça, havia dezenas e dezenas de Folhinhas de Mariana, pregadas e sobrepostas, umas sobre as outras. As bordas que se viam daquelas mais antigas estavam velhas e amareladas. Eram páginas impressas de eventos da natureza que no passado orientaram as pessoas da roça, ao longo do ano a respeito dos dias do mês, das fases da lua, do santo do dia, das festas da igreja, do período das chuvas, das secas e o momento do plantio ao longo dos meses. Depois que o Tonho começou a prever o tempo, o Patrão parou de comprar as Folhinhas de Mariana.

Num canto da sala ficava uma mesa larga de trabalho, feita de jacarandá, e uma cadeira alta, com almofada de couro, toda decorada de baixo relevo. Como explicou o Tonho, certa vez, era nessa mesa onde o pai do Patrão, no passado, voltado para as janelas, despachava seus negócios de encomendas de café, madeira e de mantimentos. Uma mesinha baixa, também de jacarandá, esculpida com caras de bicho nas laterais, apoiava-se sobre um tapete de pele de onça curtido. A mesinha era contornada por quatro cadeiras forradas de couro e uma poltrona de dois lugares, no canto da sala, compondo um espaço agradável onde pessoas se reuniam para uma conversa mais descontraída, como dizia a minha Madrinha. Segundo se comentava na roda da fogueira, o tapete sob a mesinha baixa era do pelo da onça morta pelo pai do Patrão.

Em duas paredes dos fundos do escritório havia uma estante grande, de fora a fora, do chão até o teto, feita de ipê preto envernizado, com dezenas e dezenas de livros de todo tipo e tamanho, que eu jamais pensei existir. Alguns, mais antigos e maiores, na mesma estante, ficavam detrás de portas envidraçadas com vidros bisotados como cristal de rocha, num espaço marcado com etiqueta amarelada, escrita à mão: "Livros Raros". Próximo ao encontro das duas paredes com as prateleiras de livros havia outra mesa de trabalho, menor do que a primeira, feita de peroba rosa marchetada de frisos de braúna e de pau Brasil, que pertencia à mãe do Patrão, quando ela também tinha seus negócios ao lado do marido.

Ninguém que morava nas redondezas, a não ser a Dona Nenê Benzedeira, o Patrão e talvez a Madrinha, conheceu esse tempo. O Tonho achava esta mesa a mais bonita de todas e sempre dizia que um dia aprenderia como fazer uma coisa parecida com aquela. Na verdade, segundo a Madrinha, ele já sabia como fazer. Já tinha aprendido, pois tudo que havia naquela casa de móveis de madeira, se não fosse antigo, ou tinha sido feito pelo Tonho na marcenaria ou por ele restaurado, quando precisava. Até o baú do casamento da minha mãe, todo embutido de desenhos de flores e ramos, que ficava em nossa casa, semelhante à mesa de peroba do escritório, foi feito pelo Tonho depois de várias semanas de trabalho antes do casamento. Segundo a Madrinha, o Tonho aprendeu tudo isso com o avô chamado Petrônio. O velho marceneiro, que era compadre do pai do Patrão e padrinho do pequeno Tonho, tinha uma marcenaria no Distrito de Gameleira, tendo sido responsável pela fabricação dos móveis da casa da fazenda, do altar e dos bancos da igrejinha de São João, próxima da minha casa, e do próprio cruzeiro do santo com suas alegorias sagradas.

Quando algum dos móveis do escritório apresentava defeito, seja nas gavetas ou nas portas, na falta do avô, o Tonho, com a sua habilidade e conhecimento de marcenaria, era chamado para consertar e "dar um jeito", como dizia o Patrão. Assim, como também nas portas, telhado, janelas, camas, armários e demais móveis da casa. Ninguém mais além dele podia mexer em nada que havia naquele escritório, sempre muito limpo e conservado como sempre foi, conforme me confiou a Raimunda do Pedro. O Patrão, que gostava mais de usar o escritório pequeno construído no tempo dele, ao lado da Tulha Velha, somente se assentava naquelas cadeiras antigas do escritório da casa quando havia alguma reunião muito reservada, marcada com alguém importante, vindo de fora. Acho que nem mesmo o Padre Juquinha assentou por ali alguma vez sozinho, nem de brincadeira.

Algumas vezes, antes daquele dia da encomenda, fui até lá com o Tonho, de companhia, para que ele desse jeito nos móveis do escritório e da casa, no que fosse necessário consertar para ficar tudo funcionando como deveria ser. Eu apenas o acompanhava para ver o que ele fazia. Na maioria das vezes, como ajudante, ficava junto passando-lhe alguma ferramenta, parafusos, pregos ou cera de abelha que usava sempre quando ia pregar ou aparafusar alguma peça de madeira naqueles móveis. Ele me explicava que era para facilitar o serviço. "O prego entra macio e não racha a madeira quando está lambuzado de cera de abelha", dizia, olhando para mim de frente, sabendo do meu interesse e curiosidade por tudo o que se passava naquele momento especial em que eu podia ver suas habilidades de marceneiro.

Se houvesse goteiras no forro, também era o Tonho quem dava um jeito dela parar. Trocava telhas e engradamentos do telhado e tudo mais para manter sempre limpo e seco aquele escritório. Nessas ocasiões, não sei por que, eu não prestava atenção a todas essas coisas que havia naquele escritório da casa, apenas acompanhava o Tonho no seu trabalho e nada mais. Dessa forma, com o passar dos anos, ao lado do Tonho, pude conhecer de perto aquele espaço do trabalho adormecido na casa, que a Dona Regina de vez em quando me perguntava na escola, em tom de brincadeira, se eu já tinha lido todos os livros da biblioteca da fazenda.

"Eu aprendi a ler naquela biblioteca, meu filho, pois a minha tia, irmã da minha mãezinha, era também a minha protetora e me ensinou quando eu ainda era muito pequena", dizia a Dona Regina quando se lembrava que sempre passava temporadas no casarão da fazenda, durante as férias escolares, mesmo depois de formada e educadora da cidade. "A minha tia era a minha madrinha e também confidente. Sempre fomos boas amigas, pois, por eu ter ficado órfã de mãe muito cedo, eu ficava, na maioria das vezes aos seus cuidados", completou, saudosa daquele tempo em que esteve certa vez muito doente aos cuidados da tia.

Algum tempo depois a Madrinha, já viúva e com a minha mãe pequenina para criar, havia se mudado para a casinha que ficava nos fundos do casarão da fazenda onde começou a trabalhar a convite da mãe do Patrão. Nesse tempo o irmão da professora, o Seu Deoclécio, era estudante do curso de Farmácia em Ouro Preto, e por lá ficava o ano todo. Segundo a Madrinha, a mãe da professora morreu quando os dois filhos ainda eram pequenos e por isso mesmo, sempre que acontecia alguma doença com ela ou com o irmão Deoclécio, ou quando retornava para as férias, era na casa da fazenda que ela gostava de ficar, aos cuidados da mãe do Patrão. A mãe da professora pegou uma doença, uma gripe na verdade, que matou muita gente na região, inclusive o avô do Tonho, o marceneiro mais famoso do Distrito de Gameleira. Anos depois o Tonho, com pouco menos de vinte anos, transferiu-se para a fazenda, ficando responsável pelos trabalhos da marcenaria.

No tempo da gripe parece que faltou assistência médica para os doentes, porque o Distrito ficava muito longe da cidade. Na época das chuvas somente carroças, charretes ou pessoas a cavalo conseguiam passar nos trechos mais difíceis da estrada. Não havia trem por aqui quando a mãe dela e o avô do Tonho morreram da gripe. E por isso mesmo, quando o Seu Deoclécio se entendeu por gente, resolveu que iria estudar Medicina para que não faltasse atendimento médico para mais ninguém no Distrito de Gameleira, mas acabou por estudar na faculdade de Farmácia, como o pai, pois alguém precisava tomar conta dos negócios da família, algum dia. Muitos anos mais tarde, além da farmácia, que era somente do Sr. Deoclécio, havia também os armazéns de café do Distrito em sociedade com a família do Patrão que exigiam sua presença.

Tudo isso vinha na minha cabeça enquanto eu, ao lado das cadeiras de couro, junto à mesinha de centro, observava aqueles livros dispostos nas prateleiras do escritório da casa. Segundo dizia a Madrinha, poucos anos depois da mudança dela para junto da casa da fazenda, a mãe do Patrão morrera e não pôde nem mesmo assistir a formatura do sobrinho Deoclécio na Escola de Farmácia em Ouro Preto, que tanto fazia gosto.

No dia em que fui pegar a encomenda na mesa da cozinha da casa da fazenda, a Dona Raimunda do Pedro me levou até ao escritório para pegar dois livros que o Patrão havia deixado para mim em cima mesa grande de jacarandá. Fiquei surpreso, pois eu não sabia disso. Não sabia que o Patrão tinha me deixado livros. Nem o Tonho, nem a Madrinha, nem ninguém sabia da intenção do Patrão em me dar aqueles livros. Era para que eu os levasse também comigo naquela manhã, junto com a caixa de encomenda, segundo me adiantou a Dona Raimunda do Pedro, ressaltando que o Patrão lhe dissera, ao sair: "não se esqueça de dar esses livros para o menino do Tonho, Raimunda". Um deles era de História. Não de pessoas ou de lugares antigos, mas que contava sobre a história do café. Eu nunca poderia imaginar que houvesse um livro desses, com ilustrações e todo tipo de informação a respeito do café que sempre vi nascer na fazenda, como nas terras vizinhas a do Patrão, sem questionar a sua origem ou a sua história. O outro, um livro ilustrado e antigo, que certamente foi muito usado, era uma espécie de cartilha e que tinha como título: *Como ensinar a ler e escrever: experiência com adultos*. Fiquei sem saber o que falar. Eu nunca tinha ganhado um livro de ninguém, além da professora que de vez em quando me permitia levar algum para casa para ler para a minha mãe. Às vezes me dizia que um ou outro era mesmo para mim, que podia ficar com ele em casa para sempre. Ela sabia que eu gostava muito de ler e me presenteava com livros como também fazia com os meninos e meninas na escola, "para estimular a leitura", dizia.

Atendendo a um chamado na varanda da cozinha, a Dona Raimunda do Pedro me deixou naquele escritório sozinho enquanto eu aproveitava para olhar um pouco em volta e pensar sobre o que eu acabara de ganhar do Patrão. Por um momento eu não entendia porque havia ganhado aqueles dois livros, mas que minutos depois, ali mesmo naquela sala, reconheci o que havia de sentido naquilo tudo. O primeiro livro, o da história do café, me levou a pensar, no momento, que devia ser por causa do interesse que eu demonstrava por tudo o que dizia respeito ao café, desde o plantio nos viveiros da fazenda até à poda – necessária nos pés improdutivos, no momento certo, como também da colheita até a catação. O Tonho deve ter contado para o Patrão sobre a minha curiosidade com o livreto distribuído pelos homens do governo no mês anterior.

Ao perceber que Dona Raimunda do Pedro não retornava, pois ainda estava na cozinha às voltas de uma conversa com alguém do Distrito que trouxe um recado da filha – a mulher do Benzinho, o Gigante –, resolvi me assentar numa daquelas poltronas de couro, próximas à mesinha baixa do escritório e começar a folhear as páginas dos livros que acabara de ganhar. Meu coração batia forte naquele momento, pois me dava prazer em saber que o Patrão se interessou em me presentear com aqueles livros, e que não se esquecera sobre o velho livro de ensinar leitura e escrita aos adultos analfabetos. Desse segundo livro, eu também tinha noção do motivo que levou o Patrão em me presentear com ele. Ocorre que desde a época em que fiquei sabendo que a Piedade era analfabeta, comentei com o Patrão sobre o fato, quando estávamos ainda dentro da caminhonete, retornando da visita ao armazém das catadeiras.

Aquele dia foi mesmo muito intenso. Ele me ouviu com atenção, mas não disse nada. Mas eu bem sabia que ele me ouvia e se interessava pelo que eu falava, apesar do barulho do motor e do balançar da caminhonete na estrada. Talvez até surpreso, pelo olhar que de vez em quando me dirigia, mas sem nenhuma expressão na face. Permaneceu calado, com a demonstração de quem não queria mesmo responder ou opinar sobre as coisas. Apenas ouvia enquanto conduzia o carro na descida da serra, em direção à fazenda. Escolhi aquele lugar da estrada para falar sobre isso, pois foi exatamente nesse local da estrada, bem na passagem da Curva do Ésse, que ocorrera o tal acidente com o ônibus, quando moradores de Gameleira voltavam do jubileu de Bom Jesus. Eu precisava me distrair e foi desta forma que consegui superar o meu medo, dizendo-lhe sobre o que eu havia percebido naquela manhã quando eu ajudava a Piedade a lidar com os livros que ele havia doado para a biblioteca da nossa escola.

Dias depois, na tarde do enterro da minha mãe, na saída do cemitério do Distrito, onde ela foi levada num caixão de madeira, feito na véspera pelo Tonho na serraria da fazenda – depois que foi desenganada pela Dona Nenê Benzedeira –, o Patrão me chamou num canto para conversar. Aproveitou um breve momento em que o Tonho havia se distanciado de mim para acompanhar alguém até o portão do cemitério. Agachou-se, até ficar do meu tamanho, e me disse que esteve pensando a respeito da minha conversa sobre o problema da Piedade há duas semanas dentro da caminhonete. No início, pensei que ele falaria sobre outra coisa para me consolar pela perda da minha mãe, porque eu estava chorando. Não sei o que ele falaria, mas pensei que fosse sobre isso, apesar de tudo. No fundo, até que foi a mesma coisa, pois teve o cuidado em me dirigir palavras.

No momento, vendo assim tão próximo, percebi que seus olhos estavam vermelhos e tristes, quase sem condições para dizer coisas diferentes do que seus sentimentos demonstravam naqueles olhos claros, ainda brilhantes apesar de velhos. Percebi, de certa forma, os mesmos gestos e movimentos de quando eu era muito pequeno e o vi pela primeira vez na varanda ao lado da bica lá de casa. Só que naquele momento, ali no cemitério, quiçá por respeito pelo luto que eu carregava comigo, ele segurava o chapéu com a mão direita, encostado ao peito, em sinal de alguma coisa que somente ele sabia o quê. Até o cheiro dele era o mesmo, saindo daquela cara branca e vermelha, percebido no movimento que fez quando se abaixou até bem próximo de mim. Sua voz pareceu-me mais rouca, na verdade, talvez por causa da idade que a cada ano lhe somava uma dezena deles. Percebi também, naquele momento, que a Madrinha nos olhava de longe, não sei se por acaso ou por interesse em ver o desdobramento de tudo, pois que ainda tinha ficado mais um pouco para trás, juntamente com a Dona Nenê Benzedeira, que precisou ser auxiliada pelo braço para não tropeçar e cair, pois que tinha problemas nas vistas, como dizia. A Madrinha voltou-se para o local onde os homens com as enxadas, protegidos por seus chapéus que não permitiam mostrar a inexpressão dos seus rostos resignados pelo trabalho, acabavam de arredondar a terra sobre a cova. Ao lado da velha amiga Benzedeira, ela se despedia da filha, deixando junto a uma cruz de madeira, rosas brancas trazidas pela Dona Regina do jardim de sua casa.

O Patrão, desgostoso, alheio ao que acontecia atrás dele, disse o que bem queria me dizer, sem me pedir que lhe respondesse nada. Falou o que desejava, passou a mão esquerda no meu cabelo e, por um momento, senti quando ele, ainda agachado na minha frente, esboçou um ligeiro riso triste no canto da boca, pois não pôde esconder a dor que seus olhos demonstravam, sem jeito de se disfarçar. Afastou-se de mim quando percebeu a aproximação do Tonho que veio ao meu encontro ao notar que o Patrão já recolocava o chapéu na cabeça e se despedia naquele momento, deixando-me ali, parado a reparar o infinito, enquanto ele se afastava de passos cansados e velhos, em direção ao portão de saída do cemitério, atravessando a rua em seguida.

Era um dia nublado de novembro, sem chuva, mas estava frio. Nesse momento da saída do Patrão e do reencontro com o Tonho, não sei por que, eu sentia um frio diferente e aflitivo. Mesmo depois de vários meses eu me lembrava dessa cena, pois havia do outro lado da rua uma senhora negra da cabeça branca, bem ao longe, que tudo olhava de lá de onde estava, interessada no desfecho de tudo aquilo, sem se aproximar do cemitério, por qualquer motivo. Percebi, ao lado do Tonho, que o Patrão parou próximo daquela mulher, consolando-a num abraço generoso, como se fora alguém especial, dentre outros tantos de Gameleira.

Havia muita gente no enterro da minha mãe. Não tive curiosidade naquele momento em saber de quem se tratava, e por isso mesmo não perguntei ao Tonho sobre quem seria aquela senhora negra de cabelos brancos, junto ao Patrão. Apenas me lembrei de dizê-lo que o Patrão estaria nos esperando em frente à farmácia do primo Deoclécio, já que a caminhonete estava estacionada debaixo da Gameleira. Dias depois compreendi que se tratava da Dona Verônica, a mesma negra velha que conhecera dias atrás no armazém das catadeiras. Ficou lá fora do cemitério, seguramente, porque o seu coração resignado não lhe permitia chegar mais perto.

Era também para dizer para o Tonho, na saída do cemitério, que o Seu Deoclécio levaria três ou quatro pessoas até à fazenda com ele no jipe, se fosse necessário. Alguns caminharam até à Praça da Gameleira, conforme combinado, mas, no meu caso, foi preciso esperar mais um pouco, pois a minha Madrinha não sossegou enquanto não viu a última pessoa sair do cemitério depois do enterro. Da mesma forma como fez o Tonho, conversou com todos, agradecendo a presença dos amigos e das comadres que se despediam e a deixavam para trás, e assim foi até que não houvesse mais ninguém além dela, do Tonho e da Dona Nenê Benzedeira.

Fiquei mais atrás, mas na saída do cemitério, assentado do lado de fora, no passeio, próximo ao portão, enrolando e desenrolando a cordinha no meu pião. Não joguei pião naquele dia, fiquei apenas assim, assentado no meio-fio, sem mais ter o que fazer do que esperar o momento certo de ir embora. Não dá para descrever o que eu sentia. Talvez fosse assim a dor da orfandade, apertando o coração, sufocando a alma. A Madrinha ficou ainda ali, abraçada com a Dona Nenê Benzedeira, que sempre improvisava suas orações e pedidos especiais nessas horas difíceis.

A tarde já esmorecia na serra quando chegamos finalmente em casa. A Dona Raimunda do Pedro chegou à frente em nossa casa, vinda de charrete com o genro Benzinho, o Gigante, para preparar alguma coisa para a gente comer. Naquela noite ela e o Pedro ficaram na nossa casa ao lado da Madrinha, fazendo companhia até tarde da noite sem arredar pé. Dona Raimunda ficou de retornar na manhã seguinte e assim fez durante aquela semana, até o dia da missa de sétimo dia celebrada na igrejinha da fazenda. A missa foi celebrada pelo Padre Juquinha, amigo da família, trazido pelo Zico na charrete da professora, direto do Distrito. A igrejinha ficou ainda menor com toda aquela gente.

Na mesma ocasião, antes do final do ano escolar, numa manhã em que eu saía bem cedo para a escola, a cavalo com o Tonho, o Patrão me disse ter um livro para pessoas interessadas no ensino de leitura para adultos que não tiveram a oportunidade de aprender a ler e a escrever quando pequenos. Por isso mesmo, exigiam uma forma diferenciada para que pudessem aprender a ler depois de grandes. Segundo ele, esse livro deveria estar guardado na biblioteca do escritório da casa grande da fazenda e que assim que o encontrasse ele o traria para mim, pois que poderia ser útil em como proceder no ensino da leitura para as pessoas adultas, como a Piedade e o Zico. Disse-me também, posteriormente, que dentro de alguns dias mais ele teria alguma novidade a esse respeito, pois havia falado sobre alfabetizar adultos na casa da professora, num domingo que lá esteve para almoçar com os primos. Na verdade, o tal livro nunca apareceu, o que deixou o Patrão contrariado. Apesar disso, pelo visto, ele não se esqueceu desse compromisso.

Segundo o Patrão me relatou sobre a conversa que teve no domingo na casa dos primos, comovidos pela minha preocupação com a Piedade, o próprio Seu Deoclécio, o farmacêutico, teria se prontificado a ajudar a alfabetizar os adultos que se interessassem, mas que poderia participar somente aos domingos. Para isso, bastaria que arranjassem o local que ele lá estaria de boa vontade. A Dona Regina, com dificuldade em ter que trabalhar ainda mais um dia na semana – porque já não era mais nova e as crianças da escola davam muito trabalho –, apenas disse que as aulas poderiam ser ministradas – como ela mesma gostava de dizer quando se referia ao ensino –, na própria escola. Para não ocupar o horário das pessoas, as aulas para os adultos poderiam ser aos domingos pela manhã. "A Piedade, que tem a chave de tudo, se encarregaria de abrir a escola e de preparar um café para todos", completou entusiasmada.

Sabendo do meu empenho sobre isso, da disposição do primo Deoclécio em ajudar, como também havia mais interessados nessas aulas, o Patrão, com o consentimento dos demais vizinhos fazendeiros, resolveu que abririam a escolinha da Dona Regina para o ensino dos adultos, assim que fosse possível. Primeiramente, decidiram que as aulas seriam dadas somente aos domingos pela manhã, como acertado com o Seu Deoclécio, e somente para os trabalhadores adultos da região da fazenda, interessados em aprender a ler e a escrever.

Antes do início previsto, ficamos sabendo que poucos se interessariam, principalmente porque tinham vergonha de dizer que eram analfabetos. Outros, mesmo a contragosto, estavam sendo incentivados a participar pelos próprios filhos, muitos deles meus colegas de grupo, ou que já tinham se formado antes de mim. A única exigência que me fez o Patrão foi a de que eu também deveria participar dessas aulas, como aprendiz de professor, uma espécie de auxiliar dentro da sala de aulas, para ensinar aos alunos grandes como pegar no lápis e a escrever sobre as folhas de papel pautado. Ler também para eles alguma coisa para ajudá-los nas lições e trabalhos escolares. Isto porque, segundo o Patrão que já conhecia o livro, muitos deles não tinham destreza com as mãos calejadas pelo trabalho no cabo da enxada, como dos serviços pesados do dia a dia, de qualquer natureza. "Pegar ou usar o lápis para escrever, para eles, não será uma tarefa fácil", dizia. Além disso, como também expliquei ao Zico na hora do recreio quando ele veio me dizer que se interessava em participar – como a nossa sala de aulas tinha meninos e meninas de todas as idades, do primeiro ao quarto ano primário –, os alunos maiores, dos últimos anos, ajudavam a professora no ensino com os menores. Era como trabalho em família em casa de muitos filhos – diferente da minha, de uma só criança –, em que os irmãos mais velhos ajudavam na lida da casa, com tarefas complementares, mostrando aos pequenos como já podiam contribuir.

O início daquelas aulas, infelizmente, foi suspenso, pois o Seu Deoclécio, enfraquecido pelo trabalho, de tanto manipular drogas e remédios em sua farmácia, adoeceu de repente dos pulmões, e não pôde emprestar seus domingos como voluntário na alfabetização dos adultos. Em uma ocasião em que estive na farmácia dele com o Tonho, meses depois, ele estava mesmo muito enfraquecido, não tinha mais aquela disposição demonstrada no início, mas que se recuperava, ainda que lentamente. Disse-nos que por exigência do médico, ele não mexia mais com os remédios manipulados, e que venderia na farmácia somente aqueles prontos dispostos em vidros ou envelopes, vindos diretamente de drogarias ou de laboratórios da Capital.

Dessa vez repetiu a brincadeira com as balas de goma, mas sem muito sucesso, pois eu vi quando ele as retirou do vidro de balas sobre o balcão e as escondera na mão direita. Mesmo assim fiz de conta que não vi como ele fazia, para não o decepcionar. Atitude estranha que pela primeira vez na vida me peguei fazendo, sem mesmo saber por quê. Falou-nos do pesar que sentia por não ter participado do trabalho de alfabetização dos adultos, mas que ficou sabendo pela Dona Regina, que eu mantive o meu propósito de continuar com a ideia, mesmo sozinho.

Apesar disso, a causa ficou quase esquecida, sobretudo porque houve mudança no mando da política da região, que, sabendo dessa iniciativa em conversa no Distrito, o novo prefeito prometeu, sem muita convicção, que abriria um curso para alfabetizar adultos, mas na escola municipal do Distrito de Gameleira, à noite, sob a orientação direta da prefeitura. Na verdade, eu soube que isso jamais ocorreu. Como o tempo passava e nada acontecia, no retorno das aulas, no início de agosto daquele ano, eu mesmo me propus a ensinar à Piedade e ao Zico a ler e a escrever. Acertamos de nos encontrar para as aulas duas vezes por semana, nas quartas-feiras à tarde, e nos domingos de manhã bem cedo. A Dona Regina nos acudiu com o material e "no planejamento", como ela dizia. Não ajudava nas aulas, apenas conversava comigo dizendo-me como fazer para que o esforço surtisse o efeito desejado. Nas quartas-feiras começávamos depois das aulas da escola, aproveitando o dia em que a Dona Regina almoçava pela redondeza, seja na casa do Patrão, ou em outra fazenda, em companhia de amigos e parentes de longe, como dizia. Nesses dias a Piedade esquentava uma comidinha gostosa para mim no fogão da escola e me falava, brincando, que era para que eu não ficasse com a barriga vazia.

Nas quartas-feiras, quando acontecia de a Dona Regina almoçar com o Patrão na fazenda, aproveitando a comida boa da Dona Raimunda do Pedro, o Zico me levava para a casa na charrete, assim que terminávamos as lições. Depois, retornava com a professora em direção ao Distrito, no finalzinho da tarde. Aos domingos, as aulas eram dadas pela manhã, quando eu ia até à escola, levado pelo Tonho, que também resolveu participar, mas apenas nesses dias, segundo ele, para melhorar a sua leitura. Fez isto durante todos os domingos, sem faltar. Parecia que se sentia orgulhoso desse meu trabalho. Acho que era para me dar força, pois ele não precisava aprender mais nada de leitura e de escrita, o que sabia era suficiente para o seu trabalho na fazenda. Não foi fácil, mas ao final daquele ano, mesmo antes do início das férias escolares, os dois já sabiam ler e escrever um pouco. E eu, finalizava o meu primário.

O tal livro que o Patrão havia me prometido dias depois do enterro da minha mãe, havia sumido da estante e nunca mais fora encontrado, apesar de saber que o próprio Patrão – segundo a Dona Raimunda me confessou naquele dia na biblioteca –, cansou de procurá-lo em várias ocasiões e nunca mais o encontrou. Quando a Dona Raimunda do Pedro voltou da cozinha para saber de mim o que eu ainda fazia naquele escritório, eu já tinha percorrido as páginas do livro de alfabetização de adultos quase todo. Sem me dar conta, eu as folheava bem devagar, mas com o coração acelerado, sem controle. Por ser muito simples e com apenas exemplos de leitura para iniciantes, além das figuras e desenhos, não tive nenhuma dificuldade em compreender o que havia nele. Vendo que eu estava sentado numa das cadeiras de couro, junto da mesinha pequena, entretido com os livros, a Dona Raimunda, ao retornar da cozinha, aproximando-se, me contou ter achado o livro, ela mesma, dois dias antes. O livro, segundo ela, estava caído por detrás da gaveta de uma cômoda antiga que já se encontrava naquela casa quando se mudou com o marido e os filhos para lá. A mesma casa onde também morou a minha Madrinha durante muitos e muitos anos, antes de se mudar para a casa da minha mãe e do Tonho.

"Fui eu quem achô esse livro, minino". Disse assim a Dona Raimunda do Pedro, feliz por ter encontrado uma coisa do agrado do Patrão. "Mais eu num sabia que esse livro era do gosto do Patrão de dar procê! ", completou, dizendo que viu em seu rosto que ele tinha gostado do fato dela ter encontrado o livro que estava desaparecido há muitos anos. Como esse assunto de ensino para os mais velhos já havia encerrado desde quando completei a minha missão de ensinar a Piedade e o Zico a ler e a escrever, conversar sobre esse livro trouxe em minha casa algumas coisas novas que a Madrinha ainda não tinha me contado. Nem mesmo o Tião sabia, pois não era também do tempo dele. Como o livro estava esquecido atrás da gaveta de uma cômoda antiga de roupas, que ficava na casa onde a Madrinha morou e que depois de muitos anos foi ocupada pela família do Pedro da Raimunda, ficou a dúvida se a Madrinha o conhecia. Ela não disse nem que sim, nem que não. O fato foi que nele havia duas ou três folhas soltas de caderno em que a Madrinha treinava sua assinatura, escrevendo nelas alguma coisa com sua própria letra. Finalmente, depois de certo tempo, ficamos sabendo um pouco mais sobre o assunto, pois a Madrinha aprendeu a ler quando já morava naquela casa depois que o marido dela, vaqueiro da fazenda, veio a falecer, por ter sido picado por um filhote de jararaca, no ano do nascimento da minha mãe. Não tiveram outros filhos apesar de muitos anos de casados. Dizem que o coitado morreu por ter ido bem cedo ao trabalho e ser picado pela cobra quando tentava levantar um garrote erado que tinha machucado a perna quando fugia de raios e trovões durante a noite. Como era um homem de muita fé e já tinha sido mordido outras vezes por cobras, pensou que aquilo não seria nada e deixou para lá, apesar da advertência da Dona Nenê Benzedeira sobre picada de jararaca nova. Segundo ela, mesmo uma cobra pequena podia matar gente grande e que apenas emplasto da roça não iria adiantar.

Quando finalmente o marido da Madrinha foi acudido pelo pai do Seu Deoclécio, que era o farmacêutico de Gameleira, já era tarde. O homem suava sangue, como diziam, e não foi possível fazer mais nada. O episódio aconteceu quando o Patrão, já casado e com dois filhos, teve que morar por uns tempos no Rio de Janeiro, quando o sogro dele teve um problema do coração e não podia mais tocar os negócios.

Como havia se passado muito tempo depois que cheguei a casa da fazenda, para pegar a encomenda, percebi que já era hora de voltar e levar o que o Patrão deixara sobre a mesa da cozinha. Apesar da insistência da Raimunda do Pedro em me ajudar a carregar a caixa até à minha casa, mostrei para ela que eu tinha condições de levar aquilo sozinho, sem sua ajuda. Era desajeitado, na verdade, mas não pesava muito, mesmo para uma criança miúda como eu, que apesar do meu tamanho e idade, seria capaz de levar tudo sem nenhuma ajuda. Mesmo assim, cuidadosa, ela fez questão de descer a escada da varanda da cozinha com aquela caixa nas mãos, indo na frente, enquanto eu seguia seus passos firmes, levando comigo os livros que ganhei. Sem muita pressa – pois parecia não ter nenhuma, já que o Patrão não viria para almoçar naquele dia –, ela foi caminhando junto comigo até bem perto da cocheira que ficava ao lado do portão de ferro, na entrada do quintal da casa da fazenda. Despedi-me e fui embora com o caixote e os dois livros.

14

No caminho até o Escritório Novo que ficava ao lado da Tulha Velha, onde o Tonho anotava no caderno de registro o que ocorria no dia a dia da fazenda, segui pensando em como agradecer ao Patrão pelos livros que ele havia deixado para mim sobre a mesa grande de jacarandá. Eu tinha certeza de que ele não me presenteou com aqueles livros porque eu lhe fiz o favor de buscar a tal caixa. Isso na fazenda era comum, pois na roça todos se ajudam sempre que podem, levando ou buscando coisas para as outras pessoas. Ele não precisava disso, pois poderia ele mesmo tê-la trazido de caminhonete em outro dia.

Ao contrário, apesar de não ter certeza naquele momento, eu achava mesmo que me pedir para buscar a caixa com a encomenda foi o pretexto que ele criou para me presentear com os livros, através da Dona Raimunda do Pedro. Preferiu assim, pois achou melhor dessa maneira ao invés de entregá-los pessoalmente. Talvez para que eu não o agradecesse na mesma hora que os recebesse. Ele não era de muitas palavras e sempre ficava vermelho, quando alguém lhe fazia um elogio, por uma qualidade sua, ou lhe agradecia por ter feito alguma coisa boa para as pessoas.

Por causa disso, eu sentia que era necessário pensar em uma maneira de dizer ao Patrão, olhando nos olhos dele, que eu tinha ficado feliz por ele ter se lembrado, ou mesmo se importado, em me dar aqueles livros, tirados da biblioteca da fazenda. No trajeto, parei duas ou três vezes para descansar. Embora não fosse pesado aquele caixote com a encomenda, ele era desajeitado, pois os meus braços não conseguiam envolvê-lo de modo a segurá-lo sem muito esforço. Ficavam esticados e tensos, deixando minhas mãos esbranquiçadas. Além disso, havia os livros que podiam cair na poeira, pois que os coloquei por cima do caixote, segurando-os de jeito com o queixo.

No momento em que eu já me aproximava do terreiro de secagem de café, perto da minha casa, revolvi dar uma última parada, colocando o caixote em cima do muro de pedras, próximo da Tulha Velha, para descansar um pouco as mãos já marcadas pelas quinas do caixote. Nesse momento, observei que eu estava sendo vigiado pelo Rubião, o velho calango cotoco, que balançava a cabeça do outro lado do muro, incomodado por sentir que o seu espaço estava sendo invadido por mim. Ao perceber a preocupação do bicho, disse-lhe brincando que deixaria o caixote de madeira naquele lugar apenas mais um pouco, até que me refizesse das dores que sentia em minhas mãos e nos meus braços. Perguntei se estava bem para ele, caso eu ficasse ainda por algum tempo por ali. Como sempre, de forma amiga e sincera, respondeu-me que sim com a cabeça.

Sentei-me naquele muro, agora sem mais me deixar perturbar pela agonia do Rubião, que já se ajeitava na outra extremidade, sem mais se aborrecer com a minha presença. Comecei, assim, olhar para o horizonte até onde as terras do Patrão venciam o poder de nossa vista enxergar para além do que se entendia por distante e muito longe. Fiquei um pouco perturbado, pois apesar de serem os mesmos morros com matas, montanhas de pedras pretas arredondadas pelo tempo, animais, passarinhos, lavouras e córregos que sempre estiveram ali, muito antes da minha existência, podiam também ser olhados de modo diferente, como integradas à vida em sua calmaria sob o sol. Pensei em como descrever aquilo que percebia no meu sentimento, buscando uma razão em tudo, assim colocado em seus lugares, sem questionamento, sem um pretexto aparente, mas que, certamente, havia.

Percebi que precisava conhecer melhor, não somente a definição dessas coisas, seus nomes ou suas funções ou possibilidades, mas também o que levaria tais coisas a permanecerem de frente aos meus olhos, sem que me desse conta da existência de outras linguagens, diferentes daquela fisicamente percebida para descrever o que eu via e o que eu sentia, que não era a mesma coisa. Mas, mesmo incomodado, não sabia o que seriam essas linguagens, ou o que havia me despertado para essa indagação, assim sem sentido, chegando de vez, sem que me apercebesse de sua chegada. Sabia que não conseguiria ir mais além naquela hora. Por um instante me lembrei do que me disseram os olhos da minha mãe no seu último dia – pois já estava muito desfalecida no momento da sua partida para sempre –, sobre buscar o que devo encontrar nesta terra de Deus.

Entendi que apesar de não ter tido tempo para refletir sobre isso, dado que no dia da sua morte e nos demais que o sucederam, aquelas palavras permaneciam em meu pensamento, mesmo que inconscientemente. Ou, quando esquecidas, retornavam como uma canção boa, que nos toma o espírito e nos obriga a reconhecer sua existência. Dessa maneira, o que aqueles olhos me disseram naquele momento tão difícil regressava e me sinalizava com alguma coisa que viria certamente em algum tempo em minha vida. Procurei ali, ao lado do caixote e do Rubião, sem muita ajuda por um momento, uma explicação para isso tudo.

Voltando ao presente, percebi que segurava ainda os dois livros que ganhara do Patrão. Olhei a capa de cada um deles e abri, sem parar em nenhuma página em especial, apenas para entender, naquele gesto, aquilo que alguém havia escrito da imaginação, do seu conhecimento e o dispunha naquelas páginas para todos. Que bons livros, certamente, para uma pessoa mesmo pequena como eu, no início da vida, poderiam ser reveladores da compreensão do outro sobre as coisas. No meu caso, voltado ainda para as percepções do mundo, ainda elementares, complementavam o que eu alcançava ao olhar os campos, as montanhas, as lavouras e as pessoas tão diferentes e singulares, com suas diferenças ou semelhanças.

Mediante isso, assim sem mais nem menos, sem muito segredo ou mesmo dúvida, percebi que eu me proporia a ler o máximo possível daqueles livros guardados na biblioteca da casa da fazenda e que esta seria a forma de agradecer ao Patrão pelos dois livros que me dera naquele dia. Na verdade, minha vontade era a de dizê-lo que eu gostaria de ler todos aqueles livros, ainda que gastasse toda a minha vida. Mas recuei da ideia, pois percebi que havia também livros em outras línguas e já que eu não sabia outras línguas, pois mesmo na minha, por ter sido criado na roça, tinha muita dificuldade de compreender alguns de seus significados.

Ao perceber que eu ficaria ali parado, ainda por um bom tempo, assentado naquele muro antigo do terreiro de café, o Rubião se achegou um pouco mais para perto de mim, até bem próximo da caixa da encomenda que nos separava, sinalizando com o balançar da sua cabeça a sua concordância em me deixar ficar. Pouco tempo depois observei que a Madrinha me acenava do outro lado do terreiro de café, da porta da sala, chamando-me para o almoço que já estaria pronto, uma vez que o Tonho tinha ido com o Patrão para Gameleira naquela manhã. Eu lhe disse que entraria em seguida, depois de deixar aquela caixa sobre a mesa do Escritório Novo.

Lembro-me que quando a Madrinha virou as costas e fechou a porta ao entrar na sala, ainda assentado sobre o muro – muito próximo do meu amigo Rubião, que se manteve numa distância confortável para qualquer calango ajuizado –, fiquei olhando para a nossa casa bem ali na frente, imaginando a vida daquela mulher, sozinha, a cuidar do Tonho e de mim, apesar da idade que trazia naqueles ombros antigos. Percebi, pela primeira vez, que ela estava um pouco curvada para frente, como aqueles velhos que conversavam entre amigos sob a Gameleira da Praça, lá no Distrito. Apesar de sempre a perceber forte, eu reconhecia que mais dia ou menos dia ela não ficaria mais conosco. Não porque já estivesse velha e curvada como os homens e as mulheres mais antigas do Distrito, mas porque passava a impressão de que já teria cumprido uma missão e nada mais acrescentaria à sua vida, continuando entre nós. Isto me encabulava, possivelmente porque eu ainda era muito pequeno e não via a minha vida sem tê-la por perto. Encabulava, mas não me trazia medo ou outro sentimento de ficar sozinho, pois ainda eu tinha o Tonho e todos da fazenda que me conheciam. Por um instante, em minhas fantasias, era somente o caso de pensar no fim da vida, pois o tempo leva mesmo as pessoas, assim como as coisas vivas que conhecemos tão perto de nós, deixando somente as lembranças da sua passagem aqui na terra.

Na roça aprendemos com mais força a observar o desenrolar da vida como à roda d'água do engenho, que retorna cheia e se esvazia a cada volta. Participamos do nascimento e da morte, desde a florada do cafezal até o prazer de uma caneca com a bebida, como do nascer de uma criação no curral ou mesmo nos pastos e o sacrifício necessário para o alimento da casa. Pombas juritis, rolinhas, sabiás e outros passarinhos se machucavam com frequência quando revoavam distraídas de encontro às paredes caiadas das construções, chocando-se com elas ao confundi-las com o espaço aberto entre nuvens baixas e o céu azul para depois da queda, atordoadas, mortas ou adormecidas virarem presas fáceis para os gatos da casa. De vez em quando algum animal morto pela estrada ou por alguma trilha na mata, jazia inerte depois de dias e dias sem ser perturbado. Ficava ali, até quanto o seu cheiro, na decomposição do corpo que levou nesse mundo, atraía os que dele necessitavam para continuar a própria vida. Quando morria alguma cria grande, um cavalo ou uma rês desgarrada em alguma grota distante, longe da sede da fazenda, os urubus anunciavam o local daquele corpo, rodando em círculos no espaço, atraídos pela carne que se decompunha. Aproveitavam o ar quente da tarde que os empurrava para cima, bem para o alto, para enxergarem de longe a origem do cheiro trazido pelo próprio vento que percebiam, indicando a posição exata da carniça, abarrotada de vermes que demudavam morte em vida. Era assim que um menino da roça, como eu, presenciava a vida anunciada que chegava e convivia com a morte que nem sempre apregoava a sua visita.

Apesar desse meu pressentimento sobre o tempo já vivido pela Madrinha, que não me autorizaria reconhecer como o Tonho fazia com as coisas da natureza, eu percebia, mesmo assim, que apesar de tudo, da sua idade e do tempo que a fazia dobrar visivelmente, ela seguia os dias vendo sempre as coisas com naturalidade e paciência. Cada ano que passava ela continuava cheia de planos. Não se entregava para nada, mantinha-se forte, apesar de ter sofrido descontentamentos pela vida, além da conta.

Nos primeiros meses de gravidez, num momento difícil de sua vida, o marido da minha avó havia morrido, possivelmente, sem mesmo saber da novidade. Criou sozinha a menina, na roça, compensada pelo apoio dos vizinhos, como também da família do Patrão quando foi trabalhar na casa deles, um ou dois anos depois, indo viver com a menina em uma casinha dos fundos por muito tempo. Ficou por lá mesmo depois do casamento da minha mãe, quando resolveu, com quase trinta anos, que iria viver com o Tonho para toda vida. No início, ela estava segura de que minha mãe, grávida, teria um bom parto, pois tinha sido assistida pela melhor parteira da região e que nada percebia de anormal no estado interessante em que a filha se encontrava. Depois disso, com os problemas ocorridos quando nasci – em que a morte passou bem perto da gente –, confiou que minha mãe voltaria ao normal do parto complicado, apesar da advertência da Dona Nenê Benzedeira, quando antecipou que somente Deus poderia reverter aquela situação desoladora.

Apesar disso não desanimou, pois, minha Madrinha pegava então com Deus e com Nossa Senhora Aparecida, de quem minha mãe sempre foi devota, pedindo forças para criar o menino que acabara de nascer forte, apesar de miúdo, e dar conta da filha entrevada para sempre numa cadeira de rodas. Outra vez, ocorreu que não acreditava que minha mãe iria embora, assim tão de repente, me deixando órfão, ainda pequeno. No caso, com sua fé na vida, trazia esperança de que eu crescesse mais, ou pelo menos que eu terminasse o primário, no grupo da Dona Regina, antes do passamento dela. Também não deu certo. Mesmo assim minha Madrinha não desanimou, pois ficava sempre confiante de que as coisas ainda se arranjariam. Conformada, seguia em frente.

Depois da morte da minha mãe, a Madrinha levava com ela alguma tristeza que ressurgia com mais força quando rezava o terço antes de dormir e se apegava com os anjos e santos na sua fé. Mas também se mostrava entristecida, nos sábados ensolarados, ao cair da tarde, na bica da varanda da cozinha, no momento em que lavava e areava as vasilhas da prateleira e os pratos para depois os colocar para secar ao sol. Era um momento em que ela gostava de ficar sozinha com seus pesares e lembranças, quando os mistérios do pensamento, certamente, rondam as mentes angustiadas. Mediante tudo isto, com as incertezas de como a vida se ajeita numa sequência de acontecimentos adversos, observei depois que o tempo passava para as pessoas mais velhas de forma diferente do que percebiam as crianças, mais irrequietas como eu. Pois, apesar dos anos vividos e da saúde precária que penaliza o corpo, os mais velhos, como a minha Madrinha, encontravam com sabedoria caminhos possíveis, onde a mocidade não via saída. No meu caso, eu tinha dúvidas demais para saber se bastava apenas esperar crescer, ficar grande, para também compreender o que ainda não percebia daquilo tudo. Era necessário seguir em frente para ver o que daria.

A curiosidade de saber o que havia naquele caixote de madeira, ficou para depois. Despedi-me solenemente do meu amigo Rubião, ali tão próximo de mim no muro da Tulha Velha, e fui almoçar.

15

Terminada a tarefa do almoço naquele dia e tendo a Madrinha deixado um prato feito para o Tonho – com tudo o que ele mais gostava da comida daquele dia –, ficamos os dois conversando na varandinha da sala, para ver o tempo passar na espera da sua chegada naquela tarde, vindo com o Patrão do Distrito de Gameleira.

Alguns trabalhadores eram vistos da varanda, consertando aqui e ali o cimentado do terreiro de café, esburacado pelas últimas chuvas de março. Preparavam tudo para a panha que iniciaria dentro de duas semanas, conforme as previsões do Tonho. Naquele momento, resolvi conversar com a Madrinha sobre as fotografias colocadas em molduras de madeira que havia nas paredes do escritório da casa da fazenda que, pela primeira vez, observei com mais detalhes as pessoas da casa. Chamei sua atenção, dizendo-lhe que aquelas pessoas ali, bem vestidas, pareciam pertencer a um tempo muito distante, com o que concordou. Segundo ela, desde quando começou a trabalhar naquela casa há mais de quarenta anos, os retratos foram sempre os mesmos, conservados nas mesmas posições, e nada mais foi acrescentado ou mesmo retirado daquelas paredes do escritório depois da morte da mãe do Patrão. Segundo a Madrinha, o que pude constatar por mim mesmo, havia naquelas paredes somente retratos da família do pai e da mãe do Patrão, sozinhos, ou com os filhos ainda pequenos, também do casal, em lua de mel, perto do mar com montanhas negras enormes, ensolaradas, ao fundo, semelhantes às pedras da serra, vistas da fazenda. Os retratos do Patrão com a mulher e os filhos ficavam na sala de visitas da casa, ao lado do escritório, que podiam ser vistos logo da entrada para quem chegasse diretamente pela varanda do sobrado. Havia também, na parede do escritório, junto à primeira das janelas, um quadro bem emoldurado com uma fotografia de cinco crianças, de pé em cima de um carro de bois, tendo ao fundo a igrejinha e a lavoura de café. Da esquerda para a direita posaram para a foto, segundo a Madrinha: o Patrão, com cerca de quinze anos, segurando com a mão esquerda a guia do carro de bois, apontada para cima; ao lado, o irmão abaixo dele, com uma calça curta de suspensórios; depois, o irmão menor segurava uma bola com as duas mãos; Dona Regina, com cerca de sete anos, ao lado do primo caçula, trazia ao colo o irmão Deoclécio, ainda bebê.

Naquele momento, entusiasmado com a conversa sobre as fotografias antigas da biblioteca da fazenda, pedi à minha Madrinha para que a gente também dispusesse na parede da sala, em nossa casa, os retratos que tínhamos, ainda que em menor número, para relembrar das pessoas do nosso passado, porque nos ajudariam nessa lembrança. Ela achou graça, pois nunca tinha pensado nisso, já que o passado ela acostumava apenas levar em sua memória, como imagens desse tempo distante, mas que achava uma boa ideia tirar os retratos "do esquecimento dos guardados", para trazê-los para mais perto do presente. Vendo que eu estava mesmo entusiasmado com a possibilidade de conviver diariamente com fotografias da nossa família, acrescentou, "eu nunca pensei nisso desse jeito, fio. Mas tem retrato na caixa do quarto e nas gaveta, incrusive um retrado grande da sua mãe, ao lado da Aparecida, no dia em que as minina entrô pra escola no distrito". Completou, dizendo que eu poderia colocá-los na parede, mas que primeiro pedisse ao Tonho que fizesse uma tábua larga pintada de branco, como um painel, para pregar os retratos da família. Em seguida, levantou-se e foi até seu quarto. Passados alguns minutos trouxe com ela alguns retratos que me mostrou, comentando a respeito do local e dos momentos que precederam cada fotografia, lembrando-se de nomes e locais, na medida em que eu a interrogava para desafiar sua memória.

Conforme falei para a Madrinha naquele dia, vendo todos aqueles retratos da nossa pequena família, o que eu mais queria é que nosso passado não permanecesse guardado apenas na mente das pessoas mais velhas. Queria que ficassem ali na nossa frente, bem de perto, a nos lembrar de que pertencemos a uma sequência de vida, vinda de longe, desde tempos mais antigos do que o Império, como repetia na escola a Dona Regina. Principalmente porque percebi, desde cedo, que as pessoas eram sempre esquecidas. Às vezes em vida, como ocorreu com a minha mãe quando nem mesmo era lembrada nas rodas de conversa, ainda que estivesse por perto no seu silêncio. Pois não perguntavam por ela, não lhe dirigiam palavras, mesmo sabendo que ainda continuava viva, apesar de tudo. Talvez, para não trazer constrangimento à nossa família, pois sabiam que o caso dela não tinha mesmo jeito.

Depois de acertado o caso das fotografias, ainda na varandinha da casa, eu mostrei para a Madrinha os dois livros que o Patrão tinha deixado para mim sobre a mesa grande do escritório e como tive uma reação boa em saber que ele havia se lembrado de que me prometera o velho livro de alfabetizar adultos. No momento em que eu lhe mostrava aqueles livros, percebi que seu pensamento foi para longe daquela varanda, pois seus olhos marejados se mostraram perdidos, como se o seu espírito buscasse alguma coisa mais completa onde nada mais havia. Baixei os olhos e os dirigi para os livros que, naquele momento, ela segurava em suas velhas mãos manchadas do tempo e da lida na casa, já um pouco trêmulas como os seus lábios instáveis naquele rosto bom. Por um momento pensei em falar alguma coisa, criar movimento onde tudo parecia ter parado de repente, mas resolvi esperar o seu retorno, ali ao seu lado no banco da varandinha, pois sabia que voltaria, mais cedo ou mais tarde naquela hora mesmo.

Assim que regressou ao presente, em que continuávamos lado a lado, não deixou perceber de imediato que conhecia aqueles livros, mostrando-se somente interessada em saber sobre o da história do café. Nesse sentido, insistiu em reconhecer o quanto eu me interessava pela lavoura e tudo o que dizia respeito ao café. Ela não deu atenção para o livro de alfabetizar adultos, ainda que houvesse dentro dele anotações rabiscadas, com sua assinatura ainda incipiente, grafada várias vezes sobre uma pequena folha de papel, para treinar a escrita. Ela somente manifestou conhecê-lo, mas sem aprofundar no assunto, quando eu lhe disse que o mesmo fora encontrado, por acaso, pela Dona Raimunda do Pedro, quando consertava a gaveta emperrada da cômoda velha da casa, onde ela havia morado no tempo em que ainda trabalhava na casa do Patrão. Falou que antes de certo dia bem marcante no passado, jamais sentira precisar tanto aprender a ler e a escrever, pois julgou da sua importância ao perceber que a mãe do Patrão, a sua primeira Patroa, passava horas e horas lendo e escrevendo na biblioteca, pois "sentia necessidade disto", como dizia.

O livro de ensinar adultos foi comprado para aquela casa, pela antiga Patroa, quando percebeu que minha Madrinha era analfabeta. Decidiu por conta própria e para facilitar as coisas dentro da casa, que ela deveria aprender a ler e a escrever, no mesmo ano em que se mudou com a filha pequenina para a casa dos fundos, quando passou a ser a ajudante da fazenda. Antigamente, segundo a Madrinha, o livro ficava disponível na biblioteca do escritório junto com outros livros escolares que pertenceram às crianças da casa. "Tinha muito livro dos minino do lado dele", completou. Disse também que no início, autorizada por ela, levava e trazia aquele livro para a casinha dos fundos, para estudar e fazer as lições que eram posteriormente corrigidas pela Patroa. Mas, com o passar do tempo, quando ela não precisou mais dele, não se lembrava de onde se encontrava, nem mesmo se lembrava "de nada disso", ou seja, não teria dado mais importância para esse fato.

Percebi naquele instante da conversa, que apesar de início não querer dizer diretamente não se lembrar daquele livro, deixou transparecer que sim, pelo jeito como tudo mexeu com suas lembranças. Aproveitei o momento para lhe dizer que ao ver todos aqueles livros distribuídos nas estantes do escritório, pela primeira vez pensei da importância do que estaria ali adormecido, que somente se despertaria no abrir de suas páginas, no gesto simples da leitura, como fotografias do pensamento, adormecidas no tempo, agora reveladas e de volta à luz.

Enquanto eu falava, percebia que minha Madrinha, admirada, me ouvia com muita atenção, pois gostava de me ver falar, justificando meus desejos, e de me ver contar minhas descobertas e conquistas de criança. Foi quando ela me escutou sobre a minha vontade de ler todos os livros que havia naquela biblioteca da casa grande e de pedir autorização do Patrão para isso. Eu lhe disse que arranjaria tempo, dado que as tarefas na fazenda não me impediriam de ter algumas horas por dia para a leitura, que mesmo à noite eu poderia ler, caso as coisas apertassem durante o dia entre a panha e secagem do café no terreiro, que começaria em breve, segundo o Tonho dissera há uma semana. E como eu não precisava mais ir à escola, certamente teria mais tempo livre para me dedicar à leitura, se o Patrão me permitisse trazer comigo para casa alguns livros de cada vez, até que num dia qualquer, no futuro, eu devolvesse o último, o derradeiro livro lido por mim daquela biblioteca.

"Pede pro Tonho conversar com ele, meu fio. Fala pro Tonho que ele vai dá jeito nisso!". Em seguida contou que aquela parte da casa da fazenda era um lugar em que poucas pessoas tinham acesso, a não ser para limpar ou consertar alguma coisa defeituosa. Disso eu já sabia, desde quando estive algumas vezes com o Tonho naquela casa, quando ele era chamado para fazer algum reparo nos móveis, nas janelas ou mesmo no telhado em caso de goteira no forro. Ela me disse também que a mãe do Patrão usava diariamente a mesa de peroba rosa quando ficou responsável pela administração das terras, pois o pai do Patrão morreu muito cedo, alguns anos depois daquela fotografia com a onça disposta na parede na biblioteca. Segundo ela, nesse período a mesa grande de jacarandá já não era ocupada, ficava ali da mesma forma e disposição de quando o pai do Patrão vivia e despachava com os seus subordinados. A mesa de peroba rosa ficou também vazia a partir do dia em que minha Madrinha encontrou a Mãe do Patrão desfalecida, debruçada sobre suas escritas e leituras, numa noite fria em que estavam apenas as duas em casa.

A Madrinha percebeu que havia ocorrido alguma coisa de grave, no momento em que – antes de se recolher em sua casa, nos fundos do quintal –, levava para a Patroa uma xícara de chá de camomila com sequilhos, que ela tanto gostava no final da noite. Foi tudo muito de repente, segundo ela, quando percebeu que precisava pedir ajuda, assim que a deixou deitada em sua cama enquanto procuraria por socorro. Acudida pela Dona Nenê Benzedeira e depois pelo farmacêutico prático que trabalhava na farmácia da família da Dona Regina, a antiga Patroa veio a falecer no dia seguinte, sem um minuto sequer de lucidez. Longe de filhos e netos, ninguém da família estava por ali naquele momento. Foi enterrada no cemitério do distrito, na presença apenas do Patrão, que chegara por acaso do Rio de Janeiro na manhã do dia do enterro, e da Dona Regina, representando a família, pois os demais filhos da casa não chegaram a tempo de se despedirem da mãe no velório. Apenas um deles, pois o outro que morava lá pelas bandas de Mato Grosso, não dava notícias havia muitos anos. A Mulher do Patrão e os netos estavam no Rio de Janeiro. Naquela época, a minha mãe tinha apenas cinco anos.

Segundo a Madrinha, a mãe do Patrão era uma mulher muito bem instruída, tocava piano, cantava e falava línguas estrangeiras como ninguém na região. Nem mesmo a nova Patroa, nascida e criada também na Capital Federal, era tão preparada como ela. Quando o Patrão assumiu a administração da fazenda, de volta definitiva do Rio de Janeiro – já casado com dois filhos na faculdade, que permaneceram no Rio com a mãe enquanto estudavam –, usou por uns tempos a mesa de jacarandá para despachar seus negócios, mas somente enquanto construía o escritório novo ao lado da Tulha Velha, quando resolveu assumir a direção da fazenda antes mesmo de comunicar à mulher sobre esta decisão. Sabia que ela jamais aceitaria retornar para o interior enquanto os filhos precisassem continuar na Capital para os estudos. Para garantir e facilitar a presença da mulher um pouco mais perto da fazenda, a família do Patrão tinha uma casa montada na cidade onde a Patroa e os filhos vinham de tempos em tempos, passar alguns dias, mas somente quando eles ainda eram pequenos. Na verdade, a nova patroa ficava entre a cidade e a Capital Federal, vindo raramente até à fazenda por não se sentir jamais em casa.

"Não vinha porque não gostava de roça", segundo o Tonho. Quando o escritório ao lado da Tulha Velha ficou pronto, com mesas, cadeiras e armários, o Patrão nunca mais despachou naquele velho escritório da fazenda, segundo a Madrinha, ocasião em que a casa já estava sob o comando da nova Patroa, apesar de ausente durante a maior parte do ano. Naquele mesmo dia em que conversávamos na varanda, antes de dormir, falei com o Tonho sobre as fotografias e da minha intenção em pedir ao Patrão que me permitisse ter acesso à velha biblioteca da casa da fazenda e ler o que havia distribuídos nas estantes. Mostrei, para a surpresa dele, os livros que havia ganhado do Patrão naquele dia e falei da minha intenção em agradecê-lo pelo presente, dizendo-me interessado pela leitura, não somente dos livros ganhos, mas também de todos aqueles que se encontravam na biblioteca do velho escritório da fazenda. Prometi ao Tonho que não tiraria nada do lugar, não mexeria em nada, pois ele bem sabia que eu não era menino de mexer nas coisas das pessoas sem que tivesse autorização para isso. Nem mesmo um biscoito guardado nas latas da cozinha eu pegava em nossa casa, fora de hora, pois percebia desde pequeno que o olhar da minha mãe – que me acompanhava, mesmo depois de sua partida deste mundo –, me ensinava o certo e o que era errado quando se tratava das coisas dos outros, como a própria vida.

Depois de ter lido boa parte do livro da história do café naquela noite, adormeci sob a luz da velha lamparina à querosene, ainda acessa ao lado da minha cama, que foi apagada mais tarde pelo Tonho, certamente.

16

No outro dia pela manhã bem cedo – era mesmo de madrugada –, ainda na cama, ouvi vozes vindas da direção da Tulha Velha, como quando os lavradores se reuniam antes de começar os trabalhos na lavoura para receber as instruções sobre os serviços do dia. Entretanto, parecia que desta vez a forma de conversar e o assunto não tinham nada a ver com os serviços da lavoura, apesar de não compreender o que falavam. Olhei para o lado do quarto, ainda no lusco-fusco da hora e percebi que o Tonho já tinha se levantado e que, possivelmente, já estaria com aquelas pessoas do lado de fora.

Chamei pela Madrinha que também não me atendeu. Não tive alternativa que não fosse me levantar e ir até à cozinha para ver se não havia mesmo alguém em casa naquele momento. Percebi que uma luz vinha daquela direção, o lampião dependurado no caibro do telhado devia estar aceso como de costume, mas não havia ninguém por perto, nem sombras, nem movimento, mesmo na bica da varanda da cozinha.

Retornei até à sala, ainda sonolento, sem muita curiosidade, apenas para me certificar de que não havia mesmo ninguém em casa naquele momento em que as vozes continuavam ao pé da Tulha Velha. E da janela da sala, que abri apenas um pouco por causa do frio, procurei identificar melhor o que estaria acontecendo lá fora, em meio à agitação de vozes e pessoas. Fui até o quarto pegar um cobertor para me enrolar enquanto observasse a conversa pela janela.

Como estava ainda muito escuro, com a cerração fechada que cobria tudo por perto devido ao frio que descia da serra, continuei ouvindo vozes, mas não enxergava direito as pessoas, protegidas que estavam atrás da bruma, mostradas apenas aqui e ali pelas brasas dos cigarros de palha que atiçavam luz vermelha em cada tragada. Deu para perceber apenas silhuetas das pessoas que se movimentavam, gesticulavam e conversavam, deixando vez ou outra se identificar pela voz e até mesmo pelos gestos, como os do Tonho, que balançava os braços além da conta, como era do seu costume quando queria explicar ou descrever suas convicções.

Estava mesmo muito frio... Fiquei encolhido naquela janela sem muito pensar, fechado naquele cobertor antigo, olhando para o nada, apenas voltado para o contorno da montanha, lá na serra, que já deixava perceber a luz do dia que se manifestava, fazendo piar as saracuras, no seu compasso costumeiro, em dueto sincopado e festivo, no fundo da casa, perto da bica, anunciando a hora.

Por mais um instante continuei ali, agora tentando compreender aquele momento em que as pessoas reunidas continuavam em frente à Tulha Velha, mas não senti nenhuma vontade de ir até lá para saber do que se tratava. Sem decisão ou vontade fiquei ali mesmo na janela com a cabeça recostada e o pensamento longe, observando a todos naquela reunião improvisada do outro lado do terreiro de café, apesar de nada identificar além de murmúrios incompreensíveis. Estava bom ficar assim, sem muita pergunta, sem maior interesse que não fosse o de presenciar o tumulto, debruçado na janela, agora com o queixo apoiado em minhas mãos cruzadas sobre o peitoril.

Naquele momento, pela segunda vez em minha vida, tive a curiosidade de observar as pessoas de longe, mesmo sem percebê-las direito, como observador privilegiado, interessado nos gestos e movimentos para compreender o que se passava com aquelas pessoas. Ao mesmo tempo, distante do grupo, compreendia – enquanto a manhã começava a realçar suas primeiras luzes, ainda tênues nas corcovas das montanhas por detrás da igrejinha da fazenda –, que minha mente novamente fugia para muito longe dali e me levava para além de tudo o que os olhos poderiam alcançar. Eram mesmos mágicos esses momentos assim, em que deixamos correr o tempo sem atenção no presente. O pensamento me conduzia a muitas lembranças, levando-as para longe do lugar. Senti que meu coração acelerava a cada pensamento e a cada instante em que meu espírito divagava, buscando compreender coisas inexplicáveis, nebulosas como aquela bruma que ainda escondia as pessoas e não deixava revelar suas identidades. Continuei, assim, entretido, sem perceber o tempo passar, pois meu espírito ainda continuava muito longe. Figuras e formas, questões sem respostas passavam em minha cabeça, levando-me a cada momento até àquela biblioteca com seus volumes distribuídos ordenadamente nas estantes, na espera que alguém pudesse novamente abrir suas páginas para que delas emergissem o que traziam guardadas há tantos anos. Percebi-me feliz, num exercício da mente e do pensamento, na medida em que os abria e os compreendia na minha simplicidade.

"O café está quase pronto, fio. Vem cumé arguma coisa, vem!", pensei ouvir a voz da minha Madrinha atrás de mim, vinda lá da cozinha, quando o sol já aquecia o meu rosto de frente, despertando-me daqueles pensamentos que me faziam divagar no tempo e na memória. A bem da verdade, ela ainda não tinha me chamado, pois, o que pressenti naquele momento, como o Tonho percebe sinais que o fazem prever o tempo, foi o cheiro do café que chegou primeiro aos meus sentidos. E como sempre naquela casa, cada cheiro que desprendia da cozinha anunciava alguma coisa diferente, mas precisa proveniente da Madrinha. No caso, inconscientemente, devo ter percebido algo pelos sentidos, antecipando meus pensamentos a associar aquele cheiro com o que viria em seguida: "O café tá quase pronto, fio. Vem cumé arguma coisa, vem!".

Fechei a janela e fui direto para a cozinha tomar café com broa de canjica e saber das novidades, antes de sair com o Tonho pelas bandas do curral. Lá estava ela de pé, ao lado do fogão a lenha, com a chaleira de água quente na mão direita – retirada naquele momento da trempe quente de ferro fundido do fogão. Manuseava uma colher de pau na mão esquerda, enfiada no pó retido pelo coador de pano, com a qual remexia devagar a mistura, enquanto o café coado, escorrendo em fio, enchia o bule esmaltado colocado abaixo. Interessado em puxar conversa, perguntei, "o que é que aconteceu, Madrinha, para reunir toda aquela gente na porta da Tulha Velha? Já vão começar a panha?".

"Foi nada de trabalho não, meu fio!", explicou que se tratava de uma notícia vinda do Mato Grosso, tarde da noite, num telegrama trazido da cidade pelo Sr. Deoclécio, primo do Patrão. Vendo meu interesse pela notícia, completou, estando ainda de pé ao lado do fogão, com o rosto virado para mim. "Parece que o irmão disgarrado do Patrão, o qui tava sumido desde muitos ano, já tinha murrido há muito tempo, mais só agora avisaro pro Patrão da morte", disse sem muito aprofundar em tudo aquilo, finalizando de passar no coador o resto da água quente do café, deixou sair mais esta: "Sei não, mas acho qui o Patrão já sabia, desde quando mandou o Juca da cumadre Nenê, lá praquelas bandas do Mato Grosso, no mêis passado...".

Com a chegada também do Tonho à cozinha, as coisas ficaram mais claras, quando adiantou que há muitos anos o Patrão tinha contratado uma pessoa para procurar o tal irmão desgarrado, sem sucesso. Pelo que pôde compreender, com alguma certeza – pois o Patrão que estava com ele no Distrito de Gameleira no momento em que recebeu do primo Deoclécio a notícia, não lhe antecipou nada –, quem soube do fato e mandou o telegrama foi mesmo o Juca. O Tonho informou que o Patrão tinha saído bem cedo em direção à cidade para providenciar os papéis necessários para pedir o retorno do corpo do irmão lá do Mato Grosso para a nossa Região. Queria enterrá-lo ao lado dos pais e do outro irmão, no cemitério do Distrito.

"Isso pode levar algum tempo, minha gente!", pensou alto o Tonho, enquanto lavava as mãos na bica da varanda da cozinha, antes de se assentar à mesa do café. "Até as autoridades decidirem sobre desenterrar o homem, isto pode levar tempo!", completou. Compreendi naquele momento que o irmão do Patrão já tinha mesmo morrido há muito tempo, e sido enterrado lá no Mato Grosso, mas como seria agora, desenterrar o morto? Isto me intrigava e me deixava preocupado. Não por muito tempo, pois eu queria mesmo era falar sobre a minha expectativa em dar continuidade ao assunto da biblioteca da fazenda.

Ao perceber que o momento não era propício para continuar com a conversa do dia anterior, apenas para puxar assunto, eu lhe disse imaginar o que havia naquela caixa de madeira que busquei na casa da fazenda, na véspera.

O Tonho confirmou minha suspeita, assegurando que se tratava de equipamentos para o controle da qualidade do café. No caso, eram dois jogos de peneiras de latão com dispositivo de vibração manual e de tabelas de classificação de defeitos do café. Tudo destinado ao treinamento de pessoas da fazenda que a partir daquele ano deveriam aprender a classificar o café, segundo normas ligadas ao Ministério da Agricultura, por exigência dos compradores de outros países.

Antes de sairmos para a ordenha das vacas, o Tonho me levou até à Tulha Velha para abrir comigo o caixote com a encomenda que eu trouxe da casa da fazenda, no dia anterior, e conhecer as tais peneiras de latão. A novidade em tudo isso é que fui informado naquele momento, que o Patrão havia sugerido ao Tonho que eu também aprendesse como utilizá-las, ficando como o responsável pelo equipamento. Isto, porque, segundo ele sabia, eu me interessava muito pelas coisas do café, além de me envolver no dia a dia com a lida da lavoura na fazenda.

17

Quando a panha do café já avançava além de um mês, no final de junho, dois dias antes do São Pedro, o Patrão foi avisado de que o corpo do irmão chegaria de trem no dia seguinte, na Estação Flor de Minas, a mais próxima do Distrito. O que confirmava uma previsão recebida na semana anterior de que as autoridades tinham finalmente liberado os papéis, autorizando o envio do corpo exumado, ou coisa assim. Pelo que eu compreendi disto tudo, o irmão dele já estava enterrado em Mato Grosso, quando foi novamente retirado da cova para ser enviado de trem até o Distrito.

A Madrinha me explicou que a catacumba maior que ficava logo na entrada do Campo-santo do Distrito – era assim que ela chamava o cemitério –, parecendo uma capelinha, toda revestida de mármore branco, pertencia à família do Patrão, construída no tempo do Império. Apesar de não querer ou mesmo pensar em retornar tão cedo ao cemitério para assistir ao enterro do irmão do Patrão – pois não me trazia boas lembranças – curioso, eu quis mesmo assim ver de perto como era enterrar uma pessoa num mausoléu como aquele. Deveria ser diferente, como imaginava, comparando ao que ocorreu no enterro da minha mãe. No caso dela, o caixão, feito pelo Tonho na serraria da fazenda com madeira de qualidade – "para durar muito tempo", conforme ele mesmo disse para os que o carregavam da igreja até o cemitério – foi colocado no fundo de uma vala, diretamente na terra. Depois, jogaram terra por cima até o nível do terreno, fazendo um murundu bem finalizado pelos homens do cemitério. "Deve ser aquele peso de terra, imaginado por ele, que teria motivado a que o Tonho fizesse um caixão tão reforçado" pensei na ocasião.

Antes do enterro do irmão do Patrão, cujo corpo chegara de trem pela manhã dentro de um caixão de madeira envernizada, com alças amarelas – acompanhado pelo Juca da Dona Nenê Benzedeira – ele fez questão de levá-lo até à sede da fazenda, onde nasceu. A urna foi transportada na garupa da caminhonete, amarrada na carroceria pelas alças com cordas grossas, obtidas pelo Tonho em um dos armazéns da família no Distrito. Foi preciso baixar a tampa da traseira da caminhonete, pois parte do caixão ficara para fora da carroceria. Vieram também, ao lado do caixão, o Tonho e o Juca, segurando a urna para evitar que caísse quando sofresse algum solavanco na estrada empoeirada.

O velório que durou algumas horas aconteceu na sala grande da fazenda, com pessoas vindas de vários lugares da região. O Patrão, profundamente comovido, trouxe o corpo do irmão até à fazenda para fechar um ciclo de vida, como ele mesmo disse aos presentes naquela tarde. A sala de visitas ficou pequena na medida em que mais pessoas chegavam para prestar homenagem ao falecido. Quando o grande relógio de carrilhão, encostado em uma das quinas da sala, marcava duas horas da tarde, não havia mais como se movimentar naquele recinto.

"Temos aqui a única certeza que a natureza nos revela desde cedo", completou ao lado do irmão, depois que o Padre Juquinha havia rezado algumas orações em latim. A certa altura, a varanda da casa, a sala de jantar e a cozinha também estavam cheias de pessoas vindas de longe, também do Distrito de Gameleira e das fazendas da redondeza. Todos, solidários, queriam de certa forma demonstrar o pesar pela perda daquela vida e o apreço – palavra que aprendi ao ver os cumprimentos do juiz ao Patrão, ao lhe estender a mão –, que tinham por aquela família, como disse o Tonho aos lavradores que se ajuntaram de um lado da varanda.

Vendo que mais pessoas chegavam, o patrão pediu-me que abrisse também as portas da biblioteca para que "a casa toda e mesmo as lembranças mais antigas da família fossem de todos naquele momento". Além da biblioteca, os demais cômodos da casa foram abertos e suas janelas também, deixando entrar a "Luz e o Espírito Santo", segundo o Padre Juquinha comentou baixinho com a Dona Regina que não parava de chorar ao lado da Piedade, a ajudante na escolinha. Segundo esta, naquele dia não houve aulas para as crianças porque todas foram dispensadas.

No velório até um dos filhos do Patrão que se encontrava na casa da cidade naqueles dias para organizar papéis no cartório e retornar à Capital, esteve presente, permitindo que eu o conhecesse de perto, quando cumprimentou a Madrinha que não o via há muitos anos. Era o caçula da família, afilhado do tio morto, segundo o Tonho. O mais velho, que também morava no Rio de Janeiro não pode vir, mas enviou um telegrama. Compareceram as autoridades municipais, como os vereadores da região, o escrivão de paz, um homem gordo e engraçado, bem como o vice-prefeito que aproveitou o momento para fazer um discurso inflamado ressaltando a "importância daquele encontro cívico entre pessoas de bem, apesar do momento de tristeza e de luto". Algumas foram conduzidas pelo filho do Patrão até o conforto da biblioteca, onde já se encontravam a professora com o irmão Deoclécio, e, posteriormente, o Padre Juquinha.

Mais tarde, depois de celebrar a missa na Igreja de São João Batista, da Praça da Gameleira, para a encomenda do corpo, o Padre Juquinha solicitou que levassem o caixão para o cemitério, "antes que escureça", lembrou, completando em seguida, "não deve-se enterrar uma alma de Deus no escuro, pois é a Luz que se busca no fim da vida e não as sombras". A maioria que compareceu ao velório na fazendo juntou-se a outros moradores do Distrito de Gameleira, que aguardavam a chegada do corpo em fila, debaixo da velha árvore da Praça, até ocuparem todos os bancos e corredores da igreja. Os demais, e não foram poucas pessoas, precisaram aguardar do lado de fora, apesar de nada do que ocorria lá dentro pudesse ser percebido, principalmente devido ao murmúrio de vozes que ressonava nas paredes e portas, numa conversa interminável e confusa.

O sol já ameaçava esconder quando levaram o caixão em direção ao cemitério localizado a menos de uma centena de metros da porta da igreja, numa rua empoeirada pela secura do inverno. Fiquei, no início, de pé ao lado do portão de entrada para ver a multidão que passava no mesmo local onde há alguns meses eu me assentei na espera da saída dos últimos presentes no enterro da minha mãe. Mas não era a mesma coisa, pois, além do fluxo ser ao contrário, agora havia muita gente chegando, bem vestida e falando coisas que nada tinham a ver com a morte ou coisa assim. Parecia uma festa com alegrias e gargalhadas, ainda que reprimidas aqui e ali pelas pessoas mais velhas que não paravam de chamar a atenção dos que se comportavam indevidamente, pelo menos para mim, que somente acompanhava de perto tudo aquilo.

Observei no trajeto entre a igreja e a catacumba da família no cemitério que muita gente queria ajudar a carregar o caixão em sinal de amizade pelo Patrão e sua família. Na ocasião, uma dessas pessoas chegou mesmo a dar uma cotovelada na outra, por não aceitar largar de jeito nenhum a alça que levava, mesmo tendo a mão amarelada pelo peso que portava. Na verdade, pelo esforço que fazia, o caixão parecia ser mesmo muito pesado, além de muito grande. Mas a cena que ficaria registrada na mente das pessoas, foi a da dificuldade encontrada para enfiar aquele caixão em uma das "gavetas" do túmulo da família, cuja abertura deixada pelos pedreiros era visivelmente inferior à largura do caixão que se aproximava da entrada. Ainda assim, um homem que segurava uma das alças da frente, vereador do Distrito, sugeriu que inclinassem a urna para um dos lados, para tentar enfiá-la "de viés", como dizia aos gritos o político para os demais carregadores, inadvertidos e confusos, por não entenderem o que o outro falava.

"Não vai caber, não vai caber", gritava alguém mais prudente, um homem magro, franzino, de terno de linho branco amarrotado, que estava de pé sobre a tampa de pedras lisas e brilhantes de um túmulo que ficava ao lado, olhando o movimento. Tentaram em seguida inverter a posição do caixão, colocando primeiro a parte das pernas, por ser mais fina, como sugeriu o mesmo homem de terno de linho branco amarrotado que tudo observava. Não adiantou, pois assim que o caixão começou a entrar um pouco naquela abertura, mesmo de viés – forçado para dentro por dois homens fortes que o empurravam pela frente enquanto os demais o mantinham na posição inclinada –, a urna parou de vez, como se tivesse esbarrado em alguma coisa sólida no interior do buraco.

Na sequência, em cadência, os carregadores contritos e ensimesmados, no mesmo compasso, mas em solavancos, puxavam e empurravam o caixão, quando – no silêncio da expectativa de que a coisa funcionasse –, ouviu-se um barulho surdo de madeira quebrada. Como eu me encontrava afastado do local entre as pernas dos adultos, e por ser muito pequeno, não pude perceber o que acontecia naquele momento em que se ouviu o esbarro da madeira. Minha visão das coisas foi facilitada somente quando subi na mesma catacumba em que o homem de terno de linho branco amarrotado, experiente, sugeria o que fazer aos que manuseavam o caixão emperrado. Depois daquele momento, houve um murmúrio baixo de vozes grossas de pessoas inconformadas com tudo aquilo. "Meu Deus, que coisa esquisita que não se ajeita", falou um homem alto e magro que apenas observava ao lado os acontecimentos. Pouco depois falava coisas que certamente não cabiam no momento. As poucas mulheres que tudo acompanhavam em grupo, mais recuadas, apenas rezavam com mais intensidade, desfiando novamente o terço, em voz alta, em protesto às injúrias profanadas no meio do tumulto.

"Precisamos de uma ideia... precisamos de uma ideia", concluiu outro, sem nenhuma contribuição ao que propunha. Alguém que segurava a urna pelo lado advertiu com gritos e gestos que as duas primeiras alças douradas da extremidade esbarraram na entrada da gaveta do túmulo, impedindo o movimento do caixão para dentro da laje. Pouca gente percebeu esse detalhe, pois que já estava ficando escuro naquele momento, e muito frio. O homem alto e magro riu do que ouvira, enquanto aproveitava para comentar alguma coisa a mais com alguém ao lado, sem resposta. Um rapaz muito branco e sardento, chamado Zé Broca, que trabalhava de vez em quando como ajudante na serraria da fazenda, sugeriu que retirassem as alças retorcidas, assim como as demais dos dois lados da urna. Os que o carregavam naquele momento não gostaram desta ideia, pois teriam de segurar o caixão "no muque", como disse um dos homens, com a cara brava. Apesar disso, depois de acomodarem a parte mais afastada do caixão sobre alguns tijolos, procuraram uma chave de fendas para retirar os parafusos das alças.

Na sequência, já sem as alças, perceberam que apesar do esforço o caixão não entrava na gaveta mesmo assim, pois a pequena tampa localizada logo acima do rosto do morto – e que possibilitaria em outros casos ver o defunto por uma janelinha de vidro, sem abrir o caixão –, impedia, finalmente, sua passagem pela abertura. Mais uma vez foi preciso chamar o Zé Broca da serraria, que tinha ido até à farmácia da Praça da Gameleira pegar algumas ferramentas cedidas pelo Sr. Deoclécio, primo do Patrão, que foi junto para abrir a porta do estabelecimento, fechado devido ao luto da família. Desta vez o rapaz teve que retirar também a tal tampa de vidro, pregando uma tábua fina por cima da abertura que expunha o nariz do morto, já ressecado e murcho, coberto de algodão. Finalmente, quando conseguiram enfiar o caixão naquele buraco, perceberam que o seu comprimento era maior do que o tamanho da gaveta. Mais um atraso.

Impacientes, muitas pessoas não escondiam sua preocupação com o que acontecia, pois já era noite e quase não havia luz no cemitério. Fazia frio, mas ninguém arredava o pé do lugar. Queriam, como eu também, ver como tudo aquilo terminaria. As pessoas conhecidas rezavam também o terço, reunidas do outro lado, na expectativa de que tudo terminasse rapidamente para que a alma do morto ainda pegasse um pouco da luz que o padre dissera, "antes de caírem as trevas da noite". As mulheres, com a cabeça coberta com véus pretos, aumentavam o tom da reza, pedindo uma solução ao Espírito Santo, "uma luz do Divino", como se ouvia na oração. Outros não se continham e riam, pois, achavam tudo aquilo engraçado devido à demora e ao desajeito das pessoas em lidar com o improviso numa hora daquelas.

"O homem já está morto há muito tempo mesmo", cochichou com um dos carregadores, um velho engraçado, sem dentes, que não parava de mexer no bigode com a língua. O riso contagiou a todos que não se contiveram com a situação. Alguns, mais exaltados, também davam pequeno sacudir de ombros, para depois caírem na gargalhada, assim que alguém sugeria que retirassem o homem do caixão e o enterrassem sem nada, apenas com a roupa do corpo. Ou mesmo, que jogassem fora o caixão e trouxessem outro mais simples da funerária do Distrito. Outro, que serrassem a urna, para aproveitar mais uma vez a presença do marceneiro, com suas ferramentas, pois naquele momento a noite estava escura, sem lua, com apenas a luz das estrelas e de uma pequena luz que vinha do poste, do outro lado da rua, teimosa em clarear os contornos do ambiente tomado pelas sombras. Somente o Patrão, no meio daquela gente que não parava de dar palpites, ficou calado, como se estivesse longe dali com suas lembranças e saudades, junto ao filho e aos primos.

Alguém teve a ideia de ligar o farol dos carros, da calçada, de frente para o portão do cemitério, para clarear o trabalho do coveiro, conhecido como "Sete Palmos", um homem pequeno, velho e magro com o semblante indecifrável. Levando uma picareta pequena, uma marreta de cabo curto e um ponteiro pequeno para quebrar um pouco da parede do fundo, Sete Palmos teve de entrar na gaveta do túmulo arrastando-se pelos cotovelos. Para iluminar um pouco o buraco, o Tonho segurou com a mão esquerda estendida, até onde o seu braço permitia, um velho isqueiro aceso, cedido por alguém que tudo assistia ao lado.

Quando chegamos a nossa casa naquela noite já passavam das dez horas.

18

Eu já frequentava a biblioteca da fazenda havia quase dois meses, desde quando o Tonho conversou com o Patrão sobre a intenção de me aprofundar na leitura dos seus livros. A conversa foi curta e direta, pois o Tonho não era de fazer rodeios, nem o patrão. Este não se opôs e mesmo me incentivou, dizendo que bastava procurar a Dona Raimunda do Pedro e falar que eu queria entrar na casa e usar a biblioteca do escritório. Então ficou acertado que eu poderia frequentar a biblioteca, mas que não tirasse os livros da ordem em que se encontravam desde quando seus pais utilizaram aquele espaço da casa para o trabalho, leitura e lazer.

Eu aproveitava os domingos pela manhã, ou mesmo a tarde para as minhas leituras, quando não havia por acaso algum amigo ou conhecido acompanhando os pais em visita à Madrinha. As brincadeiras giravam em torno de caçar rolinhas com a atiradeira, ou nadar na prainha do Córrego das Pedras nas tardes quentes. Nos outros dias da semana eu não tinha muito tempo para visitar a Biblioteca, por isso trazia comigo alguma coisa para ler em casa. Comecei a frequentar a biblioteca no final do mês de julho que se seguiu ao enterro do irmão do patrão trazido de Mato Grosso. No dia seguinte o Patrão viajou e ficou duas semanas fora da fazenda, tendo deixado o Tonho encarregado em assumir o que devia, conduzindo os trabalhos da melhor maneira. O Patrão foi para a Capital assinar documentos e procurações em nome do filho mais novo, segundo se ouviu na roda de conversa da fazenda, em volta da fogueira. "O homem vai passar tudo para os filhos e netos em vida", comentou um deles, preocupado com o futuro. "Parece que a morte do irmão mexeu com ele". Depois de um tempo em silêncio, arrematou, "ficou só ele agora".

Apesar de disponível em fazer o que quisesse nas horas de folga, a minha lida com a secagem do café no terreiro me tomava todo o tempo, de manhã até a entrada da noite. Como todos os anos na época da panha do café, eu começava o dia disposto para o trabalho, pois era ocasião em que a fazenda ficava animada, cheia de gente apressada com seus afazeres, mas disposta a contribuir com o que fosse necessário para ajudar com um gesto. Até o Rubião, o amigo lagarto que se aquecia ao sol sobre muro da Tulha Velha nas horas mais quentes do dia, percebia o alvoroço formado pelas pessoas que iam e viam entre a lavoura e os terreiros de café, balançando positivamente a cabeça. Não tínhamos muito tempo livre nessa época, mas as coisas eram compensadas pela disposição de todos em cooperar com o trabalho no que havia para se fazer na fazenda. Alguns, poucos, às vezes reclamavam de cansaço ou de esgotamento da "cacunda", mostrando-se desanimados com as tarefas que se repetiam dia após dia, sem fim, mas conformados com a vida, apesar de tudo. "As coisa da lavora não dá trégua, meu fio", diziam alguns, conformados com tudo aquilo que se repetia em seu cansaço, sem solução. Era mesmo muito trabalho, embora em alguns aspectos a maioria dos diaristas considerava que as tarefas na fazenda eram facilitadas e melhor definidas do que em outras fazendas. Era o que se ouvia da maioria dos que já conheciam os serviços fora das fronteiras do Patrão.

Além do meu trabalho de ajuda no transporte do café dos trechos da panha até o terreiro, no carro de bois, e na secagem, começamos o treinamento de classificação do café, conforme as normas do governo, com os equipamentos dispostos ao lado do escritório da Tulha Velha. A maioria presente achava curiosa a minha presença junto com os adultos e me incentivava a participar do treinamento, a despeito de reconhecerem que eu era mesmo muito criança apesar de me mostrar interessado e responsável como uma pessoa grande em tudo o que dizia respeito ao café. Eu me incluía naquele grupo de pessoas sem me dar conta disso. No primeiro dia veio um rapaz da cidade falar sobre os equipamentos e o treinamento, expondo para todos os principais objetivos daquilo tudo. No segundo dia, ficamos sob a orientação do Patrão; nos demais dias, apenas o Tonho permaneceu na condução dos trabalhos. A gente se reunia duas vezes por semana: nas quartas-feiras à noite e aos sábados na parte da tarde durante todo o mês de julho, quando finalmente o mesmo homem que dera início aos trabalhos com os novos equipamentos retornou para conferir o resultado.

Todos os participantes receberam um certificado, uma espécie de diploma impresso em uma cartolina amarela, com o nome escrito em letras grandes incompreensíveis. Por ser ainda muito criança, apesar da minha participação e aprendizado, recebi apenas uma caneca esmaltada verde, pintada com ramificações de um cafezal em flor, de um lado, e um galho repleto de café maduro, do outro. E também o reconhecimento das pessoas presentes de que eu havia compreendido tudo o que fora ensinado naqueles dias e por ter ajudado na leitura dos procedimentos de cada prática nas fichas fornecidas pelo instrutor.

A partir de setembro daquele ano, eu frequentava a biblioteca da fazenda num ritmo muito maior do que eu imaginava quando iniciei, no final da panha. A Madrinha e o Tonho ficavam admirados pelo meu interesse pela leitura, quando me ouviam ler, depois do jantar ou do almoço no domingo, um conto interessante ou alguma informação que gostaria de compartilhar com os dois. Eu tinha mais tempo livre para a minha leitura, sobretudo quando o trabalho na fazenda ficava mais tranquilo, voltado apenas para a classificação e o controle do café nos equipamentos comprados pelo Patrão. Nessa época, quando a janta estava servida na mesa da cozinha, ainda era dia, pois nem os patos e as galinhas davam sinal de procurar poleiro. Depois do jantar eu permanecia um pouco na conversa da cozinha, sobretudo quando o Tonho voltava do Distrito mais tarde, quando ajudava o Patrão registrar e fechar as contas dos armazéns.

Algumas vezes, ao perceber a inquietação dos animais no galinheiro, procurando poleiro, e a minha própria, eu caminhava para a casa da fazenda, ainda com um pouco da luz do dia. Não era raro ver o sol se pôr da janela do escritório onde ficava a biblioteca, ou mesmo assentado na cadeira da mesa de peroba rosa, quando percebia entrar feixes de luz amarelados, iluminando as estantes e seus livros guardados há muitos anos. O cheiro de madeira antiga daquela sala me trazia lembranças de um tempo que não vivi como o Tonho e o avô marceneiro, mas que diziam ser semelhante ao que percebiam exalar dos móveis da biblioteca.

A porta da cozinha da casa da fazenda continuava fechada apenas no trinco, deixada assim pela Dona Raimunda do Pedro, que vez ou outra se encontrava comigo para conversar e me ajudar a acender os lampiões da sala e da biblioteca, além de abrir as janelas da frente da casa "pra deixá entrar a luiz e desbaforijá o chero do tempo", como dizia, compenetrada. Não raro, no passar das horas, me trazia alguma quitanda que fazia em casa, acompanhada de um copo de café com leite. Gostava muito de mim, parece. Vez ou outra, com a chegada da noite, escondendo as montanhas ao longe, o Patrão – quando percebia luzes na biblioteca, ainda da estrada – ao entrar em casa aparecia à porta e me cumprimentava para saber como estavam as coisas, mesmo antes de se desfazer das botas. Queria saber, olhando-me de frente, se eu já concluíra a leitura de todos os livros das estantes, como eu havia ambicionado um dia.

"Já terminou, menino", brincava. "Ainda não, Patrão, compreendo agora que me faltam ainda muitos anos". Vendo seu rosto impassível sob o chapéu que mal dava para perceber o que falavam seus olhos claros, refletindo a luz do lampião, eu sempre concluía o mesmo desfecho, que ele se detinha para ouvir, "no tocar das coisas, com mais dois ou três anos, Patrão, finalizo tudo, menos os estrangeiros". Mas cá comigo, com mais otimismo do que capacidade, eu pensava baixinho: "estudando a língua, com mais algum tempo, um ano ou pouco mais na minha contagem, acabo tudo". Pensava assim, displicente, ainda que não tivesse qualquer noção de que demora isso significava. Eu não tinha parâmetro para saber ao certo que tempo seria esse. Não era comum encontrar pessoas que falassem línguas estrangeiras na nossa região. Salvo alguns turcos que de vez em quando chegavam para comercializar café, como aquele que tinha muitas terras "lá na Mato Grosso".

Numa das primeiras aparições do Patrão à porta da biblioteca, bem no início – não sem antes anunciar, com suas passadas duras sobre o assoalho, que se aproximava – quando comecei minha "peregrinação ao conhecimento", como ele mesmo dizia, encontrou-me de cócoras sobre o assoalho, lendo um livro, próximo à luz do lampião. Preocupado com aquele mau jeito, recomendou-me assentar à mesa de peroba rosa que pertenceu à sua mãe, onde a iluminação favorecia a leitura, mais do que se percebia na mesa maior. "Pula para a cadeira, menino. Fique na mesa de peroba rosa, que tem mais luz e mais conforto", concluiu.

No início, eu me sentia desajeitado e com vergonha de ficar ali assentado naquela cadeira, cuja mesa o Tonho dizia ser a mais bonita de todas, que não havia nada igual. Como eu sempre fui muito pequeno – "miudinho", como me lembrava sempre a Dona Nenê Benzedeira, quando me tinha por perto ou me abraçava – eu precisava ficar ajoelhado sobre a cadeira para poder usar a mesa de peroba rosa para minhas leituras e anotações. Posição que me levou a acostumar com as pernas dobradas, mesmo quando já podia me assentar direito. Eu me acomodava como devia ser, com as pernas para baixo, dependuradas sem tocar no assoalho, somente quando percebia aproximar o Patrão, pelos passos pesados sobre as velhas tábuas do assoalho.

A mesa tinha duas gavetas, finas e largas, onde ficavam guardadas pequenas coisas pessoais da antiga patroa da Madrinha. Numa delas, havia um par de óculos, duas agulhas de tricô, uma espécie de punhal de duas laminas sem corte vivo – depois fiquei sabendo que servia para abrir cartas, cortar papel ou separar folhas grudadas de livros –, pequenas anotações de receitas e lembretes, dois grampos ou presilhas de cabelo, dentre outras coisas. Havia também, nesta mesma gaveta, uma pequena penca de chaves amarradas por uma fita verde e amarela, desbotada, além de duas canetas com pontas de molhar no tinteiro, com o nome da mãe do Patrão gravado com fios dourados no cabo de pau-brasil, marchetado de marfim. Na outra havia três rolos de tinta para a máquina de escrever Remington Rand, preta, bem conservada, colocada do lado esquerdo da mesa, uma chave de fendas pequena, uma sovela com cabo de marfim, três dedais de porcelana com motivos gregos, um mata borrão e dois brincos pequenos de pedras verdes. A máquina de escrever, segundo a Dona Raimunda do Pedro, veio de trem junto com os pertences do irmão do Patrão, trazido pelo Juca, o neto da Dona Nenê Benzedeira. Tudo isto, além de folhas de papel almaço e metade de uma resma[5] de papel ofício em branco sobre a mesa, que o Patrão me autorizou utilizar, quando precisasse escrever à máquina. Disse que um dia me ensinaria como utilizá-la melhor, marcando a tabulação dos parágrafos e os espaçamentos entre as linhas "como deve ser uma boa escrita à máquina".

Para não me esquecer do que já fora lido por mim – ou mesmo de algum livro manuseado para identificar maior interesse na leitura –, eu utilizava um pequeno caderno pautado que havia sobrado, do ano anterior, do meu tempo na escolinha da Dona Regina. Registrava nele tudo o que julgava importante. Fazia também anotações sobre o dia e o lugar de onde o livro fora retirado da biblioteca, para devolvê-lo sem me confundir. Comecei a utilizar aquelas folhas de papel almaço para minhas anotações, somente quando o meu antigo caderno, já com as pontas teimosamente arqueadas nas quinas pelo uso, ficou completamente preenchido.

Numa tarde quente do mês de novembro eu me encontrava de pé ao lado da janela do canto da sala da biblioteca, em cuja bandeira ficavam pregadas as Folhinhas de Mariana – as que marcavam os dias, meses e momentos propícios ao plantio. Deixei-me conduzir pela generosidade da luz do sol que se escondia e ressurgia atrás de uma nuvem grossa e já avermelhada, enquanto bandos de garças brancas voavam em direção à Mata Grande, do outro lado da fazenda, em

5 Equivalente a 500 folhas de papel.

busca de abrigo para a noite. Naquele momento, o cheiro antigo dos móveis daquela sala parecia se exalar com mais intensidade, envolvendo-me em pensamentos bons, inextricáveis, palavra que aprendi nas minhas leituras e visitas ao dicionário. Ao mesmo tempo, quase displicente, retornei os olhos para dentro daquela sala para observar refletir essa mesma luz nos vidros bisotados das prateleiras onde ficavam arquivados os livros mais antigos, indicados na base da estante por uma etiqueta amarelada, escrita à mão: "Livros Raros". A luz, decomposta em feixes coloridos e longos, refletia em todas as direções, no piso e no teto daquela sala, assim como nos móveis e nos quadros dispostos há muitos anos naquelas paredes antigas. Ao ver espalhar aquela luz tardia, vermelho-alaranjada, em especial sobre a estante com livros raros, me senti impulsionado a chegar mais perto para ler os títulos daqueles volumes envelhecidos e que certamente foram manuseados por pessoas que partiram há muitos anos.

Curioso, pela primeira vez a respeito do que havia de tão importante naquelas prateleiras que justificasse cuidado, tive vontade de abrir suas portinholas envidraçadas e pegar um daqueles volumes para ver o que continham de tão especial. Puxei o trinco de uma delas para acessar os livros, sem sucesso. "Está emperrada," pensei. Na verdade, estava trancada à chave, bem como as outras três ao lado. Lembrei-me da penca de chaves que encontrara em uma das gavetas da mesa de peroba rosa. No primeiro momento, responsável com o que havia prometido ao Tonho em nada mexer sem autorização controlei um pouco a minha curiosidade, pensando em deixar para outra hora o momento de conhecer alguns daqueles exemplares guardados há tanto tempo. Mas não foi fácil. Cheiros, luzes, formas e cores fundiam-se em meus pensamentos, acelerando o ritmo da minha respiração, visivelmente modificada pela curiosidade que eu precisava dominar naquela hora. Pelo momento, contido e já refeito daquilo tudo, experimentei abrir a primeira daquelas portinholas envidraçadas, com uma daquelas chaves, mas apenas para saber se a mesma serviria na fechadura. Abriu sem muito esforço, deixando derramar sobre mim um cheiro mais antigo de madeira, verniz e livros do que jamais sentira naquela sala, talvez por terem ficado ali confinados todos esses anos. Satisfeito, procurei me distrair com outros temas.

Naqueles dias o Patrão estava de viagem para a Capital para tratar do negócio de venda do café para os exportadores. Levou com ele amostras do melhor café colhido e classificado na fazenda. Aproveitou para também visitar os filhos e presenciar a formatura de um dos netos, segundo o Tonho. Por lá ficaria ainda algumas semanas, dado que os trabalhos na fazenda e nos armazéns poderiam ser supervisionados pelo Tonho, acostumado com tarefas adicionais, quando o Patrão se ausentava de tempos em tempos.

Minha vontade de abrir aquelas vitrines trancadas por chave superou o juízo de me conter e aguardar o consentimento do Patrão quando retornasse do Rio de Janeiro. Meu rosto ficou quente e vermelho, como minhas orelhas. Eu estava agitado, apesar de perceber que nada do que eu fizesse naquele escritório poderia ser revelado por quem quer que seja, pois, costumeiramente, nada perturbava ou interrompia minhas leituras e anotações naquela sala. Nem mesmo a Dona Raimunda do Pedro – que vez ou outra aparecia para conferir se eu ainda continuava por ali e se queria comer alguma coisa da cozinha – estava por perto naquela tarde. Senti-me mesmo muito agitado, naquele momento. "Deve ser por causa da tal adrenalina que abalou o Tião quando sentiu aproximar a onça, disputando a paca que caçava com o Tonho há muitos anos na Mata Grande", pensei.

Além de pesados e grossos, a maioria dos livros daquela estante era estrangeira. Em francês, principalmente, como pude identificar pelas palavras semelhantes às que a professora de vez em quando falava e até escrevia no quadro para a gente saber da sua existência, como *bonjour* e *merci*. Palavras "que servem para toda criança educada em qualquer lugar do mundo", completava. Havia também livros escritos em espanhol, e em menor quantidade, em inglês. De qualquer forma, não dava mesmo para compreender o que estava escrito nesses livros, por mais que alguma palavra fosse identificada. O que vinha depois, quase sempre não me permitia alcançar nenhuma compreensão possível do que havia na frase.

Apenas para acalmar a minha curiosidade, ainda involuntariamente efervescente, eu repassava aquelas folhas antigas buscando gravuras e desenhos que me remetessem às coisas boas como a vida na fazenda, brincadeiras de crianças e suas mães ao lado; ou mesmo desenhos perfeitos de animais e pássaros coloridos de outros lugares, como em certos volumes que continham uma infinidade de passarinhos e bichos que jamais pensara existir. Fotografias impressas sobre a vida na cidade, com suas ruas agitadas e prédios altos, também me despertavam curiosidade; mais pelos prédios, que me deixavam curiosos em como construir uma casa sobre a outra. Coisa semelhante aqui na fazenda acontecia quando casais de joão-de-barro construíam, no abacateiro da bica, uma casinha nova sobre outra mais antiga e abandonada, todas com as portas voltadas para o lado contrário às chuvas de vento, formando três ou mesmo quatro andares sobrepostos, não raro ocupados por canários da terra e suas ninhadas de filhotes. Quando experimentei as chaves em uma das portinholas, abri somente a primeira das estantes fechadas, a que ficava mais próxima da mesa de peroba rosa.

Alguns dias depois, distraído e até um pouco desanimado e sem vontade de continuar o que lia durante aquela semana – um volume grosso de "poesias completas", que não terminava –, resolvi retornar aos livros raros para continuar na minha intenção de ler tudo, sem questionamento. Mas, também porque havia bom número deles com ilustrações, figuras e desenhos que me relaxavam e me transportavam para um mundo possível de conviver.

Lembro-me bem deste dia, pois coincidiu com o aniversário da morte da minha mãe, notado por todos no café da manhã servido pela Madrinha na mesa da cozinha, como era costume. Estávamos com receio de tocar no assunto, sobretudo eu, para evitar despertar sentimentos tristes que não abandonam os que ficam para trás. "Parece qui foi onti que ela foi imbora, a minha menina. Parece qui foi onti", lamentou baixinho, a Madrinha, momentos depois que o Tonho ensimesmado nos lembrou da data, mesmo sabendo que, para nenhum de nós, essa lembrança passaria despercebida. Senti meu coração encolher, mas não quis falar nada sobre isso, para não prolongar aquela lembrança deprimida que brotara no coração de todos naquele momento.

"Tem mais broa, Madrinha?", perguntei em seguida para levar para outro lado a conversa, enquanto ela me servia mais um pouco do café do bule que ainda há pouco estava sob o coador, ao lado do fogão, colhendo o último fio marrom que pendia suave até tornar-se pingos preguiçosos. "Mais é claro que tem, meu minino. E tem ainda dos biscoito de porvi. Ocê qué tombém, Tonho?". O Tonho, pensativo, de cenho apertado, não quis nem conversa, nem broa, nem biscoitos. Apenas agradeceu com o semblante que carregava um riso preso, quase choro. Levantou-se da cadeira mais cedo do que de costume, pegou o chapéu dependurado no portal e saiu para as bandas do curral para se espairecer daquela conversa, justificando que como o Patrão tinha viajado novamente para o Rio de Janeiro a negócio, havia trabalho dobrado. "Vou na frente. Leva um bule de café para o Gumercindo. Leva também da broa da Natividade", dirigiu-se a mim, citando o vaqueiro, enquanto fechava a taramela da portinha da varanda da cozinha, ao passar pela rampa que facilitava a descida da cadeira de rodas da minha mãe, agora esquecida no canto da varanda da bica.

Naquele dia, na biblioteca, procurei abrir a portinhola que se encontrava mais no canto da estante, do lado esquerdo, ainda desconhecida, trancada como as demais. A chave que serviu na fechadura – diferentemente das anteriores que abriram as demais estantes envidraçadas – estava muito desgastada pelo uso. Não havia comunicação interna entre as prateleiras, por isso era preciso abrir cada uma delas para acessar aos livros guardados em cada armário. No meio dos livros dessa última estante visitada, um deles, mais grosso e desgastado, tornou-se um desafio que descortinaria memórias esquecidas do passado. Como era muito pesado e se encontrava na parte superior do armário, precisei subir numa pequena escada de madeira, com degraus desgastados, adaptada para essa finalidade.

O livro tinha a capa de couro avermelhado, fechado por uma pequena fechadura afivelada que unia os dois lados da capa. Lembrei-me que havia uma chavezinha enferrujada, naquela penca de chaves recolhidas na gaveta de peroba rosa. Depois de algumas tentativas, a pequena chave se quebrou dentro da fechadura. Preocupado, eu me indagava se o Patrão conhecia aquele livro em particular e se, no caso, haveria alguma advertência ou cuidado que ele se esquecera de me dizer. Caso contrário, não haveria problema. "Além disso", pensei, buscando conforto no que fazia, "o Patrão estava novamente envolvido com os negócios do café na Capital, longe daqui". Mesmo assim, não me sentia confortável naquele momento. Tive calafrios ao perceber que a curiosidade sobrepunha fortemente à razão. Apesar de me conter, no início, terminei por abrir aquela fechadura, utilizando o velho canivete Corneta com cabo de osso trincado que ganhei do Tonho. Não foi fácil, mesmo assim.

Era mesmo um livro muito antigo e pesado, com mais da metade de suas páginas presas e rígidas, coladas umas nas outras, resultando num bloco endurecido como madeira. Na parte rígida do livro, havia um compartimento interno, "secreto", protegido por um recorte de papel grosso, delicadamente preso em um dos lados, formando uma espécie de dobradiça. Do outro lado, o mesmo recorte de papel estava preso em duas cantoneiras coladas, também de papel. Ou seja, havia nele um cubículo secreto diferente de tudo que eu conhecia sobre livros e esconderijos. No compartimento oculto havia um pequeno caderno grosso, encapado com um tecido de seda rosa claro, quase apagado, aguardando o momento de retornar à vida.

"Certamente este caderno está escondido neste lugar há muitos anos", pensei. Fiquei assustado e curioso, sentindo meu rosto enrubescer de repente. "E agora? ". Na primeira página do caderno, como num diário, havia o nome da antiga patroa da Madrinha, escrito com letras quase desenhadas, cheias de pontas rendilhadas. No rodapé, do lado esquerdo, uma citação com letras quase trêmulas:

"*Voir le 14*^{eme} *de Adar II*".

Quando cheguei a nossa casa naquela noite já se passavam das onze horas.

19

Naquele ano a panha do café terminou mais cedo, animada pelas expectativas trazidas pelo Patrão que fizera bons negócios na Capital, garantindo a venda aos exportadores do Rio de Janeiro de quase todo o estoque armazenado da safra do ano anterior. O que levou com ele, como amostragem do que havia ensacado em seus armazéns e nas tulhas da fazenda, foi bem classificado quanto às exigências de peneira, sabor, ou "bebida" no palavreado do moço do treinamento, e tipo, dentro dos padrões internacionais de qualidade. Exigências, definidas pelas novas regras do Governo Federal para o café destinado à exportação, de grande interesse do Patrão e de outros fazendeiros da redondeza.

Ou seja, "café de grãos maiores, de sabor agradável ao paladar e ausência de impurezas ou defeitos", conforme resumia vez ou outra o Tonho, nas rodas de conversa, em volta da fogueira, nas noites frias dos meses sem 'erre', como se referiam os antigos aos meses de maio a agosto. Como estava bem definido na cartilha fornecida naquele ano a todos os cafeicultores da região do Distrito de Gameleira, no caso de impureza e defeitos do café – conforme uma *Tabela de equivalência de defeitos* do Governo – os grãos deveriam ser isentos de mofos, quebras, manchas, ardidos, torrões, cascas, gravetos e elementos pretos, dentre outros. De todas as três exigências previstas na cartilha distribuída pelo Governo, a diminuição das impurezas do café, da colheita ao ensacamento, dependia somente do trabalho das pessoas, seja na panha, nos trechos da lavoura, ou na secagem no terreiro, como também das catadeiras nos armazéns do Patrão, no Distrito, que faziam o trabalho final de limpeza. O sabor ou o tamanho dos grãos, além dos demais cuidados, estava ligado à qualidade do café cultivado na fazenda do Patrão e do que comprava na região, depois de escolhido ou mesmo classificado, segundo sua experiência.

O negócio da venda do café para os exportadores do Rio de Janeiro naquele ano foi finalmente fechado quando um grupo de compradores esteve visitando os armazéns do Distrito e as tulhas da fazenda, no final do mês de julho. Vieram para definir os lotes – eram assim chamadas grandes quantidades de sacas de café escolhido e reservado pelo comprador – que seriam identificados e despachado para a Capital. Os lotes eram enviados para o Rio de Janeiro pelo trem da Leopoldina a partir da Estação Flor de Minas, uma pequena parada ferroviária no meio do nada, a mais próxima do Distrito de Gameleira. Nessa ocasião eram intensas as atividades de carregar nas costas as sacas de café das pilhas amontoadas nos armazéns para os caminhões e carroças que os transportavam até à Estação. Ouvia-se que era o tempo em que havia mais dinheiro no comércio.

"Nessa ocasião todo mundo se beneficia, pois até os mais carrancudos mostram os dentes quando entra dinheiro no Distrito de Gameleira", dizia o Tonho, quando se lembrava de um velho tio, certo Zé da Bigorna, morto há muitos anos, que, segundo ele e confirmado pela Madrinha gostava muito de dinheiro. O velho tio fabricava ferraduras e utensílios metálicos para montarias e charretes, como também aros para rodas de carroças e carros de bois de toda a região.

"Vinha gente de longe só prá ferrar os cavalo com o Zé Bigorna", completava a Madrinha. Na época da venda do café e do seu transporte até onde fosse necessário – pois naquele tempo ainda não havia o trem da Leopoldina –, era quando o serviço de ferreiro era mais demandado para a confecção de aros de rodas de carroça e ferraduras de diversos tipos e tamanhos. Havia filas de carroças e montarias na porta da oficina do Zé Bigorna, desde as primeiras horas da manhã, antes de darem início ao transporte das sacas de café para cima e para baixo. "Quando inauguraram a Estação Flor de Minas, o homem já tinha partido para outra vida", relatou o Tonho, saudoso do velho Zé Bigorna.

Na ocasião de entrega do café nos vagões da Leopoldina, o Benzinho, o genro da Raimunda do Pedro, conhecido como Gigante se destacava dentre os demais. Pois além de levar duas sacas de cada vez na cabeça – retiradas das pilhas armazenadas nos galpões – até os caminhões ou carroças, Benzinho animava os companheiros, incentivando que todos trabalhassem num ritmo acelerado para não perderem tempo. Nesta ocasião, ganhavam também uns trocados extras do encarregado, autorizado pelo Patrão, por dúzias de sacas despachadas, como também, vez ou outra, recebiam alguma gorjeta do caminhoneiro por viagem. Enquanto um caminhão estacionado na plataforma de carregamento era abastecido até a quantidade prevista de sacas de sessenta quilos, outros esperavam em fila ao longo do córrego que passava do outro lado da rua dos armazéns de café, à sombra das mangueiras. Ninguém ficava indiferente àquela movimentação de homens, carroças e caminhões que chegavam e saiam pela entrada principal do Distrito. O cheiro do café transportado exalava por todo lado a partir da região dos armazéns como também quando atravessavam as ruas em direção à Estação Flor de Minas, distante de pouco mais de uma légua da Praça da Gameleira.

No final daquele ano, pela primeira vez, não me envolvi com as coisas do café com o mesmo entusiasmo como nas safras anteriores, pois sentia meu espírito longe dali, com a sensação de estar incompleta a minha pequena vida. Primeiro, pela preocupação em que ficamos todos com a saúde da Madrinha que adoeceu de repente. Segundo, pela vontade ou quase necessidade de continuar minhas idas e vindas à biblioteca da fazenda, que me envolviam nas perspectivas de novas descobertas.

O problema com a saúde da Madrinha começou no mesmo dia em que cheguei à nossa casa, tarde da noite, vindo das minhas leituras na biblioteca da fazenda, em que achei o caderno encapado de seda rosa, guardado dentro do livro grosso com capa de couro avermelhada. Parece que desde o café da manhã daquele dia, em que relembramos a data do passamento da minha mãe, a Madrinha começou a se sentir mal, como ficamos sabendo depois. No dia seguinte ela foi levada para o hospital da cidade, pois o Senhor Deoclécio – o farmacêutico, primo do Patrão, que veio até a nossa casa de jipe, em socorro, a pedido do Tonho –, achou melhor assim. Ele decidiu levá-la, ele mesmo em seu jipe, por ter constatado que a pressão dela continuava muito alta, apesar dos medicamentos de emergência que trouxe da farmácia, quando foi informado do seu estado.

"Deve sê o calor, sô Deoclécio! Tá muito quente", disse assim para tirar o farmacêutico de cabeça, como falamos aqui na roça. "Está certo, Natividade, mas não é só o calor. Acho melhor agente se apressar", concluiu o homem, seguro da sua decisão. O Tonho não se opôs, somente olhou para mim como quem pedisse que também anuísse com o que ouvira do farmacêutico sobre a melhor alternativa naquele momento. "Se é assim, tudo bem para mim", pensei, sem dizer uma palavra. Ou seja, concordei sem mesmo responder ou falar, nem com gestos do corpo ou expressões do meu rosto. Apesar disso, o Tonho compreendeu que eu não me opunha a que ela fosse levada naquele mesmo dia para o hospital da cidade.

Como a pressão medida algumas vezes em várias posições estava muito alta, o senhor Deoclécio adiantou que aquela condição poderia resultar num problema grave do coração, ou ainda, que um derrame poderia precipitar a qualquer momento, não permitindo socorrê-la a tempo. "Acho melhor levá-la para o hospital o mais depressa possível", concluiu o Sr. Deoclécio, com o cenho fechado, longe daquela alegria natural que sempre trazia no rosto quando estava por trás do balcão da sua farmácia, oferecendo balas de surpresa para as crianças.

Como o Patrão estaria fora naqueles dias, envolvido com negócios na Capital, antes de finalizar o ano, o Tonho não podia deixar a fazenda sozinha, nem o controle do que se passava nos armazéns no Distrito de Gameleira, envolvidos com a próxima entrega do café ensacado na Estação da Leopoldina. E por isso, pediu-me que acompanhasse a Madrinha, mesmo conhecendo minhas restrições em andar de carro, em qualquer circunstância. Eu nem mesmo pensei nisso naquele momento de tanto que me sentia aflito e fragilizado pelo caso de doença em nossa casa, que mais cedo ou mais tarde aconteceria com a Madrinha por ser a mais velha. De certo modo, sem me dar conta, confessadamente, eu me preocupava com a sua saúde desde quando a percebera envelhecida e curvada como os velhos que conversavam, solidários, à sombra da gameleira da Praça do Distrito. Dei-me conta da velhice do seu corpo, pela primeira vez, no dia em que retornava com as encomendas da fazenda e me assentei sobre o muro da Tulha Velha, ao lado do Rubião, o calango cotoco, quando ela surgiu à porta da varanda, chamando-me para o almoço. Ainda que envelhecido o corpo, sua mente continuava ativa e por isso esquecíamos que ela estava velha e cansada, além do que compreendíamos.

O tempo passa na vida das pessoas diferentemente daquele que envolve os animais da mata ou das criações da fazenda, que nos cercam dias e noites. Enquanto as criaturas se recolhem ou se desprendem da vida com tranquilidade – pois, resignadas, esvaecem sem marcas ou traços de senilidade –, as pessoas percebem o passar do tempo, mais cedo ou mais tarde, sem retorno do que se considerava no passado. Desta forma identifiquei a velhice moldada no corpo daquelas pessoas que se agrupavam embaixo da velha gameleira da Praça do Distrito, quando fui levado até lá na caminhonete em companhia do Patrão. Foi quando isto começou a ter sentido na minha vida de menino, ao perceber que o tempo faz curvar as pessoas, mudando sua forma e o seu olhar.

Como não sabíamos o número de dias que seria necessário permanecer no hospital da cidade em companhia da Madrinha, o Tonho me chamou até à cozinha e me aconselhou da maneira de proceder como acompanhante dela naqueles dias. Deu-me algum dinheiro que guardava na gaveta da mesinha com a imagem de Nossa Senhora Aparecida, no quarto da Madrinha, "para alguma emergência", segundo ele. No final daquele dia, desacordada e sem forças, ela foi atendida pelo mesmo médico que esteve em nossa casa, levado pelo Patrão, para constatar da gravidade do estado da saúde da minha mãe. Concluiu, naquele momento, "que não havia mais o que fazer pela minha mãe na medicina", porque o caso dela era mesmo terminal, como realmente aconteceu.

A roupa que levei comigo numa trouxa preparada às pressas pelo Tonho, quando sujava, era lavada por uma moça da enfermaria do hospital, a pedido de uma freira de vestido branco comprido até os pés e a cabeça coberta por um chapéu também branco, de tecido engomado, aberto para cima como a flor do copo de leite. Na noite da chegada ao hospital, o médico disse ao senhor Deoclécio que eu não podia ficar como acompanhante da paciente, por ser ainda muito criança. "Mas eu não era tão criança assim", pensei. O meu tamanho é que me condenava, por ser muito pequeno, muito miúdo. Com a insistência do Sr. Deoclécio – que ficara na cidade até o dia seguinte para ter certeza de levar alguma notícia mais completa para o Tonho –, o médico, atencioso, cedeu, quando soube que eu era o menino cuja mãe havia falecido na fazenda do Patrão, em outra ocasião. E que naquele momento a avó doente não tinha mais ninguém que permanecesse em sua companhia no hospital. "É um menino maduro, Dr. Cellini, apesar de pequeno é muito esperto e obediente", adiantou o farmacêutico, ao perceber que faltava pouco para que o jovem médico me permitisse ficar.

Durante as semanas em que passei no hospital junto da Madrinha pude perceber e mesmo confirmar – também com a experiência da minha mãe entrevada em nossa casa –, o quanto dependemos das pessoas quando adoecemos. Isso me assustava, pois, presenciei coisas que até há pouco tempo não me despertavam maiores atenções. Foi uma experiência custosa, pois tive receio de que a Madrinha jamais retornasse para casa e que poderíamos perdê-la caso os médicos não acertassem de vez com o seu tratamento.

Cada dia que passava, na primeira semana, ela se mostrava mais cansada e tristonha, sem querer conversar ou mesmo escutar minhas experiências e descobertas, como fazia sempre em nossa casa, quando estávamos sozinhos, ou mesmo com o Tonho por perto. O sorriso parecia sofrido, desencorajado, pois não era uma dor do corpo que demonstrava e sim uma amargura que vinha de algum lugar mais distante e profundo, como naquelas histórias que lia nos livros da biblioteca da fazenda, quando o sofrimento e a esperança caminhavam juntos até a última página. Desse modo, por perceber coisas que jamais compreendera no passado, eu sofria também, pois não sabia o que fazer para deixá-la tranquila e confiante em um retorno em breve à nossa casa, que certamente aconteceria mais dia ou menos dia. Assim esperava.

Reconheci que para essas coisas da vida – mesmo compreendendo um pouco do que fadiga o corpo e perturba o pensamento –, eu era mesmo muito criança e compreendia que ela me via também assim, pequeno e frágil, pois, a bem da verdade, para uma avó em qualquer circunstância não haveria outra forma de lidar com isso. Ela também sentia muita dor no peito quando respirava ou fazia qualquer esforço para se movimentar na cama, sendo a todo tempo medicada com injeções e comprimidos trazidos pelas enfermeiras. "Tá doendo um pouco, moça...", dizia baixinho ao ser indagada pela enfermeira sobre sua situação, mesmo sabendo que a dor que expressava em seu rosto era maior do que descrevia.

Aquela situação continuada e sem saída me fazia também sofrer pela Madrinha por não poder arranjar nada para mudar as coisas, que não fosse permanecer ao seu lado e esperar que o tempo assumisse outra direção. Mas não foi fácil, pois era mesmo um mundo muito diferente aquele do hospital a começar pelo silêncio, interrompido somente quando algum grito ou gemido ressoava nas paredes frias e brancas do lugar. Meu coração doía quando pensava em nossa casa sem a Madrinha por perto, o que me fazia experimentar momentos que me causavam tristeza pelo simples fato de saber da possibilidade da sua hora. Afinal de contas tratava-se da minha segunda mãe, arrisco a dizer que da primeira, pois, na condição em que se tornou a minha, entrevada e morta viva, era mesmo a Madrinha aquela quem me criara de verdade. Seria bom se eu conseguisse não pensar em nada, como parecia fazer o velho Rubião sobre o muro da Tulha Velha, quando voltava sua cabeça para o céu e se distraia, paralisado com tanta luz, dizendo sim em agradecimento à vida que levava.

Mas percebi, finalmente, que não era possível não pensar em nada, sobretudo porque pensar e imaginar as coisas, remexendo com lembranças e pensamentos era tudo que eu mais gostava de fazer. Para me distrair um pouco, quando as enfermeiras cuidavam de forma reservada da minha Madrinha, eu passava algum tempo no jardim bem cuidado que havia na parte interna do hospital, onde pessoas mais velhas e algumas crianças doentes ficavam ao sol pela manhã. Por outro lado, o que eu mais queria, além de perceber que a Madrinha já estaria bem, fora de perigo, era retornar às minhas leituras na biblioteca da fazenda. Queria conhecer um pouco mais do mundo que se descortinava com suas surpresas e encantamentos, como no palco dos circos montados na Praça da Gameleira, quando tambores e cornetas anunciavam a nova atração. Também, voltar para as coisas do café, para um dia reconhecer dos seus segredos, como conhecia o Patrão, o que poucos percebiam em nossa região.

Por uma razão maior, naqueles dias meus pensamentos buscavam nas lembranças das leituras uma forma de me distrair e não sofrer. Com esse propósito, ocorria de pensar quase sempre no diário com capa de seda rosa desbotada que encontrei escondido dentro do livro grosso de capa de couro avermelhado, que ainda guardava seus mistérios. Era bom fantasiar o que encontraria naquelas páginas que ficaram guardadas, mesmo perdidas, há tantos anos. Cauteloso, tive que deixá-lo naquela estante da mesma forma e posição que o encontrei naquela noite, dentro do livro antigo. Tive vontade de levá-lo comigo para casa, mas achei que não devia, sobretudo porque o Patrão não estava na fazenda e por reconhecer que não seria prudente nem mesmo abri-lo como fiz por curiosidade.

Ao folhear algumas de suas páginas, percebi que se tratava de um apontamento pessoal, escrito com uma letra pequenina e redonda pela velha patroa da Madrinha. Em cada página havia uma data registrada no alto, do lado direito. Não pude ler nada daquele caderno ou diário ao perceber que fora escrito em francês. "Seria bom saber ler em francês", pensei naquela hora. Não somente para compreender o que havia escrito naquele diário, mas, sobretudo, para apreciar o que também continha a maioria dos demais livros antigos que permaneciam eternamente fechados nas estantes envidraçadas da biblioteca. Minha imaginação crescia, buscando alternativas que pudessem me guiar em soluções possíveis, como num exercício de pensamento, da mesma maneira que eu aprendera ainda muito pequeno, quando compreendia o que diziam os olhos da minha mãe. As coisas boas que me transmitiam aqueles olhos negros como os meus me davam força para suportar a dor que ela, no seu silêncio, não podia me revelar. Mas que eu percebia o que se passavam naqueles olhos, quando me acompanhavam e me queriam por perto, no momento em que eu me aproximava dela para lhe abraçar ou apenas para lhe contar sobre minhas percepções e descobertas do mundo. Eram, unicamente, pensamentos e desejos de compreender aquele universo que somente através dos olhos havia alguma forma de nele penetrar, apesar das dificuldades e incertezas.

No caso do diário da antiga patroa, era como entrar num mundo tão afastado, tão antigo para um menino da roça, e me permitir apreciar como era a vida na região da fazenda naquele tempo. Isso não deixava de ser uma grande oportunidade, apesar das circunstancias inevitáveis que surgiriam, caso não fosse do agrado do Patrão, que certamente nem mesmo sabia da sua existência. Não sei por qual razão, por instinto ou curiosidade de criança, me interessava conhecer como eram as coisas no virar do século passado, quando o Tonho ainda era um menino pequeno e a Madrinha, uma jovem mulher casada. Algumas pessoas mais velhas da fazenda tiveram o privilégio de passar de um século para o outro, mas poucos dentre nós aqui na roça registraram suas experiências como as que poderiam estar no diário encapado com seda rosa desbotada. Passar para o próximo século, também nem seria bom considerar naquele momento, pois as pessoas que eu conhecia na fazenda possivelmente já teriam sido enterradas no cemitério do Distrito de Gameleira, como tantas que já se foram nos últimos tempos.

Mas era um atrevimento ler aquele diário, guardado ali, quase escondido sendo revelado fora do seu tempo. Isso me deixava preocupado e sobrelevado ao mesmo tempo, por temer que alguém me surpreendesse com suas páginas abertas. Por outro lado, "não via nada de mais naquilo tudo", pensava. Pois eu não estava curioso pela revelação da intimidade do que poderia conter aquelas folhas e sim pelo conhecimento de como um adulto naquela época percebia a sua vida inserida nesse tempo, com suas dificuldades, segredos e conquistas, sobretudo morando na roça, distante como eu do mundo lá fora.

Foi tudo muito inesperado aquele momento, ali no hospital, deixando-me agitado, quase sem fôlego.

20

Três semanas depois da nossa entrada no Hospital Nossa Senhora Auxiliadora, na cidade, já estávamos preparados para a volta à fazenda com a Madrinha bem melhor, apesar das sequelas deixadas pela enfermidade. Em casa, durante aquelas semanas, o Tonho já tinha contratado a Luíza para ajudar nos afazeres do dia, a mesma moça que veio com a família do Norte de Minas, a quem ajudei na mudança com o carro de bois. Para ela o trabalho não era de tudo desconhecido, pois ajudava em sua casa desde pequena, como ficamos sabendo depois pela Madrinha.

No dia em que a Madrinha receberia alta do hospital, vieram da fazenda, trazidos no jipe pelo Sr. Deoclécio, o Tonho e a Raimunda do Pedro para ajudar no que fosse necessário. Chegaram cedo, mesmo antes das oito horas da manhã. Ao ver que tudo estava melhor com a Madrinha e que o Dr. Cellini havia autorizado sua saída do hospital apenas na parte da tarde, sem muito assunto, o Tonho me perguntou se eu havia gastado o dinheiro que trouxe comigo. "Faltou alguma coisa, algum dinheiro?". Respondi que não, e expliquei-lhe que não me deixaram gastar nada do que trouxe, pois tudo que precisei, a freira de chapéu branco como flor do copo de leite trouxe para mim, sempre com a carinha vermelha e risonha.

Contei para ele que quando aquela irmã soube pela Madrinha que eu gostava muito de ler, ela se apressou em me emprestar alguns livros infantis para me distrair e também ler algumas histórias para os meninos e meninas doentes que ficavam na enfermaria das crianças. No final da primeira semana da nossa chegada ao hospital ela me convidou para conhecer as crianças enfermas, quando me sugeriu que lesse para elas pequenas histórias ou contos engraçados que as distraísse, e, se possível, rirem um pouco. Algumas, mais adoentadas e sem forças para compreender o que estava acontecendo, não se interessaram muito, mas também, não se opuseram à minha presença e às minhas histórias. Preferiram permanecer no seu silêncio, encolhidos e pequeninos, quase imóveis, com os olhinhos bem atentos para nada perder do que ouviam.

Alguns dos meninos mais arredios gostavam mais quando eu lhes contava da minha vida na fazenda e do meu interesse pela plantação e colheita do café. Depois daquela primeira experiência de ler para aquelas crianças doentes, ou de lhes contar sobre a minha vida de menino da roça, eu me lembrei com muita saudade da minha mãe e de suas dificuldades em se comunicar com o mundo. Mas, principalmente, da falta que ela me fazia por tantas vezes aceitar que eu lhe contasse minhas façanhas de criança, minhas experiências e descobertas. E, sobretudo, quando lia para ela alguma coisa anotada ou aprendida na escola, eu percebia no brilho dos seus olhos o quanto ela ficava feliz e me envolvia de carinho, dizendo-me à sua maneira que me amava para todo o sempre.

Voltei várias vezes àquela enfermaria das crianças levado pela irmã de chapéu branco engraçado e sempre no mesmo horário, no final da tarde, depois do jantar, servido antes das seis horas. Fiquei finalmente conhecido pela criançada doente e, com mais entusiasmo, pelas enfermeiras e suas ajudantes como o menino que contava histórias do cafezal. Para me compensar, traziam-me de vez em quando um café especial como diziam, acompanhado de biscoitos e bolachas da cidade que até então eu não conhecia.

Aproveitando a presença da Dona Raimunda do Pedro no hospital e como a minha Madrinha teria alta somente na parte da tarde, o Tonho me chamou para dar uma volta com ele pela cidade, para conhecer um pouco as coisas, as lojas e as praças. Mas, principalmente, como pude perceber naquele gesto, ir também conhecer a Catedral, com seus santos silenciosos e vigilantes, para agradecer pela recuperação da Marinha e sua volta para casa.

A primeira e única vez que estive na cidade e naquele hospital havia muitos anos e pouca coisa ficou na minha lembrança. Vim na ocasião acompanhado pela Madrinha que não saiu de perto de mim, pois estávamos de papéis invertidos. Ela era a minha acompanhante, quando fui operado do apêndice e sobrevivi aos cortes, pesadelos e medos. Naquela vez minha percepção foi diferente em relação à cidade, pois não tive vontade de conhecer nada, pois o que eu mais queria era retornar para a fazenda e reencontrar a minha mãe e coisas de criança.

Dessa vez, cuidadoso comigo como sempre, o Tonho queria mesmo me permitir gastar do dinheiro que trouxe com alguma coisa que eu quisesse muito. Uma espécie de compensação paternal, ou coisa parecida, por eu ter ficado por tantos dias em companhia da Madrinha naquele hospital, numa situação muito difícil, mesmo para um adulto como ele. "Já pensou no que quer comprar com o seu dinheiro, filho?", perguntou o Tonho. "Pode ser um dicionário, Tonho? Um dicionário de francês?".

Fomos para casa no final da tarde, levados no jipe do Sr. Deoclécio.

Naquela noite eu não dormi direito, sentia-me ansioso, sem nenhuma razão aparente, quando esperava ficar mais tranquilo por saber que o pior ficara para trás. Mas também pelas possibilidades que aquela experiência resultaria sem que me apercebesse enquanto estive ao lado da Madrinha. Nossa casa permaneceu cheia até bem tarde da noite, quando as pessoas, em visita à Madrinha, se despediram de jeito a não permanecerem dúvidas de que estavam ali solidárias e dispostas a ajudar no que fosse necessário para que nossa vida retomasse seu caminho. A maioria dos homens e mulheres da redondeza nos visitou naquela noite.

Como era uma fazenda muito antiga, tocada por pessoas mais velhas, apenas um neto de colo acompanhava uma avó naquela noite, a Raimunda do Pedro, cuja filha, casada com o Gigante, veio também em companhia. As pessoas ficaram curiosas, sobretudo as mulheres, sobre como foi passar aquelas semanas no hospital, longe da fazenda, sabendo todas elas que a Madrinha nunca adoecera a ponto de sair de casa sem dia e hora para retornar. Era mesmo uma novidade, principalmente porque poucas pessoas da região eram levadas ao hospital numa condição semelhante.

"Nunca adoeci, cumadre, mais do que um dia, nesses ano de vida aqui na terra, qui Deus, nosso sinhô, me deu!", relembrava para as amigas que a conheciam há muitos anos, sobre sua saúde. "Nunca fui além da Gameleira buscá ajuda na doença. Era Deus no céu e a cumadre Nenê com o Deoclécio aqui na terra", concluía, olhando agradecida para os dois ali na sala. O farmacêutico de pé, encostado ao batente da porta de entrada, apenas deu um riso pequeno, solidário, como a dizer que nada fez além do que devia.

Dona Regina, assentada na outra extremidade do mesmo banco em que estava a Madrinha, ao lado da Piedade, ambas trazidas mais cedo na charrete pelo Zico diretamente da escola, acrescentou que todos ficaram apreensivos e esperançosos de que tudo se passasse da melhor maneira. "Fizemos uma novena na Gameleira, Natividade. Mesmo o Padre Juquinha, enquanto acompanhava uma reforma do telhado da igreja que terminou há uma semana, participou todas as noites na sacristia, puxando a reza. Mandou dizer, e agora repito com suas mesmas palavras 'que no meu retorno à cidade vou celebrar uma missa na Catedral em intenção da melhora da Natividade'".

Ao perceber aqueles gestos de amizade, a Madrinha ficou comovida, mostrando não ter palavras para agradecer naquele momento, mas que rezaria também por todos os amigos pelo resto de sua vida. Ela, durante as horas daquela visita – e de outras mais que se sucederam por quase uma semana – disse aos amigos o quanto a minha presença ao seu lado no Hospital lhe favoreceu a que tivesse forças para se recuperar para retornar para casa. "Ela gosta mesmo muito de mim", pensava do meu canto, sem dizer palavra.

"É um minino de oro, esse minino!", repetia. Eu ficava com vergonha. Mas, no fundo, sem dúvida alguma, até que eu gostava de dividir as atenções das pessoas que queriam saber com mais detalhes sobre a Madrinha. Ao mesmo tempo, ainda que para improvisar algum agrado, queriam também saber como pude me distrair e passar o tempo durante as semanas em que permaneci sozinho com ela no hospital, sem reclamar. Expliquei do meu jeito, que preenchia as horas me distraindo com os livros trazidos pela irmã de chapéu engraçado, como também lendo histórias e contando casos da minha vida na fazenda de café para os pequenos da enfermaria das crianças. "É meso um bom minino, esse Miudinho, Natividade, benz'o Deus! ", concluía a Dona Nenê Benzedeira, assentada ao meu lado, envolvendo-me com um abraço, como sempre fazia quando me tinha por perto. Eu gostava do seu aconchego.

Apesar disso, até certo tempo naquela primeira noite em casa, gostaria que o tempo passasse mais depressa e chegasse a hora de permitir que a Madrinha repousasse um pouco. Eu estava mesmo preocupado pela sua saúde, mas compreendi que depois de tantos dias isolada naquele hospital e do convívio daquelas pessoas amigas, ela precisava também desses momentos especiais para se sentir melhor, certamente. Sem mais o que falar sobre a minha experiência naquele hospital, eu continuava ligado a tudo que se passava naquela noite, assentado agora no assoalho, enquanto via chegar mais pessoas atraídas pela notícia do retorno da Madrinha. Os que agora chegavam, ocupavam os poucos espaços que restavam nos bancos e cadeiras da pequena sala da nossa casa. Havia também pessoas acomodadas na varanda, sobretudo os homens, reservados nas suas conversas. Assim que cumprimentavam a Madrinha – felizes pelo seu restabelecimento –, retornavam à varanda, aproveitando o momento para enrolar um cigarro e prosear com os companheiros sobre a vida.

A conversa entre os homens girava entre o calor que assolava os dias e a perspectiva de que a chuva não tardaria a cumprir o seu papel antigo de regrar as plantações, já que o milho já grassava nas encostas e o arroz, semeado nas várzeas há poucas semanas, começara a granar, como diziam. "E do café, Tonho, ocê tem notícia boa?", indagou o Pedro da Raimunda, que agora estava encarregado de espalhar calcário nas alamedas das lavouras, sobre o que o Tonho previa do tempo nos próximos dias. "Vai ser bom, sô Pedro, pode esperar", respondeu sem deixar dúvidas do que falava.

Quando o assunto ficou escasseado dentro da sala, algumas daquelas mulheres se distraiam olhando as fotografias da nossa família, pregadas no painel de madeira feito pelo Tonho. Fiquei orgulhoso daqueles retratos, pois não era comum tê-los assim tão bem ordenados nas casas dos camponeses da região. Como eu disse uma vez para a Madrinha, "gostaria que a história da nossa família pudesse ficar ali na frente de todos através daqueles retratos, ainda que poucos".

"Isso aqui é das minina, docê e da tia Verônica, Natividade?", perguntou a Piedade, virando-se para a Madrinha, quando percebeu o retrato em que minha mãe e a Aparecida, ambas com sete anos, encontravam-se abraçadas, segurando os cadernos, em frente ao Grupo Escolar do Distrito de Gameleira, em que entraram juntas no primeiro dia de aulas. "Isso mesmo, Piedade. São as minina", respondeu de pronto a Madrinha, feliz pela lembrança da filha no meio das amigas. "Naquele dia, Piedade, elas tava muito nervosa, as piquena. Mas dispois acostumaro de jeito, que só elas", concluiu.

Lembrei-me, naquele momento, das palavras da Piedade, ainda na escolinha da Dona Regina, quando lhe falei ter conhecido alguém nos armazéns do Patrão, na Gameleira, que tinha alguma semelhança com ela e o Zico. "A Verônica é uma tia qui nóis tem, meu fio. Ela é a mais véia da famia toda, óia procê vê! E num parece, num é meso?". Na sala, o assunto rendeu conversa, pois todos também queriam ver os retratos dispostos no quadro da parede que, apesar de poucos, puderam trazer boas recordações aos presentes. De vez em quando, atendendo ao chamado da Luíza que não se despregava do trabalho, atarefada na cozinha, eu deixava aquela conversa animada na sala para buscar mais uma rodada de café coado, broa de fubá e biscoitos de polvilho assados na hora, tudo ajeitado em uma bandeja esmaltada grande, decorada com ramos e flores do campo. Sem arredar pé do fogão, recomendava: "Leva mais esse bule com as quitandas lá prá sala e veja se tem caneca pra todo mundo." A moça antevia com base no que era consumido pelas visitas naquela noite, o momento certo de recomeçar tudo novamente. "Queria também agradar a Madrinha", pensei. Mais tarde, numa dessas idas à cozinha, a Dona Regina apareceu em seguida, trazendo da sala a bandeja esmaltada com algumas canecas vazias. Parada no final do corredor, na entrada da cozinha, perguntou com um sorriso amigo, dirigindo-se à Luíza, se poderia ajudar em alguma coisa. Percebeu que quem estivesse na cozinha não teve tempo nem mesmo de aparecer um pouco na sala, junto das demais mulheres. "Posso lavar vasilhas ou mesmo fazer qualquer coisa para aliviar o seu trabalho, menina?".

"Tem importância, não, Dona. Tô bem aqui na cozinha, como é do meu agrado. Gosto de ficar mais quieta. Tá faltando alguma coisa lá na sala?", perguntou assustada, enquanto caminhava até a entrada do corredor para pegar o que a velha professora trazia às mãos. "Não, não falta nada minha querida, está tudo muito bom e gostoso. Você está de parabéns pelo trabalho", virou-se em seguida para mim, que enchia com água do filtro a moringa de barro que ficava num suporte pregado no canto da parede, ao lado mesa da cozinha. "Como vão as coisas, filho, vejo que não tem tido muito tempo para mexer com o café que tanto gosta, não é mesmo?", perguntou-me também como iam minhas leituras na biblioteca da fazenda. Assuntos que acompanhava, segundo ela, quando o Patrão de tempos em tempos almoçava na casa dos primos aos domingos no Distrito de Gameleira. "Era o momento dos parentes colocarem as conversas em dia", pensava cá comigo. "Já que não posso mesmo ajudar", continuou a professora, dirigindo-se à mesa, enquanto puxava uma cadeira mais próxima, "venha depois conversar um pouco com a sua professora. Leve primeiro esta moringa com água lá fora na varanda e volte até aqui, quando puder".

Naquele intervalo em que precisei ficar além do que queria na varanda para explicar sobre os meus dias passados no hospital – a pedido do Sr. Deoclécio –, Dona Regina solicitou um copo de leite e mais um pedaço de broa de fubá, sendo atendida imediatamente pela solicitude da Luíza. As duas conversaram um pouco sobre as condições da saúde da Madrinha, conduzida pelo que a professora sabia do caso e outras coisas que certamente interessam as mulheres quando estão juntas e solidárias. Dona Regina tinha a intenção de sugerir à Luíza que cuidasse da alimentação da casa, com menos sal nos temperos: "O sal em excesso não é bom para a saúde, Luíza. Nem para os moços, quanto mais para os velhos", completou, dizendo que repetia as palavras do irmão, farmacêutico, em casos semelhantes.

Assentados finalmente juntos à mesa da cozinha, conversamos por bom tempo até Dona Regina ser chamada do corredor pela Piedade, dizendo-lhe que o irmão, do lado de fora – tendo se despedido de todos – as conduziria de volta no jipe. "O Zico, já vortô com a charrete, Dona Regina, e já passa das dez hora", justificou.

A casa retornou ao seu silêncio quando a Madrinha já estava recolhida ao quarto, depois de rezar em agradecimento à Nossa Senhora Aparecida pela saúde, olhando para a imagem da santa sobre a mesinha, disposta entre dois buquês de rosas fresquinhas colocadas ali pela Luíza. Falava baixinho tudo o que agradecia à Santa, desde o cuidado do Tonho em chamar o farmacêutico em Gameleira até a decisão em levá-la ao hospital, por sugestão do Sr. Deoclécio que também interveio junto ao Dr. Cellini, no hospital, para permitir a minha presença a seu lado enquanto ficou internada. Da mesma forma, agradeceu a visita dos amigos naquela noite e das lembranças boas propiciadas pelas fotografias dispostas na parede da sala, no quadro de madeira feito pelo Tonho a meu pedido. Cansada, mas feliz pelo retorno, adormeceu antes da meia-noite.

Em minha cama relembrei angustiado dos primeiros dias passados no hospital em que fiquei com muito medo que ela morresse ou que não tivesse melhora; ficasse entrevada ou coisa assemelhada. "A pressão dela voltou a subir, Doutor", recordava o que dizia uma enfermeira baixinha de bochechas avermelhadas, encarregada de preencher a tabuleta dependurada ao pé da cama, onde anotava todas as medições que fazia, seja da pressão, da temperatura ou da contagem do latejo do coração, que ela chamava de "batimentos cardíacos", para o médico. "O caso dela é grave, já teve dois enfartos", repetia outra, na troca de plantão, deixando-me sem mesmo saber do que se tratava. Se já não bastasse, seu semblante era de tristeza e desesperança, o que jamais pude perceber em minha Madrinha em outra situação que não fosse quando lavava as vasilhas na bica, ao se deparar com o prato esmaltado vermelho da minha mãe: "Vai lá no galinheiro, pra mim, meu fio. Acho que as galinha cacarejô!", dizia assim para me afastar e não a perceber entristecida.

O médico tinha razão. O hospital não era mesmo lugar apropriado para uma criança, pois há muito sofrimento que jamais se imagina. Além disso, havia o cheiro forte de remédio e da creolina que se espalhava pelos corredores, quando o pessoal da limpeza usava para desinfetar banheiros e latrinas. O lamento e a agonia dos doentes com seus problemas incompreendidos ressoavam nas paredes azulejadas nas madrugadas. Ao tentar compreender o que lamentavam, não conseguia pegar no sono, ficando ali sob uma luz pequena e solta sobre a cabeceira da cama, que oscilava bem fraquinha entre o amarelo e o vermelho.

Era mesmo penoso perceber essas coisas tão de perto, sem poder fazer nada para abreviar o mal que afligia a tanta gente, além do que também vivenciava na Madrinha bem a meu lado. Sobretudo para uma criança da roça como eu, apesar de já ter vivido coisas difíceis para qualquer pessoa, nova ou velha, como a passagem da minha mãe que morreu sozinha comigo ao seu lado. Pelas circunstâncias, percebia existir pouca esperança em voltar para casa com a Madrinha em condições de assumir o trabalho ou mesmo cuidar das suas coisas. Até aquele momento eu não sabia da presença da Luíza em nossa casa para ajudar nas tarefas do dia a dia. A possibilidade de se repetir o que vivemos com a minha mãe, me apavorava. Não pelo trabalho, mas pela compreensão de que as pessoas próximas – aquelas que mais amamos –, não permanecem conosco como gostaríamos.

Por um bom momento no meu quarto, naquela noite, entreguei-me em pensamentos mais confusos, enquanto olhava para o telhado alumiado apenas por uma fresta de luz difusa que vinha da cozinha. Sentia-me desassossegado por permanecer acordado naquela hora, obrigado a continuar deitado somente por que era noite e que eu deveria dormir como todos naquela casa. Tive vontade de me levantar e sair do quarto, diferentemente do que me ocorria no hospital em que eu era mesmo obrigado a ficar no meu colchão, na minha cama improvisada, deitado ao lado da cama de ferro da Madrinha na enfermaria.

No primeiro momento, pensei em me dirigir à varandinha da sala, assentar-me no banco de madeira e, como era lua nova, perceber a noite iluminada somente pelos vagalumes e estrelas, na expectativa da chegada daquelas que surgiriam aos poucos sobre a silhueta da mata. Como eu não teria a companhia da Madrinha naquela noite na varanda – que nesses meus momentos de insônia se abeirava gentilmente para passar o tempo a me contar história das Três Marias e dos cometas – resolvi que não seria bom ficar por ali sozinho. Minutos depois, como todos estavam mesmo dormindo – inclusive a Luíza que naquela noite ficou em casa para ajudar a Madrinha no que fosse necessário – fui até à cozinha para me distrair com alguma leitura, sob a luz do lampião, deixado aceso no pavio baixo, como de costume. Animado pela conversa que tive com a Dona Regina, levei comigo alguns livros e o dicionário que ganhei do Tonho no passeio pelas ruas da cidade.

Percebi que também pesava a ansiedade em começar a ler o pequeno dicionário de francês que me possibilitaria, na medida do possível, compreender aqueles livros velhos, assim como as anotações do diário da antiga patroa, encapado com tecido desbotado de seda rosa. Fui acordado, debruçado sobre a mesa, quando o Tonho abriu o trinco da porta da cozinha ao se dirigir à bica para lavar o rosto.

21

A melhora da Madrinha não foi de tudo satisfatória, apesar do empenho de todos da casa, como também da Dona Nenê Benzedeira, que não arredava pé de sua presença sempre que podia, apesar da idade. A velha chegava a nossa casa no comecinho da manhã, trazida de charrete pelo Juca, o neto criado como filho e que, a pedido, acompanhou o corpo do irmão do Patrão desde Mato Grosso. Antes de entrar, e mesmo de sacudir a poeira da sandália, fazia o sinal da cruz, benzia o local, dali mesmo da varandinha, arrematando com duas ave-Marias, para, na sequência, anunciar: "Natividade, cheguei!". "Lorvado seja! Entra Cumadre Nenê, tô na cozinha. Entra!...", gritava com a voz cansada a Madrinha, ao lado do fogão junto à Luíza, que saia ligeiro, caminhando até à sala, para abrir a porta à velha Benzedeira. Muitas vezes ali passava o dia em companhia da Madrinha. Conversa não faltava. Permanecia até quando o neto voltava mais tarde do trabalho nos armazéns do Distrito para buscá-la, quando aproveitava para tomar um café com biscoitos feitos, agora, pela nova ajudante.

Nas primeiras semanas era constante a presença das pessoas em nossa casa para saber das novidades. Todos queriam ajudar e marcar presença. Mesmo o Patrão, que ficou fora durante todo o processo, na noite em que chegou do Rio de Janeiro, trazido da Estação Flor de Minas pelo primo Deoclécio, passou primeiro em nossa casa para saber de perto como as coisas se encaminharam nas últimas semanas. Depois daquele dia, quando solicitado, esteve sempre disposto a ajudar no que fosse necessário. Quando pouco, indagava do médico na cidade o que fazer em caso de dúvida na convalescência da Madrinha.

Ela retornou do hospital com muita dificuldade de andar, com o lado esquerdo um pouco esquecido, de tal modo que o Tonho providenciou para ela uma bengala. Usou das melhores madeiras encontradas na serraria da fazenda, como pau ferro, na parte reta, e jacarandá marchetado de pau-brasil, nas partes curvas do cabo. "Ocê feis um bom trabalho, Tonho. Labutô direitim... Iguarzin ao seu avô, Petrônio, naquilo qui o véio Patrão percisou na casa da fazenda", elogiou agradecida pelo esmero que percebeu no trabalho do Tonho na feitura da bengala, sabendo o quanto o genro admirava as habilidades do velho avô na lida com a marcenaria fina. Ganhou dele, semanas antes de sua morte, suas ferramentas preciosas, compostas de goivas, formões, tornos, grosas, macetes de chifre de boi e de madeira, além de instrumentos especiais criados por ele para esculturas e filigranas delicadas incrustadas na madeira. Ser comparado ao que fazia o avô marceneiro era para o Tonho a glória mais completa, fazendo-lhe clarear o rosto de satisfação, com um pequeno riso no canto da boca, prosseguiu: "Também não é assim, né Natividade? Igual ao vô Petrônio, nem de longe!".

Respondia com uma ponta de orgulho àquela comparação intuída no que tinha de mais precioso em suas lembranças daquele velho marceneiro e seu tempo.

Apesar desse cuidado e do humor em alta, de tempos em tempos percebia-se que o corpo dela não acompanhava o que lhe ordenava a mente, que continuava ativa e determinada como sempre, apesar de mais vagarosa nas expressões. Havia também naquele rosto antigo um riso continuado em agradecimento ao que passou no hospital, aos médicos, às enfermeiras e a todos mais, por ainda estar viva e permanecer junto de nós: "Pelo tempo que quizé o Senhor", como sempre repetia em suas orações pela manhã e na hora de dormir, mesmo antes da sua passagem pelo Hospital Nossa Senhora Auxiliadora, na cidade. "A vida segue sua trilha enviesada, enquanto em nóis ismurece tinhosa e zombeteira", concluía anuída, quando percebia algum comentário de pesar pelo que passou. Entretanto, como sempre demonstrou, mesmo nas dificuldades mais temidas, era muito positiva e preferia pensar à frente do seu tempo, sem abrir espaço no presente para lamentações e penas do passado.

Fiquei algum tempo sem retornar às leituras na biblioteca da fazenda, pois o dia era pequeno para acudir ao que fosse necessário, ainda que a Luíza fizesse os trabalhos mais pesados da casa em ajuda à Madrinha, seja na cozinha ou na bica da varanda. "Vou te preparar, menina Luíza. Vou te ensinar, tudinzin, ocê vai vê", repetia para a ajudante, oscilante em sua bengala empunhada pela mão direita, mas firme em contribuir para que as coisas voltassem ao normal, apesar de perceber que nada estaria fácil dali para frente.

Os dias se seguiram bem. A partir de certo tempo a Madrinha sentiu-se mais tranquila vendo o desempenho da moça que se ajustou aos serviços da casa. "Entrou na rotina", como se dizia. Quando as coisas tomaram jeito, pude retornar ao trabalho na roça, ajudando no que fosse necessário e possível para uma criança da minha idade. Achava tempo de me distrair com minhas coisas preferidas como conduzir o carro de bois, ler livros e revistas, como também nadar no remanso do riacho das pedras nos dias quentes, pescar, caçar rolinhas com minha atiradeira ou preparar arapucas de taquara para pegar pombas juritis perto do monjolo. Mas, sobretudo, me distraía naquilo que eu mais gostava, como aprender sobre o café na lavoura, no terreiro, como também na classificação, além das alternativas de conhecimento apresentadas na biblioteca.

As espigas de milho granando nas encostas mostravam que o novo ano prometia boa safra, enquanto as chuvas caíam como previa o Tonho, regulares, sem altos e baixos. Apesar de tudo, para compensar o ritmo diário de idas e vindas à biblioteca, que não dava mais para fazer na maioria daqueles dias, continuei minhas leituras em casa mesmo, já que trazia comigo, emprestado, alguns livros da biblioteca da casa grande. Por algum motivo, que não sei bem porque, resolvi manter segredo sobre o meu achado na biblioteca da fazenda. Primeiro por ainda não saber ler e compreender ao certo o que havia escrito em suas páginas, e por me certificar ser necessário estudar francês além do que imaginava no início. No momento decidi abri-lo novamente somente quando me sentisse completamente pronto, ainda que me custasse o tempo que minha curiosidade não resistiria. "É preciso começar com outras leituras", pensei. "Livros não me faltam nestas estantes".

Comecei a aprender alguma coisa com o auxílio do pequeno dicionário comprado na cidade, "quebrando a cabeça", como dizia o Tião ao filho. Descobri no fundo de umas das estantes da biblioteca um velho livro de citações – uma espécie de resumo de frases feitas –, em que pensamentos e provérbios escritos em latim eram traduzidos, logo abaixo, para o francês e o português. Confesso que a maioria do que ali estava escrito eu não entendia, pois havia expressões complicadas que não faziam nenhum sentido para mim. Passado algum tempo, eu já compreendia algumas expressões, mas com certa dificuldade. Imaginava, no início, como deveria ser a pronúncia das palavras, lendo-as como vinham na minha cabeça. Era engraçado não saber nada disso, ou mesmo adivinhar falando alto, como se fossem escritas em português. Às vezes me pegava rindo sozinho, tentando descobrir o impossível. Entretanto, vez ou outra, beiravam-me lembranças vagas da pronúncia de algumas palavras em francês lidas pela professora, quando traduzia o que ela chamava de fábulas clássicas da literatura, como as *Fábulas de La Fontaine*, as mesmas que eu lia de vez em quando para a minha mãe, anotadas em meu caderno de escola, em português. Depois, a professora nos explicava o que queriam dizer aquelas palavras bonitas contidas nos pequenos poemas em que se misturavam conflitos de homens e animais falantes que, certamente, serviam para crianças e adultos.

Mas o grande impulso que tive nessa empreitada me foi proporcionado pela Dona Regina, na conversa que tivemos, assentados à mesa da cozinha, enquanto a Luíza preparava o necessário para atender aos que ainda permaneciam em visita à Madrinha no dia do seu retorno do Hospital. Falei do meu propósito de ler a maior quantidade possível de livros daquela biblioteca e do progresso que percebia a cada semana, sobretudo pela diversidade de temas escolhidos, sem uma escolha direcionada, ainda que tivesse minhas preferências. Ela sabia da minha facilidade com a leitura e de memorizar o que lia, mesmo textos longos e difíceis para uma criança da minha idade. Também lhe disse que lera livros sobre plantas, doenças, viagens e outras curiosidades, além das páginas ilustradas dos livros estrangeiros, nas estantes de livros raros, cujas gravuras da natureza eram minhas preferidas. Como eu dormia muito pouco, minha leitura se estendia, às vezes, até altas horas da madrugada.

"Minha maior dificuldade, Dona Regina, é com os livros escritos em francês. Em inglês, nem se fala", expliquei-lhe, em seguida, que apesar de relacionar uma ou outra palavra, pela semelhança que associava ao que conhecia em português, a maioria delas não fazia sentido. Ao perceber minha determinação e de me ouvir com cuidado, ponderou: "Tenho facilidade com francês, meu menino. Posso te ajudar, quando quiser". Em seguida, explicou que quando jovem conversava somente em francês com a Tia, que era amante dessa língua, como a própria mãe que perdera quando era ainda muito criança. Falou-me que as duas, mãe e tia, nascidas e criadas no Rio, estudaram em certo Colégio Imaculada Conceição, de freiras francesas, com as quais conviveram durante muitos anos, e que também havia uma família de judeus franceses que moravam no mesmo bairro, cujas filhas eram suas melhores amigas, com quem podiam conversar nessa língua e ler romances franceses trazidos com elas quando se exilaram no Brasil, em meados do século passado. As irmãs cariocas se casaram com dois fazendeiros amigos mineiros do povoado de Gameleira e se mudaram para o interior de Minas, num tempo em que as estradas e trilhas – abertas com foices e enxadas, por onde mal passavam burros e carroças – atravessavam matas e fazendas desse mundo de Deus.

Adiantou-me que no próximo ano letivo – apesar da escolinha continuar sob sua direção –, a prefeitura assumiria os encargos e despesas com a manutenção, contratando uma professora nova, formada do curso de magistério do Colégio Nossa Senhora do Carmo, na cidade. A moça era sobrinha da Piedade. Da mesma forma, completou que conseguiram voluntários para ensinar leitura aos adultos, aos sábados na parte da tarde e nas quartas-feiras à noite, quando a nova professorinha também participaria. Aos sábados, teriam a ajuda do Sr. Deoclécio, agora restabelecido. Contou-me que apenas coordenaria os cursos, ficando de folga a maior parte do tempo, principalmente nas quartas-feiras à tarde. "Quem sabe você não participaria também, como fez com o Zico e a Piedade quando lhes ensinou a ler, praticamente sozinho? Você poderia ajudar o Deoclécio nos sábados à tarde, meu menino. Quando sentir necessidade, procure-me para tirar dúvidas de francês. O que você acha?".

Tomado de surpresa, minha resposta foi imediata e positiva. Vieram à memória a descoberta do analfabetismo da Piedade e a morte da minha mãe, pois tudo ocorreu na mesma ocasião. Refeito, não tive outra reação que não fosse abrir um largo sorriso de alegria. Tive vontade de abraçá-la, mas me contive. Era muita coisa acontecendo ao mesmo tempo em meu espírito, tanto que até aquele momento estava muito voltado para o retorno da Madrinha em nossa casa.

Levantei-me da cadeira e me dirigi à varanda da bica para chorar, não sei por quê. Lá fora a noite estava escura e nada podia ser visto além do que permitia a fraca luz que vinha do lampião da cozinha através da porta. A água da bica corria livre como o meu pensamento que se prolongava para além dali. Era uma sensação estranha, mas agradável. Cheguei mesmo a pensar que era uma recompensa por muita coisa que eu jamais pensava merecer. Corrigi-me prontamente: "Recompensa de quê?", pois, nunca me sentira prejudicado em nada para ser recompensado. Talvez as leituras recentes dos romances e outros livros das histórias que lia daquela biblioteca, podiam estar me influenciando a supor que eu deveria ser recompensado de alguma maneira.

"Era mais simples quando eu não sabia de nada disto", pensei. Apesar de tudo, minha vida não era fácil, como nada é fácil na roça, ainda mais para uma criança. Era mesmo estranho pensar nas circunstâncias em que as coisas tomavam rumos diferentes, mas eram apenas pensamentos. Minutos depois, ainda naquela varanda da bica, com os olhos que já me possibilitavam enxergar o contorno das árvores em contraste com a luz das estrelas atrás da mata, Luíza veio me dizendo que a professora estava sendo chamada para voltar para casa com o irmão, que a esperava no jipe do lado de fora. "Ela quer se despedir de você. Vai lá, vai!".

22

As semanas que se seguiram do retorno da Madrinha do hospital transcorreram tranquilas, sem muita novidade na lida da fazenda. Mesmo o tempo parecia obedecer ao que havia previsto o Tonho desde a florada de setembro. Pressentiu também que teríamos chuvas regulares e o começo da panha da próxima safra, na última semana do mês de maio. As coisas em nossa casa iam bem, com a Luíza dando conta do trabalho, apesar das dificuldades da Madrinha, cada dia mais presa ao corpo defeituoso que não ajudava. O importante é que ela ainda estava entre nós e bastava.

Na noite da véspera do natal daquele ano, estávamos assentados no banco da varandinha da nossa casa, eu e a Madrinha, conversando sobre as coisas da roça e observando as estrelas que mais gostávamos. Da sala ouvia-se o som do novo rádio da casa, instalado sobre uma mesinha nova feita pelo Tonho na marcenaria da fazenda, agora com novos equipamentos elétricos. Havia se passado pouco mais de um mês desde que técnicos da Empresa Força e Luz da cidade – agora com uma nova usina de geração instalada na Cachoeira do Sumidouro que ficava em um rio próximo de Gameleira –, fizeram a ligação elétrica da fazenda. "Já não era sem tempo", disse o Patrão, na ocasião, ao se lembrar de que a promessa da chegada da energia elétrica na fazenda antecedia meu nascimento.

A noite estava fresca, apesar de o dia ter sido quente, ameaçando chuvas de verão no final da tarde, que não aconteceram. Ouvíamos a Missa do Galo que nos chegava através da Rádio Nacional do Rio de Janeiro, celebrada por um bispo na Capital. A Madrinha escutava a liturgia, enternecida, dizendo-se feliz em ter dentro de casa a Santa Missa ouvida com nitidez, apesar do incompreensível latim falado pelo padre na consagração. Eu, menos atento ao rito e com a cabeça encostada em seu ombro, buscava identificar no céu escuro – entre a franja do telhado e a silhueta da serra no horizonte, que ficava além da sede da fazenda – as estrelas que surgiam e se mesclavam no meio de tantas outras de nomes desconhecidos.

Pelo avançado da hora, percebia-se que as Três Marias, de quem eu e a Madrinha mais gostávamos, já não eram mais vistas naquele pedaço de céu percebido do banquinho da varanda. Tinham atravessado o alto do céu em direção ao poente, confundindo-se no rastro leitoso da luz das estrelas mais distantes que se amontoavam na noite escura. Sem mais nem menos, percebi que as olhava de forma diferente, menos contemplativo do que quando eu, ainda muito pequeno, me aconchegava em seu colo quando perdia o sono e escutava histórias da noite. Buscava agora identificar ligações ou formações curiosas nas estrelas com algumas das que aprendi sobre lendas dos deuses gregos nos livros da biblioteca. Tive a intenção de contar para a Madrinha sobre o que agora sabia sobre elas, mas recuei para apenas admirar o que a noite na roça, no seu silêncio, nos reservava de seus segredos, entre um movimento rápido do voo rasante de morcegos à nossa volta, em busca de insetos ou dos sons sem mistério vindos da mata, no fundo da casa. Por um momento pensei no Rubião, o velho lagarto cotoco, que naquele momento possivelmente dormitava em alguma greta das pedras do muro ao lado da Tulha Velha, pois não era senhor da noite.

"Será que o Rubião contaria histórias sobre estrelas? ", pensei, imaginando-o agora, carrancudo em seu espaço, gesticulando a cabeça num interminável "sim", mais interessado em sonhos e desejos de lagartos. "Posso contar apenas lendas do sol", diria, se pudesse. No entanto, saindo do meu sossego, resolvi que era melhor conversar sobre lendas e estrelas com a Madrinha, sobretudo porque, paciente e atenciosa, ficava feliz em perceber meu entusiasmo por novidades e descobertas. Era também o momento de permanecer mais algum tempo por ali em sua companhia, dando fôlego inconsciente à minha infância que percebia fluir a cada momento. Dessa forma, criar conversa e motivação sobre algo que dizia respeito ao que gostávamos de compartilhar juntos, falando sobre as coisas, já que o sono não me era companheiro.

"Madrinha, li em um dos livros da fazenda uma história antiga sobre a formação das Três Marias", contei-lhe sobre a lenda envolvendo Apolo, sua irmã gêmea Diana, a caçadora, e seu amado Órion, um gigante de quem Apolo tinha ciúmes. E como Zeus, a pedido da deusa, o transformou na constelação que leva seu nome. Conclui dizendo-lhe que as Três Marias, marcariam o cinturão do gigante, morto acidentalmente pela flecha da caçadora.

"Pois não é qui na famia do meu pai aconteceu arguma coisa parecida?", observou curiosa ao que lhe falei da lenda das estrelas que ela mais gostava. A Madrinha contou que por surto de ciúme do namorado da irmã gêmea, sua tia Maria de Lourdes, que nunca conheceu, matou Maria da Penha na presença do moço. Por impulso, pegando a arma, o namorado matou a gêmea que ficou. Maria da Graça, a irmã mais nova, que tudo assistia, tentou impedir a tragédia, sem êxito. O rapaz fugiu, deixando para trás o punhal ensanguentado. As moças foram enterradas, um dia depois, no cemitério do Distrito de Gameleira. O moço, desaparecido, foi encontrado morto na manhã do dia seguinte ao enterro, ao lado da cova das Marias gêmeas, abraçado ao corpo da Maria mais nova. "Dessa manera istranha, meu avô, perdeu as fia que tinha: as Três Maria. Meu pai, ainda de colo, ficô fio único".

Permanecemos na varandinha da casa ainda por mais algum tempo, matutando sobre essa lembrança antiga da Madrinha, desatentos agora ao que acontecia além daquele espaço da casa entre sons e movimentos da noite e brilhos da madrugada. Contou, finalmente, que a fotografia antiga das três moças que ficava no baú da minha mãe era das suas tias da história. Contou que essa foto, a única lembrança das três moças, foi conservada com muito carinho pelo pai que lhe deu de presente no leito de morte. "Por isso é qui gosto tanto das Três Maria, meu fio. Como as da famia qui subiu pro céu".

Não havia mais ninguém em casa naquela noite, pois o Tonho, o Pedro e a Raimunda do Pedro aproveitaram uma carona no caminhão de leite e foram juntos para o Distrito, no final da tarde. Pretendiam visitar amigos e parentes, enquanto aguardassem a Missa do Galo, à meia-noite, que seria celebrada pelo padre Juquinha na Praça da Gameleira, como em todos os anos, já que a igreja de São João Batista, do Distrito, era pequena para grandes celebrações. Retornariam na madrugada para a fazenda, trazidos na caminhonete pelo

Patrão que também se encontrava em Gameleira, na casa dos Primos. Naquele ano, sem explicações, a Madrinha resolveu que ficaria em casa. Fiquei também para lhe fazer companhia.

Antes de se deitar, aproveitando o momento para descansar as pernas e de se recompor das lembranças que ressurgiram a partir da lenda das três estrelas, a Madrinha parou um pouco na sala, voltada para a parede onde estavam as fotografias da família no painel de madeira preparado pelo Tonho. Seus olhos iluminados e felizes repassavam devagar cada uma daquelas gravuras, dispostas ali como um livro aberto do tempo. Queria ver de perto aqueles retratos e que podiam agora ser admirados também à noite, com mais facilidade, sob a luz da lâmpada elétrica que iluminava a sala e aguçava os pensamentos. Não falou nada. Apenas olhou para cada um deles, permitindo perceber que buscava em suas recordações não somente o que ali estava estampado – ou a história do momento congelado no passado – mas o que cada uma daquelas pessoas representava de especial em sua vida. Virou-se para mim: "Ainda tem lugá aqui na tauba pro retrato das minha tia. Pega ele lá no baú da sua mãe, meu fio".

Minutos depois se despediu de mim com um abraço apertado e carinhoso, passando levemente a mão em meus cabelos soltos, como sempre fazia. Desejou-me um feliz natal e se recolheu em seu quarto para as últimas orações do dia, quando já passavam das duas horas da manhã. Foi a última vez que ela olhou para aqueles retratos. Morreu naquela madrugada mesmo, sem gemidos, sem dor, sem que ninguém percebesse qualquer movimento ou sons estranhos vindos do seu quarto.

Dona Nenê Benzedeira, trazida de charrete pelo neto, Juca, chegou à nossa casa por volta das sete horas da manhã, perguntando por ela da porta da sala, como de costume, mas especialmente naquele dia para cumprimentá-la pelo aniversário. Como não houve resposta vinda de dentro, acusando sua presença pelo "*Lorvado seja*", a velha benzedeira foi conduzida até o quarto da Madrinha pela Luíza, que já se encontrava em casa desde cedo para preparar o café da manhã, sem saber até aquele momento o que havia acontecido.

"Morreu como um passarinho!", observou a Dona Nenê Benzedeira, ao percebê-la desfalecida, apesar de quente, de semblante sereno e doce, como se ainda dormisse. Sem conhecimento da notícia, Tonho e eu estávamos no curral desde cedo, ajudando o vaqueiro com a chegada de uma cria nova, uma bezerra, que tivera problemas para nascer na madrugada.

23

Seis meses depois, segunda-feira, de manhã bem cedo, o sol de junho começava a surgir daquele lado costumeiro do terreiro de café, ainda sem nenhum sinal do Rubião que certamente dormia em sua toca, longe do frio que persistira até há pouco tempo, enrolado na névoa que encobria a serra. O lagarto seguramente não imaginava o que acontecera do lado de fora da toca nos últimos dias em que o sol se escondia atrás de nuvens grossas e o frio, dominado pelo tempo escuro, gelava o pé da serra, prenunciando a consternação que afetaria a vida de todos na fazenda.

Naquele momento preciso da manhã, a sombra esticada da ponta do mastro de São João Batista, que sustentava o quadro novo da pintura do santo ao lado da igrejinha da fazenda, indicava a poça de sangue coagulado sobre a terra pisada, onde caiu desfalecido o cavalo do Tião, dois dias antes, à meia-noite do dia 24 de junho. Isto, na presença de todos da região, em plena festa do Santo, preparada com antecedência pelo filho do Tião com bandeirolas, foguetes, bebidas, quadrilha e casamento na roça.

O cavalo, cambaleante no meio da noite, mas determinado em voltar para casa, retornara sozinho da Mata Grande onde o Tião caçava paca para fugir da festa de São João que deveria se estender até à madrugada. O animal, ainda arreado e com a carne do pescoço dilacerada por arma de fogo, morreu de olhos abertos onde caiu desfalecido depois de caminhar duas léguas pela noite em direção à sede da fazenda, deixando para trás o Tião. A chama flamejante da fogueira de São João, acesa do outro lado do largo da igrejinha, em homenagem ao santo – percebida por entre as pernas das pessoas que cercavam atônitas o cavalo abatido – refletia na calota do olho direito do animal caído, dançando como bailarina ao som dos estalidos da madeira incandescente. Ficamos ali, parados, tentando compreender o que havia ocorrido, por mais difícil que fosse o quadro instalado na frente de todos. O cavalo arreado e sem cavaleiro era mesmo o do Tião, sem sombra de dúvidas.

Na véspera, prevenindo-se de qualquer advertência, a Rosa do Tião – tendo brigado nos últimos dias com o marido que a reprimiu por ter se excedido na festa de Santo Antônio, no barracão da Prefeitura no Distrito de Gameleira, duas semanas atrás – avisou que na noite de São João, na fazenda, repetiria a dose. E, atrevida, como disseram os que ouviram, disse que dançaria com qualquer homem que aparecesse, sem distinção.

Na tarde do dia do Santo, no sábado, "sozinho com Deus", como dizia, Tião embrenhara-se nas trilhas da Mata Grande, a cavalo, atrás de paca, para esquecer as estripulias da Rosa que exagerou na dose no último Santo Antônio e não presenciar o que certamente ocorreria naquela noite. Autorizado, desta vez foi sozinho, pois o Tonho estava de plantão, dado que o Patrão se encontrava na Capital há vários dias.

"Não volto vivo de mãos vazias", praguejou vingativo o Tião, sem oferecer outra resistência às ameaças da mulher ao sair com espingarda, embornal e cavalo arreado. E não voltou, nem vivo nem morto. Seu corpo, dilacerado e com poucas partes restantes, foi encontrado na madrugada de domingo, à beira da nascente do Riacho das Pedras, dentro da Mata Grande. O que encontraram do corpo do Tião estava enganchado sobre o tronco de uma velha peroba caída há vários anos, mas que servia de pinguela sobre o curso d'água naquela parte da floresta.

"A onça comeu o que quis e deixou o resto pra depois", disse o Tonho desolado, ao ver o corpo do velho amigo naquele estado lastimável. "O bicho sempre volta no dia seguinte para continuar a comilança", concluiu desapontado. Um dos pés que não tinha sido dilacerado, coberto de moscas e borrachudos sedentos, estava chamuscado de pólvora e de chumbo.

Concluíram que o Tião e seu cavalo foram vítimas de uma armadilha de emboscada feita com espingarda cartucheira de dois canos – destinada a matar "bicho grande", como diziam –, amarrada por algum caçador furtivo no tronco de um velho jatobá, ao lado da trilha das pacas. O local do acidente foi localizado no dia seguinte pelo grupo comandado pelo Tonho que saiu imediatamente em busca do Tião, tão logo teve consciência de que o amigo poderia estar em perigo. A espingarda da armadilha, a cartucheira de dois canos, calibre 12, cujo dono jamais fora identificado – armada num tronco seco na descida da trilha para o córrego das pedras – disparou por acidente na altura do estribo da montaria, ferindo com chumbada grossa, pólvora queimada e buchas da munição, o pé direito do Tião e uma parte do pescoço do cavalo. O animal partiu em disparada morro abaixo, deixando para trás o caçador caído pelo caminho com o pé dilacerado. Desacordado, pois não houve sinais de luta no local da queda, seu sangue foi farejado pela onça e dois filhotes grandes, que o devoraram sem piedade. Segundo o Tonho, rastros recentes das onças-pintadas – da mãe e de dois filhotes grandes – foram encontrados pela diligência dos amigos que recolheram os restos do Tião, na beira do riacho sob a pinguela da árvore caída.

"A catinga do bicho tava ainda no ar", concluiu o Pedro da Raimunda que acompanhou a busca do companheiro de tantos anos. Das roupas que vestia apenas uma parte da calça, ainda presa na altura da barriga pelo cinto de couro cru, misturados às vísceras, permaneceu agarrada ao que restou do corpo, permitindo identificar que se tratava mesmo do Tião. O resto, rasgado e mordido, depois de esquartejado pelos bichos, foi arrastado até o local onde fora encontrado sobre o tronco caído, nas primeiras horas do domingo. Naquela manhã mesmo, o que restou do velho Tião – para que ninguém mais visse o tamanho da tragédia – foi enrolado em lona de caminhão e aconchegado em um pequeno caixão de madeira, adaptado pelo pai da Luíza de um caixote de enxadas que havia na serraria da fazenda. Tudo feito dentro da mata, ao lado do Riacho das Pedras, sem a presença do filho e da Rosa, ainda vestidos com roupas da festa. Os dois, assustados com o desfecho, preferiram aguardar o desenrolar da busca na boca da mata, no sopé do morro, enquanto os homens, comandados pelo Tonho, resgatavam partes do corpo e do couro cabeludo, dispersos junto com a ossada, morro acima pela trilha.

"Vingança da onça", disseram os mais antigos, lembrando a todos das histórias da matança que o antigo Patrão promovia quando uma criação da fazenda era abatida pelas onças da Mata Grande. Outros confirmavam ser mesmo vingança, mas de ocasião mais recente, em que o próprio Tião, num momento de desatino, havia arrancado uma paca da boca do bicho, aos berros de "larga a minha paca, onça desgraçada!".

"Maldade do destino" praguejaram outros, dizendo que a "sirigaita dançadeira" é quem deveria ter morrido desse jeito.

O que restou do Tião, sob o choro da mulher e do filho, abraçados ao Tonho, foi enterrado na tarde daquele mesmo domingo no cemitério do Distrito diante de uma multidão entristecida, jamais vista em todos os tempos em Gameleira. A turma da fazenda chorava copiosamente ao pensar numa perda violenta como aquela, sem razão ou piedade. Era mesmo triste de ver. Na manhã da segunda-feira que se seguiu à tragédia comentada e recontada por todos, os apanhadores de café agruparam-se inconformados ao redor daquele sangue coagulado do cavalo, minutos antes de receber instruções de onde começar o trabalho. A porta da igrejinha, deixada aberta pela Raimunda do Pedro no dia anterior, a pedido do Tonho, facilitou a que muitos pudessem rezar antes de começar a jornada naquele dia, em que a tristeza ainda reinava sobre todos.

Como o Tonho precisou ir até ao posto da polícia militar em Gameleira em companhia da Rosa e do filho para depor como testemunha do que ocorreu na morte do Tião, fiquei para cuidar do que fosse necessário para que "a vida continuasse", como diziam os mais velhos. O posto policial ficava ao lado da farmácia do Sr. Deoclécio, na Praça da Gameleira. Segundo o Tonho, o farmacêutico que tudo acompanhou no resgate do Tião dentro da mata, arranjando e limpando com álcool o que restou do corpo no caixão improvisado pelo pai da Luíza, teria avisado ao Patrão por telegrama do ocorrido logo após o enterro. O posto telegráfico do Distrito de Gameleira era, a bem da verdade, o da Estrada de Ferro Leopoldina, localizado na Estação Flor de Minas, responsável pelas encomendas, cartas e serviços postais dos moradores da região. Pela primeira vez, naquele mesmo dia – sem o Tonho, o Tião e mesmo o Patrão no comando –, pude compreender que na vida as coisas se ajeitam, apesar das dificuldades, e que o meu tamanho de menino miúdo não deveria ser empecilho para prosperar no que fosse necessário. Eu precisava dar conta das tarefas, pois percebia que mais cedo ou mais tarde esta seria a situação definitiva com perdas que percebia avizinharem-se com o passar do tempo.

No final da tarde daquela segunda-feira, recebi um recado enviado pelo Tonho dizendo que por recomendação do farmacêutico os três pegariam o trem na Estação Flor de Minas em direção à cidade para regularizar documentos que permitissem expedir a Certidão de Óbito do amigo. Esperava retornar no dia seguinte com os papéis. Souberam da impossibilidade do escrivão da polícia do Distrito de Gameleira em modificar a ocorrência policial feita às pressas no dia anterior por insistência do vigário que queria encomendar, sem demora, o que restara do morto, cujo corpo já começava a cheirar mal. Exigiram um boletim de ocorrência especial que permitisse ao cartório do Distrito de Gameleira expedir a certidão de óbito do Tião que não mencionasse que teria sido comido pela onça, por insistência da Rosa. A confusão foi formada porque o corpo foi identificado com base apenas no cinto de couro, pelo chapéu e restos de roupas encontrados no local.

Na Estação Flor de Minas a charrete e o cavalo ficaram aos cuidados de um primo afastado do Tião, funcionário da Leopoldina, que tomava conta do desvio de linha e do abastecimento de água do trem. O primo tinha um pastinho no fundo do quintal de sua casa, vizinho ao barracão utilizado pelos viajantes da Leopoldina, que deixavam suas montarias, animais e charretes aos cuidados remunerados da companhia ferroviária. Foi um dia muito tumultuado, com a maioria dos homens desacorçoados e ensimesmados com a história que não saia das conversas na panha e no terreiro de café: "Coitado do Tião", diziam. "Ele não merecia uma morte destas", assentiram os demais.

Assim que Luíza terminou os trabalhos, depois do jantar naquela segunda-feira e se preparava para voltar para casa, resolvi caminhar até à fazenda para me distrair um pouco com a leitura. Passei primeiro pela igrejinha de São João Batista que ainda estava com as portas entreabertas, deixadas assim pela Raimunda do Pedro no dia anterior. Fiquei por ali por algum tempo, sem entrar. Assentei-me no último dos três degraus de pedra da entrada, olhando em direção ao terreiro de café com a nossa casa aos fundos, ao lado da Tulha Nova. O Pagé – o cachorro perdigueiro do Patrão que rondava por ali à procura do dono –, achegou-se calado e me fez companhia sem muita festa. Parece que compreendia aquele momento em que as pessoas não estavam para brincadeiras. Apenas assentou-se à meia distância, aguardando os momentos em que eu lhe dirigiria o olhar, mesmo distraído, para que balançasse o rabo em sinal de amizade.

Comecei a me lembrar das perdas que tive em tão pouco tempo e o quanto eu precisava ser forte para não me deixar abater além da conta, como naquele momento em que o frio da entrada da noite aumentava a minha solidão. Não havia mais ninguém por perto e a lembrança do estrago feito por aquela onça me passava de vez em quando pela cabeça, de modo que às vezes me dava medo só em pensar que ela e os filhotes poderiam naquele momento rondar esse lado da fazenda à procura do que restou da presa. "Deveriam sentir o seu cheiro e seguir o rastro," pensei preocupado. De repente me apercebi da utilidade do Pagé, ali do lado, que certamente avisaria se algo diferente ou mesmo a catinga do bicho grande abeirasse aquela parte da fazenda. Passei a olhá-lo com mais frequência, buscando amparo, ainda que fosse somente para vê-lo balançar aquela cauda dura, levantando poeira atrás de si, em sinal de amizade e de satisfação por não se sentir também tão sozinho.

Como não fui acostumado, não tive vontade de entrar na igrejinha e rezar, como a maioria das pessoas faria numa hora dessas, como observei pela manhã, quando os trabalhadores, ajoelhados, entoaram Ave-Marias e Pais-Nossos em favor do Tião. Passados esses pensamentos, lembrei-me que todos à minha volta naquela fazenda eram pessoas mais velhas e que mais cedo ou mais tarde se despediriam da vida, mas de forma diferente e natural, como deveria ser.

"Fecho as portas e levo as chaves para a Dona Raimunda do Pedro", pensei, ao perceber que a noite havia se instalado de vez. Neste gesto, conclui que poderia aproveitar o momento de entregar as chaves para conversar com ela sobre o ocorrido, já que sempre me acudia em circunstâncias parecidas, depois da partida da Madrinha. Conversávamos sempre quando ela me trazia, na biblioteca, um café novo com broa de fubá que sabia ser do meu agrado.

Mas era preciso "seguir em frente" como disse o Tonho ao filho do Tião, "pois a vida continua", como repetiram os mais velhos após a leitura do evangelho e da pregação do padre ao lado da sepultura. Nesse caso, pelo inusitado da morte, até a Dona Nenê Benzedeira, a mais velha de todos da redondeza, confessou jamais ter presenciado uma história dessas, em toda a vida. "Gente morta pelo bicho, isso eu já vi. Comido inté os osso? Nunca ouvi", dizia desolada aos amigos que lhe amparavam na saída do cemitério até alcançar, passo a passo, o caminho de volta para a rua. Aconselhou aos que lhe deram amparo ser necessário matar os bichos, de qualquer jeito, já que sentiram o gosto da carne humana. "Os home tem qui tucaiá as onça na berada do corgo, adonde tava o Tião, antes qui morra mais gente".

Naquela noite, diferentemente das outras vezes, ao chegar à sede da fazenda, seguido de perto pelo Pagé, pelo caminho agora iluminado pelas lâmpadas dos postes de madeira, constatei que não havia ninguém na casinha dos fundos onde ainda morava o velho casal, Pedro e Raimunda, sem os filhos. Concluí que os dois permaneceram em Gameleira, na casa da filha casada com o Gigante, depois do enterro do que restou do Tião. Pensei em retornar para casa naquela hora, mas, por força do hábito, permaneci por ali, no terreiro da fazenda sob o olhar piedoso do cachorro e seu rabo a balançar a cada gesto meu ou expressão que percebia. Era escolher, inconsciente, sem muita opção, entre retornar a minha insônia costumeira ou experimentar novas possibilidades na biblioteca. Enquanto isso, sem me aperceber, entre um pensamento e outro, caminhei distraído em direção às escadas dos fundos da fazenda, talvez induzido pelo cachorro, oferecendo-me uma opção provável, quando decidi que ficaria mesmo por ali por algum tempo para aproveitar a noite.

A casa estava silenciosa e vazia como na maioria das vezes em que eu a visitara de forma diferente desde quando ganhei dois livros do Patrão. De maneira especial, eu percebia que esse silêncio se tornou mais evidente depois da passagem da Madrinha no último natal. Como de costume, a porta da cozinha estava apenas encostada. Uma luz fraca, recém-instalada e sempre acesa na varanda dos fundos, indicava o caminho, como se me aguardasse passar por ali a qualquer momento em direção às minhas leituras. O Patrão retornaria da Capital somente quando finalizasse seus compromissos. Passou por lá todo o mês de junho envolvido nos negócios do café e na finalização do inventário dos bens da esposa, esperado pelos filhos desde a morte da mãe há vários anos.

Depois de acender as novas luzes elétricas do escritório e apenas entreabrir uma das janelas para não criar correntes de ar que esfriassem o ambiente além do suportável, resolvi reencontrar o velho diário de capa de seda rosa desbotada, da antiga patroa, deixado esquecido da minha curiosidade há vários meses. Com a ajuda eventual da Dona Regina, como do Sr. Deoclécio que me socorreu algumas vezes no final das lições de alfabetização de adultos, nos sábados à tarde – além de muito esforço e curiosidade –, aprendi a ler um pouco em francês de modo a compreender o que me interessava naqueles livros antigos da biblioteca. Não raro, precisei anotar certos parágrafos para decodificá-los em outra ocasião.

Sem nenhuma razão aparente naquela noite – talvez influenciado pelos acontecimentos inusitados que todos presenciamos com a morte do Tião –, pensei que era chegado o momento de experimentar o meu pequeno conhecimento de francês no que havia naquele diário que tantos anos ficara guardado, quase escondido, entre os livros raros da biblioteca. Comecei por procurar compreender a nota do rodapé da primeira página que mandava ver, "*voir*", o que devia existir em lugar indecifrável. Entretanto, nada daquilo fazia sentido para alguém como eu – cuja cultura da roça não permitia compreender muita coisa –, ainda que fosse capaz de traduzir um pouco do francês deixado pela antiga patroa em suas anotações. Frustrado, neste aspecto, deixei para lá, certo que mais cedo ou mais tarde isto também poderia ser esclarecido na medida da sua importância. Observei, no entanto, que a primeira página começou a ser registrada pela antiga patroa no dia 24 de junho de 1895: "*Ferme Saint-Jean-Baptiste, le 24 juin, 1895*", coincidente com o dia da festa de São João no Distrito de Gameleira e na fazenda, como também em Perobeiras, onde o santo era padroeiro desde a construção da primeira igreja, em meados do século passado. "Desde o Império", diria a Dona Regina.

Nessa primeira página do caderno, ela registrou:

"Je veux rapporter ce qui mon cœur identifie comme d'importance dans mes jours. Un signe de ma profession de foi à la vérité".[6]

Assim que consegui traduzir esta frase, compreendendo finalmente que encontraria coisas pessoais e verdadeiras naquele diário, percebi que penetrava desastradamente onde não devia. Por isso mesmo, tentei recuar e deixar definitivamente tudo aquilo para trás, envergonhado, como se fora descoberto por alguém que me vigiasse na expectativa de presenciar o que eu faria dali para frente: Se continuaria ou recuaria. Com pensamentos incontroláveis, parecia não haver meios de conter minha curiosidade. Depois de uma pequena pausa, comecei apenas a folhear cada uma daquelas finas páginas, quase transparentes, bem devagar, visando a me acalmar o espírito. Observei pelas datas dispostas no cabeçalho de cada uma delas, em sua maioria, que não havia uma sequência diária nos registros. Vez ou outra havia intervalos de muitos dias, ou mesmo de semanas, entre determinada página e a seguinte.

A maioria do que havia escrito no início e se mostrava recorrente ao longo dos meses, dizia respeito à sua vida na fazenda e sobre as dificuldades que percebia na condução das tarefas diárias depois do falecimento do marido em plena safra de café de 1895. Ano em que começara a escrever naquele caderno suas lembranças, recordações e até revelações. Em certo momento, refletia:

---

6 *Eu quero escrever o que meu coração identifica como importante em minha vida. Um sinal da minha profissão de fé na verdade.*

"As coisas não estão fáceis de lidar, há problemas demais para uma mulher viúva com os filhos formados, deixando a casa em busca de suas próprias experiências. Acho *que terei de tocar, sozinha, os negócios como queira o bom Deus misericordioso".*

Falou da falta que sentia dos dois netos que moravam no Rio de Janeiro, depois que se mudaram às pressas em consequência do falecimento do avô materno. Em outro momento, dizia não se dar bem com a nora, que desprezava tudo o que dizia respeito ao interior de Minas, mesmo sabendo que o filho gostaria de nunca sair dessas terras e de criar os seus pequenos com valores *indissociáveis* da vida no campo – palavra cuja tradução e sentido custaram-me muita imaginação.

Resolvi que na medida do possível faria a leitura sem saltar páginas, seguindo o ritmo dos registros do diário, mesmo que os relatos repetissem coisas previsíveis. Algumas vezes não seguia essa determinação, quando achava por bem avançar páginas, ao acaso. As horas passavam sem que eu apercebesse que a noite avançava para além da madrugada. O dia já era anunciado pela claridade fraca que entrava pelas janelas, quando me deparei com um fato revelador ocorrido a partir mês de setembro de 1899, em que percebi que até a letra da patroa mostrou-se mais tremida e cautelosa.

Sem mencionar nomes, escreveu que amparou em sua casa, num sábado, na entrada da noite, uma mulher grávida – viúva recente de um trabalhador da fazenda –, que tendo sofrido uma queda no quintal da casa, na manhã daquele dia, sangrava muito em consequência desse acidente.

"Eu estava sozinha nessa noite, pois a Maria, a minha empregada de tantos anos, encontrava-se em Gameleira na casa da filha que merecia seus cuidados. Ela foi levada da fazenda de charrete pelo cunhado – no caso, tratava-se do

pai do Sr. Deoclécio, também farmacêutico na época –, *a pedido da filha que estava sendo tratada por ele, já que não havia médicos no Distrito*".

"*A Verônica, que sempre me ajuda nessas folgas da Maria, tendo passado a manhã do dia cuidando do almoço e das roupas, voltou para casa quando o sol ainda estava no alto. Não se sentia bem, com dores na coluna pelo mau jeito da postura, e por isso foi embora mais cedo do que de costume. Ficou de voltar noutro dia, tão logo se restabelecesse e se sentisse em condições de me ajudar enquanto a outra não regressava. Não foi o caso, pois que não retornou mais naquele mês*".

"*Preocupo-me com a Verônica, pois a negra, contando agora mais de quarenta anos, disse-me estar novamente grávida de cinco meses, depois de tantos anos... Coitada, vou me lembrar dela em minhas preces da noite*".

"*Bem, quando a mulher desse trabalhador chegou a cavalo e me chamou do portão de ferro do quintal da casa, eu estava na varanda da sala, distraída com meus bordados, aproveitando os últimos momentos da tarde, na entrada da noite, e por isso não a vi se aproximar pela estrada. Percebi imediatamente que sua voz estava aflita e expressava muita dor. De lampião em punho, deixando os chinelos para trás, desci rapidamente pela escada da frente, abrindo-lhe em seguida o portão do quintal, trancado como de costume apenas prelo trinco. Ao chegar ao pé da escada da varanda da cozinha, apesar da pouca visibilidade naquele momento da entrada da noite, ao lhe segurar as rédeas do animal, pude perceber que suas vestes, assim que apeou do silhão, estavam ensanguentadas a partir das anáguas, numa condição lastimável. Disse-me que havia sofrido um acidente naquela manhã, sozinha em casa, caindo de mau jeito na bica do terreiro, ao sair com uma trouxa de roupas lavadas. Mais tarde sentiu que estaria prestes a sofrer um aborto, semelhante ao que percebera ainda menina quando sua mãe perdeu uma criança, um menino bem formado, de poucos meses. Da mesma forma, relatou que não parava de sangrar apesar de ter se deitado para repousar da queda, até resolver que precisava de ajuda".*

"'É minha primeira gravidez, Patroa. A única lembrança que restou do meu marido que morreu daquele jeito, sem poder conhecer e amparar em vida essa criança'. Disse algo assim, entristecida, no seu falar caipira e sincero".

"Foram horas de luta em que nos empenhamos para estancar a sangria, com os recursos que tinha, quando, por volta das onze horas da noite, com a mãe quase desfalecida, o feto rompeu o canal, aparado pelos paninhos que lhe colocamos entre as pernas. O embrião era de uma menina, adormecida como um anjinho de Deus, entre mucos, cordões enrolados e muito sangue".

"Na madrugada, com as graças do bom Deus, as coisas já se acalmaram e a pobre mulher dormia com a cor restabelecida apesar do sofrimento. Descansava, agora, no quarto do meu caçula, com as roupas trocadas, trazidas por ela mesma na trouxa dependurada na montaria, por precaução, em caso de necessidade. Naquela madrugada enterrei o anjinho entre as roseiras brancas do jardim, antes mesmo do nascer do sol"

"Sem muita força, assim que acordou por volta das onze horas, pediu para comer alguma coisa, incentivada pelo aroma da canja que lhe preparava na cozinha com o que restou do almoço da véspera. No final do dia, mais restabelecida e sem muito jeito, já caminhava pela casa ainda um pouco fraca, demonstrando melhoras a cada momento. Naquela semana, nem a Maria, ainda às voltas com a filha adoentada na Gameleira, ou a Verônica, por seus próprios motivos, apareceu para dar uma ajuda com a casa. Ficamos, portanto, aos meus cuidados, sem muitas dificuldades".

"Como fiquei sabendo há duas semanas, de um problema inverso de gravidez indesejada, mantido em segredo de juramento, sugeri de antemão que mantivéssemos aquela situação do aborto entre nós duas, pelo menos naquela semana em que estávamos sozinhas na casa. Queria levar a cabo uma ideia recente que me veio à cabeça – e que me perdoe e abençoe o bom Deus –, apesar das consequências que certamente adviriam. Coisas de mulher e mãe, certamente..."

Interessado naquela leitura que já durava quase doze horas – favorecida a cada momento pela melhoria do entendimento da grafia da velha patroa –, não percebi o chamado do vaqueiro que insistentemente me gritava do lado de fora, da frente da fazenda, dizendo-me que o pessoal me aguardava para definir as tarefas do dia. O homem precisou subir até à varanda e me chamar da janela entreaberta do escritório. Disse-me que como não me encontrou pela manhã ao lado da Tulha Velha – onde todos se reúnem antes de pegar no serviço, como de costume, e avisado pela Luíza de que não dormi em casa – intuiu que eu deveria estar na Casa Grande, envolvido com algum propósito. Queria que eu conduzisse o carro de bois naquela manhã, entre a panha e o terreiro, porque uma vaca prenhe de duas crias, apartada na cocheira, estava com dificuldades de parir o segundo bezerro.

O relógio de carrilhão da sala de visitas marcava seis horas da manhã.

24

Atarefado devido ao trabalho do dia que se estendeu até o final da tarde na condução do carro de bois, na parte da manhã, e na secagem do café após o almoço, não tive entusiasmo para voltar à biblioteca depois do jantar, pois o cansaço que me abateu foi maior que minha curiosidade. Além disso, o Tonho retornou da Estação Flor de Minas, vindo da cidade, por volta das seis horas da tarde, com muita coisa para contar sobre o depoimento no quartel da polícia do Distrito e na delegacia da cidade, a respeito da certidão de morte do Tião. Disse que não foi fácil convencer ao escrivão da delegacia, como também ao delegado e outros mais curiosos sobre a morte do amigo – aglomerados na sala de declarações para conhecer a narrativa das testemunhas –, pois não havia registro de coisa parecida em todo o município de Perobeiras. O depoimento, que tomou a tarde toda do primeiro dia e a manhã do segundo, foi seguido de entrevista ao repórter do semanário local, *A verdade dos fatos*, que queria matéria para a edição do próximo sábado. Tudo isso, com direito a fotografias dos três *depoentes* –palavra dita e redita pelo delegado, segundo o Tonho –, atendendo à sugestão do escrivão.

O Tonho, sentindo-se responsável pela segurança das pessoas na região da fazenda – já que o Patrão estava de viagem na Capital –, solicitou ao delegado que formassem uma diligência armada para caçar as onças, partindo da cidade, pois era pequeno o contingente policial em Gameleira para uma empreitada dessas. Adiantou que tendo solicitado a mesma coisa aos policiais do quartel, no Distrito de Gameleira, foi informado que a autorização deveria ser expedida pela Delegacia Regional da cidade, o que foi prontamente confirmado pelo escrivão, na frente do delegado. Marcaram para a próxima semana a caçada dos bichos, na lua cheia, quando deveria chegar a Gameleira, vindo do Rio de Janeiro, pela Leopoldina, um sargento reformado da polícia da guarda nacional, acostumado a caçar onça por encomenda.

"O homem participou como batedor de uma expedição no norte do Mato Grosso na tropa do General Rondon, há cerca de trinta anos, quando adentrava a Amazônia em missão com um ex-presidente americano", justificou o delegado, orgulhoso da vinda do caçador de onças no município. "De novo o tal do Mato Grosso", pensei, tão logo ouvira a narrativa do Tonho. Informou em seguida ao Tonho que teve conhecimento da contratação desse sargento reformado do exército por um telegrama enviado pelo Patrão, da Capital, naquela manhã. O Patrão teria sido avisado no domingo pelo primo Deoclécio, da morte do Tião e logo tomou providências, a seu modo.

Soubemos depois que o lendário caçador de onça – conhecido da família do Patrão há muitos anos –, era natural de Bondoso Jesus, também Distrito de Perobeiras, mas que morava há muitos anos na Capital Federal, onde criou família e se aposentou. O delegado informou aos três depoentes que o homem foi procurado pelo Patrão na tarde do dia anterior, na Capital, para esse serviço e que chegariam juntos de trem, dentro de uma semana, para a empreitada.

"Pode falar com o pessoal da fazenda, seu Antônio, que a polícia vai ajudar nessa caçada aos bichos. Não vamos sossegar enquanto não dermos cabo da missão". A Rosa e o filho, ao lado, sentiram-se prestigiados pela atenção que receberam de todos, a ponto de revelar seu lado mais costumeiro. Alguns dias depois, em conversa com o Sr. Deoclécio que veio à fazenda para lembrar a todos da diligência de caça às onças no dia 5 de julho, o Tonho, aborrecido, relatou que a viúva do Tião, sua meia-irmã Rosa, esquecida do luto, perguntou em duas ocasiões ao escrivão, na delegacia, se na cidade haveria festa de São Pedro naquele ano. Mas que Rosa não foi compreendida, no momento, pois todos estavam mais interessados no desfecho do problema que permitiria encerrar de vez o caso, quando o bicho fosse definitivamente eliminado.

"Quando o homem chegar, iremos juntos caçar as onças, seu Antônio. Não passa do dia 5 de julho", informou entusiasmado o delegado, segundo o comentário do Tonho, justificando a data em que estava prevista lua cheia naquele mês. "O tal sargento aposentado só caça os bichos na lua cheia", complementou.

Naquela noite, em casa, sei que não ouvira todo o episódio narrado pelo Tonho, pois não me lembro de mais nada sobre o final da história, apesar do meu interesse e curiosidade pelo assunto. Devo ter caído no sono, deixando o Tonho falando sozinho.

O Patrão não retornou da Capital com o velho caçador na data marcada, como queria. Segundo o Sr. Deoclécio havia notícias de que estava gripado, tendo ficado por lá, mesmo contrariado, aos cuidados da família de um dos filhos. Mandou um telegrama endereçado ao primo, dizendo que confiava no trabalho do velho caçador de onças e que esperava que tudo se resolvesse da melhor maneira.

Depois de dois dias embreados na mata conseguiram, finalmente, matar duas onças novas por envenenamento e uma terceira, uma fêmea adulta, por tocaia, na mesma região da pinguela da cabeceira do Córrego das Pedras, atraída por uma carcaça de cabrito ensanguentada, levada pelo sargento reformado da guarda nacional. O local era perto da lagoa das capivaras, onde havia muitos rastros dos bichos, segundo relatou a todos o sargento reformado da polícia nacional. O homem, um velho moreno e forte, de entradas fundas e rosto enrugado pelo tempo, aparamentado com roupa militar já desgastada pelo uso, com gestos largos e voz metálica, mostrou-se orgulhoso pela empreitada favorável, ao explicar como foi a caçada e a ajuda dos companheiros que estiveram sob seu comando, embrenhados na Mata Grande. Sua fala, em frente à igrejinha da fazenda, misturou-se com latidos estridentes do Pagé e da cachorrada menor que não parava de ameaçar, à distância segura, as três pintadas estendidas na poeira, no mesmo lugar onde caíra morto o cavalo do Tião na noite de São João.

Durante a caçada, a conversa da Rosa na delegacia, interessada em saber sobre a próxima festa de São Pedro, foi lembrada por um policial que presenciou a cena. Advertidos pelo Tonho, na viagem de volta que fizeram os três até à Estação Flor de Minas, Rosa e filho não tiveram coragem de voltar à cidade ou mesmo ao Distrito naquela semana para a festa do santo comemorada na noite de 29 de junho. Resolveu ficar em casa mesmo, acuada, aguardando a missa do sétimo dia encomendada pelo Tonho ao Padre Juquinha.

"A Santa Missa vai ser rezada ao ar livre", disse espantado o Padre – trazido pelo Sr. Deoclécio no sábado seguinte à tragédia –, quando percebeu a multidão que se aglomerava em frente à igrejinha da fazenda.

25

A vida começava a tomar rumo com a chegada do mês de setembro, permitindo a cada um, no seu ritmo, se distanciar das lembranças indesejáveis que abalaram a todos na última colheita do café. As chuvas vieram na hora certa – confirmando o pressentimento do Tonho – e vestiram de branco a lavoura de café, "como uma noiva perfumada no momento de se sentir feliz para sempre", como brincava o Patrão, em outros momentos, ao perceber a chegada da florada. Os problemas criados na condução da fazenda com a morte do Tião, cujas funções eram complementares ao que fazia o Tonho, foram pouco a pouco se resolvendo da melhor maneira, com a colaboração de todos, mesmo com algum improviso. De retorno à fazenda, o Patrão, semanas depois, ainda se mostrava abalado pelos acontecimentos e pela gripe que o fragilizou a ponto de ser obrigado a passar dias da semana na casa dos primos, aos cuidados da Piedade e dos remédios do Sr. Deoclécio. Quando podia, longe do aconselhamento do primo, o Patrão tratava de suas enfermidades com emplastos e raízes preparadas pela Dona Nenê Benzedeira, a quem visitava com frequência.

Apesar da curiosidade em continuar minhas leituras no antigo diário pensei seriamente que estava violando um espaço protegido pelo tempo e que deveria recuar, pelo menos até que me sentisse mais seguro em tomar uma decisão definitiva em como proceder. Além disso, havia a presença mais assídua do Patrão em casa, o que aumentava meu constrangimento. Nesse período, eu visitava a biblioteca sempre à noite, para a leitura dos livros antigos sobre animais e plantas escritos em francês, como também um ou outro menos denso, mesmo com letras miúdas, aproveitando que a iluminação elétrica do escritório facilitava agora a leitura. Em semanas intercaladas, me ocupava em cooperar com o Sr. Deoclécio na alfabetização dos adultos, aos sábados na parte da tarde, quando também levava comigo dúvidas na tradução de trechos em francês, recorrendo a sua ajuda. Passamos boas semanas ensinando aquela gente que descobria o mundo das letras com entusiasmo de criança.

Numa dessas tardes, no final da última semana de outubro, chegou à escola da Dona Regina, vindo a pé do Distrito, um filho da Verônica acompanhado até à sala de aulas pela Piedade que o recebeu no portão de entrada. O homem, dizendo que a mãe teve um problema de saúde na noite anterior, estava à procura do Sr. Deoclécio, que muitas vezes fazia o papel de médico em Gameleira pela absoluta falta de qualquer outro na região. O filho da velha catadeira de café era um homem negro magro, curvado para frente, de bochechas reentrantes e rugas largas, como se não tivesse mais dentes. Tirou o chapéu e se dirigiu ao Sr. Deoclécio, com respeito e sempre com os olhos baixos, como se buscasse apoio em algo que não se encontrava entre nós. Disse que não tinha como procurar um médico diferente, pois temia que não chegasse a tempo de acudir a mãe, mas que confiava no farmacêutico que tantas vezes ajudou a população de Gameleira e sua família.

"Médico é só na cidade", a Piedade lembrou baixinho ao primo, ao perceber o desconforto do homem, justificando ainda que soubera por ele que o último trem acabara de passar na Estação Flor de Minas. "Ela tá lá em casa, sô Diocrécio. Não tem jeito dela levantá, parece que tá abobada. A mãe me pediu prá buscá a Madrinha, a Nenê Benzedeira, mas não teve jeito".

O homem deu uma pausa e continuou: "A coitada da Madrinha também tá adoentada e não consegue andar direito", justificou dessa forma sua presença naquele momento, ali na escola, por perceber ter interrompido a lição em andamento. Deoclécio, pegando imediatamente suas coisas sobre a mesa, despediu-se da classe conformada pela novidade. Apenas me pediu que continuasse os trabalhos de revisão da lição, que já estava no fim, dizendo-me que o Expedito me levaria em casa mais tarde, de charrete, enquanto ele, a Piedade e o primo retornariam a Gameleira de jipe.

Depois de medicada naquela mesma tarde pelo farmacêutico, Verônica – aparentemente convalescida da pressão alta que finalmente recuara e sabendo pelo filho que a comadre Nenê também inspirava cuidados – indagou ao Sr. Deoclécio se o mesmo poderia levá-la de carro até à casa da velha comadre, no dia seguinte. "É só pra levá, Diocrécio", justificou, mostrando-se disposta e sarada, como se nada houvesse ocorrido de doença em sua casa.

Segundo disseram, Verônica queria passar uma semana com a Dona Nenê Benzedeira, cuidando um pouco dela, pois vivia sozinha em sua casa, desde a sumida do neto Juca, que foi lá para o Mato Grosso com a mulher da zona de Gameleira. "Além do mais, Diocrécio, nóis duas fais ano no mesmo dia: no dia dos mortos, 2 de novembro", concluiu ao perceber que o farmacêutico assentiu, com um riso maroto, ao entregar-lhe duas balas de caramelo surgidas do nada, conforme a percepção da Piedade que ficou por lá naquela noite para ajudar a tia adoentada.

No dia seguinte depois do almoço, a pedido do Tonho, fui com a Luíza até à casa da Dona Nenê benzedeira, que ficava do outro lado da estrada, além do moinho d'água, próximo ao poço de barro branco, levar uma lata de carne cozida guardada na gordura. Além disso, levamos também farinha de trigo, fubá e boa quantidade de linguiça defumada na fumaça do fogão da nossa casa, ainda do tempo da Madrinha. Aproveitamos também a ocasião para levarmos outros ingredientes que faltavam em casa, conforme o Tonho havia constatado no dia anterior, quando foi até lá em companhia do filho da Verônica à procura de conselhos em como lidar com a mãe adoentada. Ao perceber as condições físicas da Dona Nenê – desacorçoada em mesmo dar alguma sugestão ao afilhado – o Tonho o aconselhou a procurar ajuda para a mãe com o Sr. Deoclécio que se encontrava naquela tarde na escolinha da Dona Regina. Como disse, o homem retornou imediatamente e tomou o rumo da escola.

"Leva essas coisas pra ela. Vai com a Luíza, de charrete, para ajudar no que for preciso, filho. Vejam se ela está bem, ou se carece de alguma coisa além do neto", observou o Tonho, relacionando o que percebeu na velha amiga, no dia anterior, mais com saudade e falta de notícias do Juca, do que costumeiros sinais de cansaço da idade e suas juntas doloridas.

Mais cedo, naquela manhã de domingo, o Sr. Deoclécio, de retorno da casa da Dona Nenê – quando trouxe a Dona Verônica, praticamente convalescida, para uma visita de uma semana à velha amiga e comadre –, adiantou ao Tonho as condições em que a encontrou em casa. Ficou de retornar mais tarde com algum remédio para o reumatismo que a impedia de se movimentar sem dificuldades. Disse que percebeu serem os mesmos os seus problemas: reumatismo nas juntas e dor na coluna de tanto socar arroz no pilão, apesar da idade.

"Ela, como sempre, não tem nada além do reumatismo que lhe come as juntas a cada ano, Tonho", concluiu. Deu também notícias da Verônica que já se mostrava disposta e alegre apesar da idade, que não era pouca, e da alegria do encontro das duas comadres que não se viam deste a morte do Tião. "Ela e a Verônica têm saúde de ferro; menos a Verônica que não dispensa sal em excesso, apesar de saber dos riscos da pressão alta". Disse assim ao explicar que as duas senhoras ficaram felizes em poder passar uma semana juntas, cuidando uma da outra, como naquela oportunidade. Quanto à dor na cacunda, a Dona Nenê sempre justificava: "Gosto de arroz socado na hora no meu pilão", falava orgulhosa de sua força e determinação em fazer tudo em casa sozinha, sem ajuda de ninguém, apesar dos sinais do tempo. Mesmo da sua horta – organizada em canteiros com ervas, plantas medicinais, frutas e verduras bem tratadas –, ela dava conta, como sempre. O que tinha mais dificuldades era pegar dos frangos criados soltos no terreiro da casa para a canja do inverno e almoço dos domingos.

Nos últimos meses, depois do sumiço do neto eu, sempre que podia, ou mesmo a Luíza, passava por lá de manhã bem cedo para esse serviço. Se chegasse um pouco além das sete horas, ela já estaria tentando, em vão, pegar algum franguinho, menos arisco, lançando sua bengala no bando que se espalhava em seguida. Ou, de vez em quando, se tivesse êxito na captura do carijó, a velha benzedeira era encontrada na beira da bica d'água, depenando o frango, depois de escaldar suas penas na água fervendo.

Dona Nenê não tinha mais ninguém da família por perto, tendo ficado viúva na virada do século. O único filho, o pai de Juca, que teve em idade avançada, morreu de febre amarela quando o neto tinha pouco mais de dois anos de idade. Conforme falava a Madrinha sobre o caso, ficou o Juca nascido de uma relação ocasional e imprudente, cuja mãe, uma bugre sem origem, por problemas no parto teve "doideira na cabeça", como se dizia. E, por isso não pôde criar o menino, que veio a ser batizado com quase cinco anos de idade, a contragosto do vigário, ainda muito novo na ocasião, na igrejinha do Distrito, tendo como padrinhos o Tonho e minha mãe, que naquele tempo ainda nem namoravam.

Contam que quando o pequeno Juca tinha pouco mais de seis anos de idade, a mãe foi enviada para o Hospital Colônia de Barbacena, a pedido do antigo Bispo de Perobeiras, na primeira viagem de trem da Leopoldina na região, e nunca mais voltou. Impossibilitada de deixar o neto sozinho em casa, pediu ao Tonho que a acompanhasse na ocasião até o hospício para assinar os papeis em nome da família. Quando o Juca fez quinze anos, pediu ao Tonho para visitar a mãe no hospital, a contragosto da avó que antevia coisas que não percebemos. Os dois foram até Barbacena num período em que a mulher, felizmente, estava bem de saúde física, mas não pôde reconhecer o Tonho, nem o filho, a quem tratou sem alguma reação afetiva. Contam que morreu na semana seguinte e por lá ficou.

No final da tarde daquele domingo já estávamos há algumas horas em companhia da Dona Nenê e sua visita, num ambiente de pura alegria e brincadeiras. As duas velhas comadres conversavam e contavam histórias engraçadas, lembrando bons momentos da vida, apesar das dificuldades que certamente passaram, mas não era o caso naquele dia, ou pelo menos naqueles momentos do reencontro. Luíza, recatada e recolhida no canto da sala, ouvia tudo e ria das brincadeiras das duas, mostrando-se atenta às novidades.

Antes do cair da noite, o Sr. Deoclécio retornou com os remédios que havia prometido trazer para dar conta do reumatismo da Dona Nenê, trouxe também pomadas, ataduras e emplastos para curar uma pisadura que ela apresentava em uma das pernas por ter sofrido um tombo na noite anterior. Aproveitando a presença do farmacêutico que ficaria ainda um pouco mais antes de retornar à Gameleira, Luíza se despediu, depois de ter coado e servido café a todos, a pedido da Dona Nenê. A moça continuou sozinha, rumo à sua casa que não ficava nada mais de quinze minutos de caminhada. Falou que passaria de volta no dia seguinte pela manhã bem cedo, quando fosse para o trabalho, para ver se podia ajudar em alguma coisa, apesar da insistência da dona da casa, dizendo não ser mais necessário, pois as duas comadres se encarregariam dos afazeres do dia. Seu Deoclécio também não esquentou cadeira, pois tão logo percebeu que as pacientes estavam muito bem – mais pela desenvoltura dos assuntos curiosos que não davam trégua – despediu-se depois de explicar com detalhes o uso dos medicamentos trazidos com ele. Alertou, da mesma forma, quanto ao problema da pressão que acometia a Dona Verônica, ameaçando-a com um possível derrame se persistisse aquela situação.

Interessado na conversa divertida que enchia a sala de bons momentos, eu resolvi permanecer mais um pouco por ali em companhia das duas para conhecer, do seu ponto de vista, esse tempo em que minhas lembranças não alcançavam. Tendo sido acostumado no mundo de adultos, eu gostava de apreciar suas memórias e como percebiam a vida. Era como ouvir um livro de histórias vivo, cujas páginas, ligadas no tempo, eram abertas ao sabor da narrativa. Por isso mesmo, e enquanto foi possível, eu e a Madrinha tínhamos longas conversas na varanda da nossa casa, provocadas pela minha curiosidade de menino no que ela relatava de suas lembranças e saudades. Menos com o Tonho, sobretudo pelo seu temperamento calado e de pouca conversa, que de forma mais objetiva me informava aquilo que em sua percepção eu necessitava ou mesmo porque percebia ter chegado o momento certo de me ensinar do seu jeito. Conversas longas, jamais. Era mesmo de poucas palavras, o Tonho.

Segundo a Madrinha, nesta questão, eu puxei mesmo a minha mãe, que antes de adoecer, segundo diziam, era falante e interessada em tudo o quanto havia de novidades ou de histórias de lugares e das pessoas. O Tonho devia passar apertado com ela, com um temperamento desses. De vez em quando, nas conversas em nossa casa, no tempo em que todos ainda estávamos juntos, esse assunto da sisudez do Tonho e da tagarelice da minha mãe sempre vinha à tona.

Naquele domingo junto às duas velhas amigas e das visitas que ainda permaneciam naquela sala, fiquei sabendo que Dona Nenê já beirava os cem anos. Verônica, os noventa. Ambas fariam aniversário no dia dos mortos, 2 de novembro, naquela mesma semana, para "colocar mais um zero na vida", como diziam para caçoarem da morte. Comemorar juntas, era a forma de cada uma delas controlar o tempo e a idade da outra, pois a primeira era exatamente dez anos mais velha do que a segunda. "Vê só, se isso é dia pra nascer, Miudinho?", brincou comigo a Dona Verônica, chamando-me do mesmo jeito que ouvira da velha comadre, rindo com ela, ao lembrar a todos da coincidência das suas vidas que chegaram com a celebração dos mortos. Justificou, em seguida, que no dia de finados deveria ser proibido qualquer nascimento. "Ninguém devia nascer nesse dia", completou.

Mais tarde, provocadas por mim para que avivassem suas memórias, mostrei-me interessado em saber delas como era a vida na fazenda quando ainda eram vivos os velhos patrões. Contei-lhes um pouco do que sabia, seja do que ouvira da Madrinha, do Tonho e dos trabalhadores mais antigos, como também da percepção que agora tinha desse mundo antigo por frequentar a casa da fazenda com mais assiduidade, mergulhando em seu universo de retratos, livros e segredos.

O episódio recente da morte do Tião avivou a memória da Dona Nenê, na conversa, ao se lembrar da caçada histórica feita pelo velho patrão, quando foi sozinho até o Lajedão da Mata Grande e trouxe com ele a onça morta com um tiro certeiro. Verônica, mais nova, lembrava-se também, mas sem maiores detalhes. Dona Nenê revelou que na véspera daquela façanha a onça-pintada teria ferido de morte uma criança da roça que, ao lado do cachorro brincava no fundo do quintal da casa, vizinha da Mata Grande, enquanto a mãe lavava roupas à beira do Córrego das Pedras, próximo dali.

Pelo visto, tratava-se de uma menina de olhos azuis, muito branca, segundo as duas, como nenhuma outra na região, e que, aparentemente, tinha alguma coisa a ver com a família do velho fazendeiro. As comadres, na conversa, deixaram entender que se tratava de uma provável meia-irmã do Patrão, filha da viúva do antigo campeiro da fazenda que foi posteriormente substituído por um jovem vaqueiro, futuro marido da Madrinha. Por questão de honra, ou qualquer outro motivo, embrenhou-se na Mata Grande, sozinho, por dias e noites até voltar com a onça morta na garupa do cavalo, pronta para aquela fotografia tirada no mesmo dia com o filho mais velho assentado sobre a barriga do bicho. Não aprofundaram mais a conversa na minha presença, num primeiro momento, quando tomaram consciência da minha condição de criança, "ainda muito miúdo para saber dessas coisas", como concluíram encabuladas. Pelo que relataram as duas na mesma conversa – confrontando, animadas, suas lembranças do episódio –, como o velho patrão tinha somente filhos homens, aquela menina representava para ele algum valor especial, deixando entristecida a esposa que fingia ignorar o que acontecia dentro de suas terras. A mãe da criança de olhos azuis, inconformada com tudo, teria morrido de desgosto poucos meses depois, encontrada morta ao lado da cruz onde enterraram o anjinho.

Já passavam das nove horas da noite, quando percebi que as duas já mostravam sinais visíveis de cansaço e que chegara a hora de retornar para casa, sobretudo porque era necessário desfazer a montaria, guardar a charrete e os arreios para, enfim, levar o cavalo até o pastinho que ficava atrás da Tulha Velha. No caminho, encontrei-me com o Tonho andando a pé em direção à casa da Dona Nenê Benzedeira. Preocupado pela hora, viera ao meu encontro.

26

As conversas naquela noite na casa da Dona Nenê Benzedeira, como nas demais que se sucederam até o dia do aniversário das duas, renderam-me motivos para retornar à leitura do pequeno diário da velha Patroa, na semana seguinte. A memória narrativa das comadres, estimulada pelas minhas perguntas e desencadeada pela morte inesperada do Tião, colocaria em ordem algumas evidências dispersas que a cada dia surgiam nas páginas guardadas há tantos anos naquele diário, encapado com tecido desbotado de seda rosa. Resolvi recomeçar minhas leituras desde o início do diário, buscando compreender um pouco mais nas entrelinhas do que agora parecia mais evidente. O momento era propício para uma leitura mais tranquila, sem sobressaltos ou interrupções. Naquela ocasião, o Patrão ocupava-se do comércio do café, ora na cidade, ora na Capital, apresentando amostras do que era produzido na parte mais alta do cafezal, proveniente de uma lavoura nova, onde havia café de melhor qualidade e que supostamente preencheria as exigências cada vez mais evidentes dos exportadores.

O relato da morte da menina de olhos azuis foi um dos casos que eu já havia lido naquele diário, pois era recorrente na memória escrita da antiga patroa como algo não resolvido naquela família. A disposição da fotografia na parede do escritório – com o antigo patrão de pé com a espingarda em punho, a onça morta com a língua de fora e o filho mais velho assentado em seu ventre –, somente ocorreu após o passamento do marido, para memória da dor de tudo aquilo para aquela família. Deixou claro o fato de ter exigido do marido que o filho se assentasse no ventre da onça, para marcar presença naquele episódio. Pelo visto, somente após a morte dele as coisas se abrandaram, quando seu perdão ao passado já tomava forma em seu coração. Ao mesmo tempo, em suas narrativas e lembranças, deixava notar que era também para que ela nunca se esquecesse da dor e da tristeza em admitir a infidelidade dele, apesar de compreender, à duras penas, o mundo dos homens do seu tempo.

"*A menina era muito linda e tinha mesmo semelhança com as crianças da nossa casa, mas não saiu do meu ventre e nem do meu amor. Por isso – perdoa-me senhor Deus por recorrer às mesmas lembranças que me torturam – naqueles dias eu não fui capaz de sentir na alma dor suficiente pela sua morte.*", concluiu.

Muitos anos depois do episódio da família da menina de olhos azuis a velha patroa sentiu retornarem à mente lembranças adormecidas, na ocasião em que acolheu a viúva moribunda em setembro do último ano do século, sobretudo pela coincidência de fatores que as estimularam. Desta vez estava sozinha, sem o marido, já falecido há cinco anos, e sem os filhos que não moravam mais em casa, mas não ficaram evidentes detalhes dessas lembranças, numa primeira leitura, sobretudo pela letra tremida e dispersa que deixava dúvidas em diferentes trechos do diário quando esse tema retornava. No caso, como o aborto ocorrido naquele sábado de setembro em sua casa foi inevitável, a velha patroa por várias vezes pensou que teria sido melhor se essa perda tivesse ocorrido, mas no passado, no caso da pequena menina de olhos azuis. Mas eram pensamentos muitos pesados, segundo ela, e refletiam sentimentos que demonstravam que seu coração ainda guardava muita tristeza.

"Optei desta vez por ajudar como sempre deveria ser, mas com o coração livre e consciente de que vidas estavam em perigo e precisavam muito do meu socorro [...]. *Tinha dúvidas, pois senti que novamente estava sendo colocada à prova nas mesmas circunstâncias, mas com nova oportunidade para vencer meus pesadelos. Deus deposita em nossas mãos oportunidades inconscientes para nossa provação, já que é sabedor de nossas fraquezas e limitações. Decidi prosseguir desta vez de forma diferente, buscando também algum perdão que me faltara certamente nessa vida"*.

Naquele tempo, como pude perceber nas entrelinhas do diário, a mãe da menina dos olhos azuis, viúva há vários anos, por ter sofrido uma queda enquanto carregava na cabeça uma trouxa de roupas lavadas no Riacho das Pedras, também quase sofrera um aborto. Mesmo sabendo do acidente, mas por suspeitar do insistente interesse do esposo naquela mulher, a velha patroa não foi capaz de estender-lhe a mão, mesmo a contragosto, apesar da insistência do marido. Acudida às escondidas pela Dona Nenê, que lhe deu amparo e o atendimento que precisava, a mulher conseguiu segurar a criança até o nascimento.

A ajuda que deixou de prestar, no passado – além de proibir que alguém da fazenda acudisse a viúva que, sozinha em casa, finalmente dera à luz à menina de olhos azuis, segundo relatara –, era o seu maior pesadelo. Tudo isso agravado pela morte inesperada da pequena, com cerca de quatro anos incompletos, que também levou para sempre a mãe naquele mesmo ano. Era o tempo em que, no início, apenas desconfiava das escapadas do marido que se tornaram evidentes com o passar dos meses, embora jamais houvesse pensado que ele chegaria tão longe. Por sorte do destino ou da natureza das coisas da existência que mostra o caminho onde não vemos saída, tudo havia passado bem no momento do parto com a mãe daquela menina que ainda vivia sozinha num canto da fazenda, longe da sede. Mesmo a contragosto da patroa, que aparentemente não ficara sabendo que a mulher foi novamente amparada pela Dona Nenê Benzedeira no momento do parto, numa semana em que o cavalo arreado do antigo patrão tinha sido visto em várias ocasiões naquelas redondezas da Mata Grande, conforme esta relatou na presença da Verônica em sua casa. A pedido dele, Dona Nenê ficou naquela casa durante algumas semanas prestando ajuda, sem que a patroa jamais soubesse. "Jurei nunca mais fazer parto nessa vida, cumadre. E ocê só agora sabe a razão disso". Justificou a velha benzedeira para a amiga Verônica, confirmando as dificuldades que passou em ter que fazer tudo às escondidas, num tempo em que empregado não tinha nem escolha nem vontade.

A história do nascimento da menina de olhos azuis e da sua morte naquelas circunstâncias foi muito lembrada pelas duas comadres, com valiosos detalhes, sobretudo pela Dona Nenê, com a cabeça melhor para as coisas do passado, apesar de mais velha. Contaram, inclusive, que a menina, desfalecida e com ferimentos graves, foi encontrada ainda com vida ao lado do cachorro, inerte, que teria lutado até à morte em defesa da pequena. Mas ela também não resistiu aos ferimentos, vindo a morrer horas depois, em casa, nos braços da mãe. Entretanto, nada em suas lembranças, tanto da Verônica como da Dona Nenê, citava o episódio do abordo ocorrido na casa da fazenda, tempos depois, no último ano do século, relatado em seu diário pela velha patroa. Um segredo ainda guardado naquelas páginas esquecidas.

"Novamente encontro-me numa situação equivalente, em que devo decidir o que fazer, agora que surgiu essa oportunidade de corrigir meus enganos do passado. Essa pobre mulher que convalesce sob meus cuidados bem que poderia ter segurado em seu ventre o filho que tanto queria [...]. *Mas não foi possível desta vez. Prometi-lhe, no calor da emoção – e por perceber que sua vida se escoava naquela esperança perdida –, que lhe arranjaria uma criança recém-nascida; para isso, pedi-lhe que se mantivesse em silêncio, quanto ao aborto. Que confiasse em mim, pois lhe conseguiria, dentro de alguns meses, com as graças do bom Deus, uma criança linda, recém-nascida, para criar como sua, como aquela infelizmente levada pelo Senhor, cujas razões não nos cabem questionar* [...]."*.*

"Naquele momento, confiante no que previa como saída para o caso, não pensei nem por um segundo sequer se a criança que lhe oferecia como forma de recompensa ao seu sofrimento pudesse também não nascer... Se por um lado eu tinha confiança que lhe arranjaria uma criança bem-nascida, mesmo sabendo das dificuldades que a vida me reservava, por outro, pesava a dúvida de como ficariam as coisas se tudo desse errado. Ironicamente, o que não seria de tudo ruim para uma parte da história que apenas tomaria seu curso, enquanto que para esta mulher, uma tragédia. Sobretudo, pela esperança perdida de uma promessa que não se concretizaria em sua vida. Rogo a Deus misericordioso que me ampare e me proteja, concedendo-me a graça da boa escolha nesta hora tão aflitiva..."

"[...] resignada e fraca a mulher assentiu, sem questionar, sobre essa possibilidade de fingir-se grávida, o que lhe parecia tão absurda quanto à criança que acabara de perder pelas circunstâncias da vida. Estava fraca e não poderia mesmo assumir qualquer compromisso naquela noite, além de se manter viva para continuar seu caminho. Entretanto, sentindo-me animada pela minha proposta, conclui: 'Você vai ter a sua criança, querida, basta esperar por alguns meses que lhe arranjarei uma com as graças do bom Deus'."

"No dia seguinte, no domingo pela manhã, quando lhe trouxe canja de arroz que preparei na cozinha, a pobre mulher mais refeita, apesar de abatida, quis saber um pouco mais de mim daquilo que eu lhe havia proposto na noite anterior, no calor das circunstâncias. Por enquanto e até não sei quando, quero preservar nomes para não escapar das mãos o silêncio e o segredo do que estou imaginando realizar. Por isso mesmo, confirmei minha proposta, mas não adiantei sobre a origem da criança que lhe arranjaria para criar como sua".

"[...] tive dúvidas, mas resolvi continuar com a minha proposta àquela mulher, pois não havia saída ou mesmo outra solução que pudesse contemplar os problemas surgidos tão repentinamente [...]. Contei-lhe sobre a necessidade de manter tudo em silêncio e continuar sua vida como se sua gravidez ainda seguisse seu curso. Pelo que me dissera na chegada, estava grávida há menos de vinte semanas. 'Continue como se nada tivesse acontecido, minha filha. Dentro de alguns meses você vai ter o seu bebê a quem poderá criar do seu jeito, com muito amor', conclui esperançosa de que ela finalmente aceitasse a minha única condição: simular o nascimento de uma criança sua, disfarçando-se de grávida por mais alguns meses, como se jamais tivesse perdido a verdadeira naquele aborto em minha casa".

"Mostrei-lhe que apesar de se tornar uma criança adotada como somos todos, em Cristo, a criança será aceita e protegida pelo bom Deus, misericordioso como seu próprio filho. 'Sei que Ele mesmo está nos indicando esse caminho', conclui quase me irrompendo em lágrimas".

"Insisti, da mesma forma, que adotar uma criança, trazendo-a para casa para sua proteção e acolhimento, é um ato de amor em Cristo pela escolha desse amor, tão sublime como aquele natural que temos pelos nossos próprios filhos, nascidos do nosso ventre. 'Chega a ser até maior, pois, incondicional, se valoriza pelo fato de que você adota, porque ama.' Concluí, assim, quando percebi sua total aceitação".

"Durante aquela semana em que estivemos juntas, procurei na palavra de Deus o que havia sobre adoção, porque percebi que era essa a diferença que a incomodava. Durante os meses que se seguiram ao episódio do aborto, fui visitá-la inúmeras vezes em sua casa para lhe dar apoio no que necessitasse e conforto a seu espírito. Esperançosa, ela sempre queria saber se a proposta ainda estava de pé e quanto tempo ainda faltava para que tudo se arranjasse da melhor maneira".

"No final de fevereiro, vendo que as coisas evoluíam positivamente para o nascimento da criança, lhe adiantei que dentro de poucas semanas tudo se arranjaria".

27

Aproximava-se do natal daquele ano tão difícil para todos na fazenda, quando subitamente tivemos notícias seguras de que o Juca da Dona Nenê, refugiado no Mato Grosso, voltaria à Gameleira, mas somente ele, para visitar a avó, cuja saúde não estava nada boa depois de seu aniversário de cem anos, comemorado por todos da região com muita festa.

Festejamos o aniversário das duas amigas, Verônica e Dona Nenê Benzedeira, ambas nascidas no dia dos mortos, com direito a missa na igreja São João Batista, de Gameleira, celebrada a pedido da Dona Regina e do Irmão, pelo Padre Juquinha. O padre trouxe também com ele, da cidade, o coral do Colégio das Irmãs Carmelitas. Apesar de não coincidir com a data certa do aniversário das duas comadres, ocorrida na quinta-feira anterior, todos se reuniram para a celebração especial no domingo pela manhã em que compareceram moradores da região, como também da cidade, alertados pelo semanário publicado na véspera em Perobeiras. Esses vieram de trem até à Estação Flor de Minas.

O dia, muito quente desde as primeiras horas, permaneceu limpo sem ameaça das chuvas costumeiras de novembro, como as que retornavam cada ano nos primeiros dias desse mês. "Não há finados sem choro", diziam os mais velhos, em Gameleira, observando que a própria natureza vertia suas lágrimas. Conforme observou o vigário na hora da missa, e percebido pelos moradores de Gameleira, o silêncio da madrugada foi quebrado pelo sino da igreja como há muitos anos não se ouvia. Foi um momento especial, em homenagem às duas aniversariantes. Tocaram o sino durante cem minutos, com "repiques sincopados" – palavras do padre Juquinha –,quando atingiram os tempos de noventa e de cem minutos, bem coordenados pelo sacristão. "Um minuto para cada ano de vida", justificou o padre.

Um pouco mais tarde, quando chegamos da fazenda de charrete, a Praça da Gameleira já estava repleta de pessoas. Caminhões, carros e carroças foram estacionados na Rua de Baixo, ao lado dos armazéns de catação de café, enquanto os animais das montarias ficaram amarrados nas portas das vendas e dos bares. Dona Nenê Benzedeira, o Pedro e a Raimunda vieram apertados na cabine da caminhonete, trazidos pelo Patrão. Outros tantos vieram na carroceria, ajeitados como puderam, ao lado do Pagé que também quis participar daquela turma animada na hora da saída do carro. Contaram que o cachorro correu atrás da caminhonete até a encruzilhada, em frente à escola da Dona Regina, quando o Patrão parou para que abrissem a porteira e, ao mesmo tempo, permitissem que o cachorro pulasse para cima da carroceria.

Verônica chegou no dia anterior a Gameleira, no final da tarde, trazida pelo Zico na charrete da Dona Regina. Atendendo ao pedido de Deoclécio, que naquele sábado ensinava leitura aos adultos na escolinha. Zico veio até à fazenda buscar a velha tia que durante a semana se hospedara na casa da Dona Nenê.

A festa com bebidas e muita comida encomendadas pelo Patrão e o Sr. Deoclécio foi preparada pela Dona Regina e outras colaboradoras, com a ajuda da Piedade e do Zico. Tudo foi organizado à sombra da velha gameleira, onde todos permaneceriam até altas horas da noite. Assaram cabritos, leitoas e pernis de capado gordo, dispostos em gamelas de madeira, também havia rolos e rolos de linguiça defumada ao lado de mandioca frita em grandes tabuleiros, enquanto tigelas de louça branca com galinhada e tutu de feijão preto completavam o cardápio. Tudo era distribuído sobre toalhas bordadas de algodão e linho em mesas improvisadas, feitas de tábuas sobre cavaletes, enfileiradas em círculo em torno da árvore.

Um número expressivo de cadeiras e bancos de madeira trazidos inicialmente das casas da vizinhança não foi suficiente para acomodar a todos. As coisas se ajeitaram em número satisfatório de assentos, somente quando o padre Juquinha autorizou que trouxessem também bancos e cadeiras da igreja. Percebendo o momento, o padre solicitou ajuda às alunas internas do Colégio das Irmãs – as mesmas que cantaram no coral –, como também de alguns rapazes que se mostraram prontamente dispostos a cooperar com o transporte dos móveis, ao lado das moças, mesmo a contragosto da Madre Superiora. Além disso, havia tambores de duzentos litros com gelo e serragem – protegidos do vento entre as nervuras salientes das raízes gigantescas da velha gameleira –, repletos de cervejas e refrigerantes. Nenhum amigo deixou de comparecer, nem mesmo os mais velhinhos e incapacitados do asilo São Vicente de Paula, trazidos no final da tarde pelo Sr. Deoclécio. Pelo visto, toda a Gameleira estava presente na praça, pois havia seguramente mais de trezentas pessoas bem acomodadas na festa. Todos, com suas famílias e parentes, eram gratos à velha Benzedeira que sempre contribuiu para o bem-estar da comunidade com suas rezas, remédios caseiros, emplastos, orações e "benzeções" para males do corpo e do espírito. Da mesma forma, tinham consideração pela Dona Verônica, a principal catadeira de café dos armazéns de região. "Além disso", comentavam, "fazer noventa ou cem anos em Gameleira, por si só, era motivo suficiente para comemoração".

Quase dois meses depois daquela festa, pesaroso por não ter comparecido ao aniversário dos cem anos da avó – pois que ainda sentia temores de vingança –, Juca chegou à casa da Dona Nenê, num jipe de aluguel, vindo da Estação Flor de Minas. O moço, para não causar problemas, retornou sozinho de Mato Grosso, depois de muitos meses longe de casa. O motorista, um velho conhecido de Juca, jurou manter segredo sobre sua presença na região, prometendo retornar à fazenda para levá-lo de volta à estação, em dia combinado. O neto chegou sábado, 22 de dezembro, e retornou na terça-feira, dia 25. Como ele mesmo falou algum tempo depois, intuíra que não mais veria a velha avó por compreender que ela não suportaria esperar mais por outro retorno seu de Mato Grosso, apesar das rezas e encantamentos.

Dona Nenê Benzedeira, para a surpresa de todos, faleceu na noite do mesmo dia em que se despedira do neto pela manhã. Juca, cismado de que ainda estava sendo perseguido desde o seu sumiço para o Mato Grosso, apesar de ser natal, preferiu sair mais cedo naquele dia e aguardar a passagem do trem no final da tarde, na casa do amigo motorista, que morava próximo da estação. De uma forma ou de outra, o neto se mostrou consciente do inevitável, mas não podia agir de outra maneira, precisava retornar de onde veio, para o seu próprio bem. Mas, desta vez foi aconselhado desse retorno pela própria avó que compreendeu – agradecida pela visita do neto – ser também o seu próprio momento de partir. Dona Nenê, conformada, parecia não querer mais ficar longe do neto, nem levar igualmente a vida que já sentira completa, de "ciclo fechado", como gostava de repetir quando alguém morria.

O trem que deixou a Estação Flor de Minas antes das sete horas da noite, possivelmente, ainda não teria viajado dez quilômetros, quando fomos avisados da morte da velha benzedeira. A pedido do padrinho Tonho, Juca deixou desta vez endereço do seu paradeiro em Mato Grosso. Antes disso, no final da tarde daquele dia de natal, depois da missa celebrada pelo padre Juquinha na igrejinha da fazenda em memória do Nazareno, – como disse o padre –, e da minha Madrinha, a pedido do Patrão, Dona Nenê Benzedeira, caminhando com dificuldades, acompanhou a todos os presentes naquela missa até nossa casa para tomar café preparado pela Luíza. Foi a forma encontrada pelo Tonho de comemorar a lembrança da Madrinha, falecida há um ano, no dia de natal, convidando a todos os presentes para um café especial com tudo o que ela mais gostava de fazer para as visitas.

Fazia muito calor e ameaçava chover, a observar pelo escuro que se percebia no céu a partir da varanda da nossa casa. Além disso, ventava muito, sacudindo árvores e o mastro de São João Batista em frente à igrejinha, seguido de redemoinhos que surgiam na estrada, levantando poeira, folhas e galhos, anunciando que a chuva não tardaria. Mais tarde, já cansada e dizendo que gostaria de voltar para casa antes da chuva, na entrada da noite, a velha benzedeira foi conduzida pela Raimunda do Pedro na charrete do Tonho. Despediu-se de todos dizendo-se feliz em comemorar a lembrança da Natividade, sua velha amiga de tantos anos. A Luíza – que de vez em quando dormia com ela em casa para não a deixar sozinha quando aparentava alguma dificuldade –, foi também em companhia. Segundo relatou mais tarde, Dona Nenê faleceu minutos depois de entrar em casa e acender o lampião Aladim, com a ajuda da Raimunda do Pedro.

Amparada pelas duas companheiras, e caminhando com dificuldade pela sala, Dona Nenê olhou saudosa para o retrato do neto disposto na parede próxima à entrada para a cozinha, até se aproximar um pouco mais daquela parede. Depois de entregar a bengala para a Luíza, ao seu lado, e fazer o sinal da cruz, abaixou-se lentamente sem ajuda, como se ajoelhasse, até tocar o assoalho de tábuas bem limpas. Quase desfalecida, disse baixinho: "Meu Deus!", e não fez mais menção de se levantar. Desligou-se da vida como um passarinho adormecido, como bem nos contou a Raimunda do Pedro, valorizando a morte bonita da amiga de tantos anos.

28

Com o falecimento da Dona Nenê Benzedeira, pela primeira vez fiquei ensimesmado com a morte, mesmo sabendo que sua vida não demoraria a clamar por descanso. E que minha família, que parecia ser tão grande, ainda há poucos anos – pois considerava a todos como parentes próximos, apesar de verdadeiramente nunca terem sido –, agora se resumia a quase nada, restando-me poucas pessoas que preenchiam meu coração de vida e esperança. Para não me esquecer de nenhum deles, da sua presença e importância em minha existência, comecei a escrever, nessa ocasião, esses apontamentos, estimulado pela forma que a velha patroa relatou momentos relevantes de sua vida naquele diário. Mas não era nada fácil encarar tanta lembrança que sempre encontrava o fim na morte.

Por ter sido filho único de mãe entrevada, jamais pude conhecer do passado além do que me foi relatado pela memória daqueles que se foram. E que eu deveria deixar de ser o Miudinho, que em todos os momentos era lembrado da condição de pequenino pela carinhosa Benzedeira, quando me aconchegava e protegia.

Comecei a perceber que precisava refletir um pouco mais do que acontecia comigo, quando de tempos em tempos retornavam em meus pensamentos as derradeiras palavras criptografadas, percebidas através dos olhos da minha mãe no momento da sua partida, sobre nunca deixar de buscar o que encontrar neste mundo. Era estranho, às vezes, compreender essa busca e o que encontrar, pois se nem mesmo o que procurar sabemos, quando mais o momento certo dessa busca, já que a dinâmica das coisas e dos acontecimentos em nossa vida não dá espaço para encontrar esse tempo. De qualquer modo, sem mesmo buscar ou ter alguma explicação, eu pressentia que era o momento de explorar mais dessa lembrança, antes que partissem os que ainda me restavam. Não sabia porquê, mas era mesmo o momento de avançar mais um pouco no que havia disponível em minhas mãos e aceitar crescer com o que dispunha de fértil à minha volta.

Poucos meses passados da morte da Dona Nenê, numa tarde de domingo, tivemos uma visita surpresa em nossa casa. Era domingo de páscoa que naquele ano coincidiu com o dia primeiro de abril. Chegaram Dona Verônica e sua filha Aparecida, a irmã de leite da minha mãe, que há vários anos não retornava a Gameleira, nem mesmo à fazenda. Vieram trazidas pelo Sr. Deoclécio, no velho jipe da família, como pude perceber mais tarde. Mandaram me chamar, pois me encontrava, como de costume nas tardes de domingo, envolvido com leituras e pesquisas na biblioteca da fazenda. O patrão naquele dia encontrava-se na cidade, aproveitando o domingo para visitar um amigo, dos poucos que ainda restaram de sua juventude, conforme ele mesmo dizia, às vezes, assustado com a própria idade.

A filha da Dona Verônica, uma senhora negra, magra e bem vestida, queria ver o "sobrinho", que jamais conhecera, porque não havia retornado ao Distrito deste o tempo em que minha mãe estava grávida. Mãe e filha se desentenderam, na ocasião do casamento da Aparecida, "por princípios", como dizia a velha Verônica, e não se viam deste então. Em todos esses anos, foi a primeira vez que Verônica entrou em nossa casa, pois dizia respeitar a memória da Madrinha e sua determinação de nunca mais se falarem. Mas que, de qualquer modo e apesar de tudo, naquela visita ela não desrespeitava a sua determinação, pois se tratava da casa do Tonho e não da Madrinha que há muitos anos havia deixado a casinha dos fundos da fazenda para morar conosco e por isso mesmo não violava nada do passado. Mediante isso, veio desta vez por insistência da filha, quase um ano e meio depois da morte da Madrinha.

Avisado pela Dona Raimunda do Pedro de que a Luíza estava à minha procura, aguardando-me na varanda da cozinha do casarão da fazenda, soube que tínhamos visitas em casa naquela tarde. Apesar da novidade, Luíza guardou segredo e não me contou de quem se tratava. "Acho que você vai gostar de saber quem chegou, mas é surpresa", concluiu depois da minha insistência em perguntar quem seria.

No trajeto, mesmo com o pensamento envolvido naquela curiosidade, pude ainda observar que o céu estava muito limpo, sem nuvens, até onde a vista podia alcançar. "Era mesmo um dia bonito para boas surpresas", pensei. Apesar da brisa leve e fria do outono que descia da encosta e nos cortava o caminho no meio da lavoura de café, prevalecia um calor suave que enchia a atmosfera do cheiro da folhagem, cujos grãos já mostravam sinais de amadurecimento. "A panha não tarda a começar", pensei.

Ao aproximarmos do terreiro de café, na extremidade oposta a nossa casa, próximo ao muro da Tulha Velha, pude ver o calango cotoco que nos espiava de braços esticados, balançando favoravelmente a cabeça em reconhecimento à minha presença. "Boa tarde, Rubião. Você se lembra da Luíza? ", perguntei, aguardando a única resposta possível do bicho. A moça riu da minha experiência, mostrando-se favorável a perguntar também alguma coisa para o lagarto, cuja resposta fosse positiva, como na verdade aconteceu.

Ao chegarmos à varandinha da casa, a julgar pela conversa animada que vinha de dentro, observei que todos se encontravam na cozinha e que apenas uma menina moreninha, de cabelos cacheados, de pouco mais de sete anos, brincava na sala com uma boneca de pano e algumas caixinhas de costura cedidas pela Luíza antes de sair à minha procura. Era a filha da Aparecida que também veio a Gameleira para conhecer a avó.

"Que coisa mais linda! É este menino bonito o filho da Esther, Tonho?", perguntou efusivamente a Aparecida, admirada em me ver pela primeira vez, enquanto eu entrava curioso na cozinha, pelo corredor, trazendo comigo a menina pela mão. Abraçou-me longamente como se quisesse me proporcionar, nesse envolvimento carinhoso, a alegria que sentia. Foi estranho, mas gostei da Aparecida assim que a vi, como se a conhecesse há muitos anos e a tivesse sempre em minhas lembranças. Naquele momento, assim tão próximo de uma realidade adormecida, percebi que tinha sido a primeira vez que alguém havia falado o nome de minha mãe, depois de tantos anos. Quando alguém se referia a ela, perto de mim, ou de alguém da nossa casa, jamais falava o seu nome. Era simplesmente "a sua mãe", quando diretamente comigo, ou "a Natalinha", com os demais, um apelido carinhoso que amigos mais antigos da minha Madrinha, como a Dona Nenê, ou mesmo o Tonho, falavam por se tratar da filha da Natividade. Pelo visto, Aparecida a chamava mesmo por Esther.

Aparecida queria muito me conhecer e não escondeu esse desejo em nenhum momento naquele encontro. Além de ficar me olhando o tempo todo, buscando alguma semelhança do passado, sempre me dirigia perguntas interessantes, valorizando minhas respostas e tudo aquilo que percebia ser do meu interesse. Segundo ela, agora voltada para todos, reviver um pouco das lembranças da infância na fazenda – mesmo vazia das mulheres que conheceu no passado –, era a experiência com que sonhava há muitos anos. Dona Verônica, emocionada e comovida com aquele reencontro, chorava o tempo todo. Concluiu saudosa, que já não lhe restava mais ninguém do seu tempo em toda a Gameleira, "dispois da morte da cumadre Nenê", desabafou. Ao perceber a emoção da avó, tão velha para os seus olhinhos, a pequena neta assentou-se a seu lado no banco da cozinha, dizendo-lhe que não chorasse, pois que ela, apesar de muito pequena, seria "sua amiga para sempre".

Depois dos cumprimentos da chegada, Aparecida mostrou-se mesmo interessada em conversar comigo separadamente, convidando-me para caminhar um pouco pelos arredores da fazenda e rever lugares preciosos da sua infância, de quando passava grande parte de suas férias em companhia de minha mãe, na casa da Madrinha. Naquela ocasião, segundo ela mesma nos lembrou, minha avó ainda morava na casinha dos fundos da sede da fazenda e que ela, morando em Gameleira, já havia se mudado da casa que ficava perto da encruzilhada do monjolo, ocupada há muitos anos pela família do Tião.

"A Madrinha mudou-se para a nossa casa na semana em que eu nasci, Aparecida", comentei. Ao caminharmos pelo pequeno corredor da casa, percebi que ela – passando a mão em minha cabeça, como faziam muitos dos amigos mais próximos da família –, assentia com os olhos enquanto me ouvia, conservando um pequeno riso, mas triste, no canto dos lábios. Passamos primeiro pela sala da casa, onde Aparecida reconheceu no painel de retratos fixados na parede aquele em que ela e minha mãe, abraçadas, segurando os cadernos, entravam juntas pela primeira vez no Grupo Escolar de Gameleira. Emocionada, apenas comentou que não se recordava mais daquele retrato, tão grande e bem conservado, mas que jamais haveria de se esquecer desse dia tão importante em suas vidas.

O sol ainda estava alto, voltado para a mata, atrás da nossa casa, quando saímos para um passeio nas redondezas. Sua filha, a moreninha de cabelos cacheados, a pedido da Aparecida, ficou aos cuidados da Luíza, entretida com brinquedos e brincadeiras. Conforme indicava a sombra do mastro de São João Batista, em frente à igrejinha da fazenda, eram possivelmente quatro horas da tarde, o que foi prontamente confirmado pela Aparecida em seu relógio de pulso, quando me ouviu falar em voz alta o que percebia das horas indicadas pelo sol. A seu pedido fomos primeiro até à igrejinha "rezar um pouco e matar saudades", segundo comentou, onde tantas vezes as duas amigas, irmãs de leite inseparáveis, faziam suas promessas e orações de meninas. Caminhei a seu lado, mostrando-lhe o que imaginava ser novidade na fazenda e que não fazia parte do seu tempo. Olhava tudo com muita atenção. Curiosa e observadora identificou a Tulha Nova dentre outras construções que não faziam parte das que reconhecia. Ao passarmos ao lado da Tulha Velha, apresentei-lhe o amigo calango, que ainda se aquecia no mesmo lugar, sobre o muro, imperceptível em sua camuflagem de lagarto. Achou graça quando lhe contei que conversava com ele enquanto trabalhava na secagem do café, fazendo-lhe perguntas para vê-lo pronunciar o involuntário "sim" como resposta, acenando positivamente com a cabeça. "O nome dele é Rubião, Aparecida, a figura mais carrancuda da fazenda", brinquei.

Como todo domingo, a porta da igrejinha estava apenas encostada, pois, não raro, nesse dia havia pessoas da região que, impossibilitadas de comparecer à missa em Gameleira, chegavam para rezar para São João Batista e agradecer pelas graças recebidas na última semana e pedir forças para vencer com saúde a seguinte. Era também o dia em que a Raimunda do Pedro – responsável pela chave e a guarda da igrejinha –, varria a nave e a sacristia com vassoura de alecrim, limpava os bancos, trocava a toalha de linho rendada e as rosas velhas do altar por novas, mesmo antes do sol nascer, para deixar tudo, como deveria ser "desde o tempo do Império". As rosas eram trazidas de uma velha roseira do jardim interno da sede da fazenda, do tempo da velha Patroa.

No momento em que entramos a igreja estava silenciosa e sombria como qualquer outra do interior, quando não são invadidas por andorinhas miúdas de colarinho branco e seus pios estridentes, voando de canto a canto da nave. Apenas a luz avermelhada da pequena vela de um castiçal de vidro da mesma cor, disposto sobre o altar forrado de linho branco bordado, mostrava algum movimento. Por esquecimento da Raimunda do Pedro, os santos ainda estavam cobertos do "roxo amargurento da coresma", como ela se referia aos paramentos e arranjos da igreja católica naquele mês.

Aparecida aproveitou o momento para rezar um pouco. Escolheu ficar ajoelhada – à direita da entrada – ao pé do banco localizado na terceira fileira do lado das mulheres, onde as iniciais do seu nome e da minha mãe, conforme me mostrou naquele momento, estavam marcadas no assento, delimitadas por um longo traço divisório. Vendo o meu espanto por desconhecer algo tão especial, tão próximo da minha casa, inclinou-se para mim e, baixinho, disse serem aqueles os espaços onde as duas, sempre juntas, ficavam assentadas quando havia celebrações na igrejinha. "A gente chegava sempre mais cedo para assegurar nossos lugares que não cedíamos para ninguém", confessou. Fiquei assentado a seu lado no banco da igreja, olhando as paredes, os santos cobertos, o forro do teto de tábuas pintadas de branco e o altar encaixado no fundo, bem talhado e emoldurado de "fina marcenaria", como dizia o Tonho quando se referia aos trabalhos do avô Petrônio.

Em suas orações, em voz baixa, embora perceptível, pediu pela saúde da filha e do marido, pela mãe já idosa, seus irmãos e sobrinhos, pelo acolhimento da Madrinha junto ao Senhor e pela amiga falecida, irmã de leite, cuja lembrança era muito presente em sua vida: "como se você nunca tivesse nos deixado, minha querida", completou. Rezou também pela alma de outras pessoas que eu não conhecia. Sem nada para rezar, agradecer ou pedir, eu apenas ouvia suas preces, enquanto observava o caminhar vagaroso da faixa de luz inclinada do sol que penetrava pela claraboia da parede lateral, cujo reflexo iluminava os anjos cobertos de roxo no canto oposto do altar.

Num dado instante, encerrando suas orações e pedidos, para a minha surpresa, completou: "Senhor, cuide bem deste menino da Esther; ajude-o a buscar o que encontrar nesta vida". Percebi naquele minuto o coração acelerar descontrolado. Fiquei assustado com minha reação imediata, quase explosiva, quando normalmente deveria ser mais serena, sem sobressaltos, ainda que acometido de perto por lembranças que me eram tão caras. Não havia nenhum motivo aparente que justificasse minha agitação, além da coincidência observada nas preces finais da Aparecida, semelhantes às percebidas da minha mãe, no momento de sua morte. Foi uma reação estranha e incontrolável, sem dimensão de duração. Acho que fiquei ali um bom momento, assustado sem reação, envolvido em lembranças.

Refeito, mas sem noção do tempo decorrido, senti sua mão tocar meu ombro direito, pedindo-me que prosseguíssemos em nosso passeio pela fazenda. "Antes que fique muito tarde", completou. Penso que por alguma razão, momentos antes, ao me perceber compenetrado e distante, cuidadosa, Aparecida deixou-me permanecer ali, assentado a seu lado, o quanto fosse necessário para me restabelecer e voltar ao mundo. Ao sairmos pela porta da capela, percebi pela sombra do mastro de São João Batista, logo à frente, que faltavam poucos minutos para as cinco e meia da tarde. Desta vez, nada comentei sobre as horas.

Aparecida quis rever, momentos depois, a casinha dos fundos da sede da fazenda onde ela e minha mãe passaram bons momentos, quando meninas, até que se mudou para a Capital para trabalhar na casa de um dos filhos do Patrão, quando mal fizera treze anos de idade. Quis também entrar na casa da fazenda, onde brincavam de esconder, nos vários cômodos e cantos que havia, com seus segredos e lembranças daquele tempo. Depois de conversarmos um pouco com o casal na casinha dos fundos, subimos pela escada da varanda da cozinha da fazenda, incentivadas pelo Pedro da Raimunda, enquanto a esposa nos prepararia em sua casa um café com biscoitos de polvilho escaldado, fritos na hora. Seu Pedro nos deixou sozinhos na visita a casa, enquanto retornava para pegar lenha para a mulher que naquele momento acendia o fogão. "Sobe lá, vai com ela meu fio. Depois cês vêm tomá café com biscoito de porvi, frito", acrescentou a Raimunda do Pedro da porta da casinha dos fundos.

Entramos pela cozinha da fazenda e caminhamos juntos pela casa, em direção à varanda da frente, passando pelos corredores até a sala principal. Abrimos as mesmas janelas envidraçadas, do seu tempo, deixando entrar a luz da tarde que esmorecia avermelhada, bem longe, entre poucas nuvens. A tarde estava mesmo muito bonita, elevando o espírito na percepção do encontro entre o horizonte escuro e o céu avermelhado entre nuvens, que ainda desafiava nossa imaginação.

Na varanda, ficamos lado a lado, mas, seu pensamento, certamente, evadia-se de tudo a seu redor naquele momento, menos das recordações propiciadas pelo entardecer na roça. Seu rosto negro e sereno brilhava sob a luz alaranjada e afogueada que vinha de longe, como os seus olhos, também negros e bondosos, que refletiam emocionados suas recordações. Não sei por que, senti profunda saudade de minha mãe naquele momento, ali tão perto de alguém, despretensiosa e amiga, que exalava gestos e atitudes que me traziam lembranças inatingíveis. Era como se a conhecesse sempre, como uma tia amiga que nunca se afastara de mim durante toda a minha vida, ainda miúda comparada com a dela.

Tive também a oportunidade de lhe mostrar a biblioteca que ainda permanecia, como tudo naquela casa, como no passado. Mesmo a disposição dos móveis era a mesma, certamente. "E o cheiro de madeira e verniz, como no meu tempo", completou. Ao abrir as janelas naquela hora da tarde, mostrei-lhe o reflexo da luz do sol decomposta pelos prismas dos vidros bisotados das estantes do lado oposto do escritório. Contei-lhe do meu interesse pelos livros e de como me dedicava à leitura daqueles antigos guardados nas estantes fechadas à chave, com o consentimento do Patrão que sempre me incentivava a pesquisar o que fosse necessário para minha satisfação e conhecimento.

Finalmente, antes de sairmos de volta à casinha dos fundos para o café com biscoito de polvilho frito prometido pela Raimunda do Pedro, Aparecida pediu-me para me assentar ao seu lado para uma pequena conversa ali mesmo naquele antigo escritório da fazenda. Ficamos juntos na poltrona de couro de dois lugares que rodeava a pequena mesa de centro, disposta sobre a pele curtida da velha onça morta pelo antigo patrão, no tempo do Império.

Abrindo a bolsa que trazia, fechada com um delicado trinco dourado, retirou primeiramente os óculos. "De longe até que eu vejo muito bem, mas de perto, não tem mais jeito. Só de óculos", brincou. Em seguida, retirou alguns objetos pessoais da bolsa, que colocava delicadamente sobre a mesinha a nossa frente. Entre eles havia uma pequena caixa de metal, antiga, que separou com delicadeza das demais coisas que trazia em sua bolsa. Na verdade, tratava-se de uma latinha com tampa articulada em pequenas dobradiças, com desenhos, estampas e dizeres de uma marca conhecida de biscoitos. Primeiramente, abrindo a latinha, me apresentou uma fotografia sua com minha mãe, grávida de seis meses, obtida na última vez em que estiveram juntas. A foto foi tirada por fotógrafo de rua, na Praça das Palmeiras, em Perobeiras, tendo ao fundo a Catedral e as montanhas da serra, mais ao longe. Aparecida contou que naquela ocasião estava a passeio em Gameleira para anunciar que ficaria noiva no próximo ano, tendo trazido com ela o noivo que conhecera na Capital, apesar de ser mineiro da região de Ouro Preto.

Contou que no dia em que foi tirada a fotografia, ela teria atendido a um pedido do Tonho para acompanhar a minha mãe em visita ao médico, na cidade, por ter sofrido um desmaio na noite anterior, e que o Sr. Deoclécio, ao constatar nela pressão muito alta, sugeriu que fosse levada até o hospital Nossa Senhora Auxiliadora para uma consulta de urgência. O Tonho, mais cedo, levara minha mãe até Gameleira, de charrete, em busca de ajuda. Naquele dia, havia chovido muito na madrugada, como em toda a semana, deixando as estradas intransitáveis, mesmo para o carro do farmacêutico que nessas horas se prontificava a dar socorro a quem necessitasse de condução. Passaram primeiro pela casa da Verônica à procura da Dona Nenê Benzedeira que estaria de visita à comadre naquela semana, quando também encontraram a Aparecida, que havia chegado à véspera, de surpresa. Mais tarde, por volta das dez horas, foram juntas de trem a partir da Estação Flor de Minas, levadas até lá pelo Sr. Deoclécio.

"Sua mãe ficou muito assustada quando o médico lhe disse que precisava ficar em repouso absoluto, em cima da cama, se não quisesse perder a criança e mesmo a vida", disse também que minha mãe chorou muito naquele dia, com medo de sofrer um aborto, como os vários que tivera no passado, quando esses desmaios anunciavam que a gravidez não vingaria. "Ela queria muito ser mãe, apesar dos riscos que corria", completou. Aparecida recordava daquele dia com muito carinho, como se seu coração nunca tivesse se afastado daquele tempo em que as duas amigas confidenciavam seus segredos. Vendo meu interesse, continuou.

"Enquanto aguardávamos nosso retorno a Gameleira no trem das seis horas da tarde fomos juntas passear na Praça da Matriz, quando fizemos esta fotografia para distraí-la um pouco". Contou em seguida que enquanto o fotógrafo revelava a foto ali mesmo na praça as duas assentaram-se no banco do jardim para continuar suas conversas e lembranças. "Sua mãe me pediu que ficasse com a foto para que eu levasse comigo uma lembrança daquele dia em que passamos juntas, sozinhas, depois de tantos anos".

Em seguida, Aparecida mostrou-me outras fotografias mais antigas tiradas da latinha de biscoitos, mas nenhuma delas recebeu a mesma atenção daquela da Praça da Matriz. Contou-me também, que naquela tarde, ainda no banco da Praça, minha mãe pressentia que não a veria mais. Alertada pelo médico, tinha muito medo de perder a criança por causa da gravidade do seu problema de pressão. Tinha de parar de fumar, o que se dispusera a fazer, sem sucesso, desde que foi avisada pelo Sr. Deoclécio no início da gravidez para se prevenir de coisas que pudessem pôr em risco a própria vida e a da criança.

“Nesse dia, enquanto estávamos no trem a caminho da Estação Flor de Minas – continuou –, sua mãe conversou muito comigo e me revelou alguns questionamentos que trazia com ela, surgidos depois que ficou grávida. Dizia ter visões e lembranças de coisas que não podia explicar”. Nesse momento, Aparecida me passou o que chamou de duas “relíquias” da minha mãe, guardadas dentro da delicada latinha de biscoitos. O que trazia estava envolvido por um papel de seda e preso por uma presilha de cabelos. Segundo ela mesma acentuou, mostrando-se preocupada pelo cenho fechado que aparentava, a primeira dessas relíquias era uma fotografia do marido da Madrinha com cerca de trinta anos. Tratava-se de uma pequena foto de documento que minha mãe guardava, segundo a Aparecida, sem que minha avó soubesse. A foto revelava um homem mulato, de rosto grande, vestindo um paletó, sem gravatas. A outra “relíquia” que guardava há tantos anos, segundo ela, parecia com folhas arrancadas de um livro velho, um pouco amassadas, dobradas em quatro.

“Parecem folhas da Bíblia, Aparecida. É isto mesmo?, indaguei curioso, associando aquilo, inconscientemente, com alguma coisa que retinha na memória, sem ainda saber o quê. Confirmou, dizendo-me que as duas “relíquias”, chamadas assim pela minha mãe, foram-lhe repassadas em sinal que confiava nela para guardá-las e somente devolvê-las, com uma cópia da fotografia da Praça das Palmeiras, quando se encontrassem novamente, o que nunca mais ocorreu.

“Essas coisas eram importantes para a sua mãe, meu filho, e as queria bem guardadas, longe de casa, não sei por quê. Nunca soube em todos esses anos o significado daquilo que chamava de relíquias. Não fazia sentido para mim, porque eram coisas muitos simples para qualquer pessoa. De qualquer modo, guardei o que ela me deu, sem questionamentos, nessa latinha de biscoitos que me acompanha desde pequena. Continuou dizendo presumindo tratar-se de um cuidado que ela tinha com essas coisas, por ser muito curiosa e determinada em tudo que dizia respeito à vida. Deu uma pausa e concluiu: "Mas também por não ter certeza ainda até onde ela poderia chegar com suas visões e lembranças do que não explicava. Pode ficar com tudo isto, filho".

Por um instante percebi que podia conversar com a Aparecida coisas que não compartilhava com ninguém, desde a perda da minha mãe. Depois da sua morte, ficou difícil falar dos problemas do pensamento, que ressurgiam de tempos em tempos quando avançava minha curiosidade pelas coisas que não compreendia. Consolava-me supor que mais cedo ou mais tarde eu teria condições de compreendê-las. Não somente a criança que crescia, mas a mente que vagava para além do que o corpo poderia alcançar. Coisas que eu não conversava nem mesmo com a Madrinha ou com o Tonho. Coisas de criança, seguramente, mas que eu preferia deixá-las adormecidas por conveniência.

Quando retornamos a casa, por volta das sete horas, todos estavam na varandinha da sala, à nossa espera, encolhidos pelo frio que descia da serra – como era costume na entrada da noite, no início de abril –, em contraponto aos ventos quentes de verão, percebidos até poucas semanas atrás. Deoclécio já dava sinais que gostaria de retornar a Gameleira, pois precisava passar ainda na farmácia por algum motivo que não ficou bem claro. A menina de cabelos cacheados correu ao encontro da mãe, dizendo o quanto brincou e se divertiu com a Luíza naquelas horas em que estiveram juntas até nosso retorno. Prometeu a sua mais nova melhor amiga que voltaria noutro dia para continuarem as brincadeiras.

Na caminhada até em casa vieram conosco, em companhia, a Raimunda do Pedro e o Pedro da Raimunda – depois do café com biscoito de polvilho frito –, contentes em rever a Aparecida, em retribuição a rápida visita que fizemos, no final do passeio, à casinha onde moravam. Pelo caminho, rimos muito, todos nós, pela percepção da inversão maluca das denominações daquele casal – referindo-se a qualquer um deles pelo outro –, que fazia com que a Aparecida não se contivesse. Sobretudo pela lembrança de que isto a remetia ao passado, conforme nos explicou no caminho entre a sede da fazenda e a Tulha Velha. Segundo contou, quando pequeninas, ela e minha mãe, cantarolavam "*Raimunda do Pedro e Pedro da Raimunda*", infinitamente, enquanto brincavam de rodopiar de mãos dadas, sozinhas, no pátio cimentado do Grupo Escolar de Gameleira.

29

Assim que o barulho do motor do jipe do Sr. Deoclécio já não era mais ouvido da varandinha de nossa casa, levando a Aparecida, Verônica e a pequena de cabelos cacheados até Gameleira, resolvi retornar à casa da fazenda, estimulado para retomar minha leitura daquele diário. Deixei para trás o Pedro e sua Raimunda que ainda permaneceriam por bom tempo proseando com o Tonho e a Luíza, que apesar de ficar mais um pouco, já se arrumava para voltar para casa.

"*A criança recém-nascida – no caso uma menina – que prometi para ser adotada por aquela pobre mulher que perdera a sua no aborto em minha casa, finalmente chegou. Na semana anterior, recebi uma carta de uma das minhas queridas amigas judias, do meu bairro no Rio de Janeiro, agora casadas com filhos e netos, dizendo-me para não me esquecer da festa do Purim*[7] *daquele*

7 Festa judaica, celebrada no 14° dia do mês de Adar – décimo segundo do calendário judeu, podendo cair também no décimo terceiro mês hebraico, ou Adar II –, em comemoração

ano, pois que marcaria o ano de 5660 do calendário judaico, coincidente com o de 1900 do cristão. O dia do nascimento da menina coincidiu com esse dia sagrado para os judeus de que tantas vezes participei ao lado das amigas e sua família, festejada com doces e comidas típicas da ocasião. Minha proximidade com aquelas amigas do Rio de Janeiro e a coincidência da data do nascimento da menina com aquela festa, me conduziram a associar a criança que daria em adoção, a bela passagem de um dos livros do Velho Testamento, que relata a história de uma mulher forte, adotada e criada por um tio na velha Pérsia. No momento em que entreguei a menina à sua nova mãe, no dia seguinte pela manhã bem cedo, disse-lhe o nome escolhido para a criança, que esperava fosse mantido. Ensaiei de lhe explicar a razão, mas, recuei".

"Quando cheguei àquela casa, levando a menina recém-nascida, observei que havia um bercinho especial preparado ao lado da cama daquela mulher, que aguardava ansiosa a criança prometida. Era um cesto de taquaras bem trançadas – acolchoado e forrado com uma manta de algodão, bordada a mão, com muito carinho –, que aquela nova mãe havia dependurado na cumeeira do telhado para servir de berço".

"Não tive dúvidas de que a menina seria muito bem cuidada por aquela mulher, agora tomada de choro e alegria, como se acabasse de dar à luz do seu próprio ventre. Trouxe-lhe também fraldas macias de algodão, cueiros, remédios, dois litros de álcool, mamadeiras de vidro com bicos de látex, além de erva doce e outras coisas necessárias nas primeiras semanas do 'post-partum'. Foram as mesmas coisas úteis que também levei para a Verônica no mês anterior, quando nasceu a sua Aparecida".

à salvação desse povo, perseguido na antiga pérsia, no tempo do Império Aquemênida e do rei Assuero. No ano judaico de 5660 –1900 do calendário Cristão –, a data coincidiu com o dia 14 de março. [Nota do Autor].

Até nessa altura da leitura do diário, encapado com seda rosa já desbotada, lida e relida várias vezes por mim, mesmo antes das relíquias que me foram entregues pela Aparecida, apesar das dificuldades com o francês, eu não podia imaginar de quem se tratava. Não conhecia nada que dizia respeito a crenças ou coisas contidas na Bíblia, além do que ouvia vez ou outra na igreja, no momento da liturgia e pregação. Não era uma leitura que me atraia, como as demais, profanas, encontradas em outros livros. Também não tive curiosidade em prosseguir, porque o que me interessava até há pouco tempo era conhecer como era a vida na fazenda na virada do século, na fazenda dos velhos patrões.

Entretanto, nessa noite mesmo, não tardou para que eu associasse tudo isso a uma das relíquias deixadas pela Aparecida, bem no fundo daquela latinha de biscoitos: as páginas arrancadas do Velho Testamento da Bíblia continham o Livro de Esther, a Judia órfã, adotada e criada pelo tio na antiga Pérsia, como fiquei sabendo com espanto. Lembrei-me também que havia em nossa casa uma bíblia, sem capa, que faltavam páginas, mas, da mesma forma, isso nunca tinha me incomodado ou despertado qualquer interesse. De tanto ler essa passagem do diário percebi que sabia de cor cada movimento que a antiga patroa fizera, pois que me fora contada de outra maneira pela Madrinha, quando perguntada pela infância e o nascimento de minha mãe. "A Patroa, meu menino, foi como mãe pra mim. Me deu tudim qui eu percisava naqueles dias dirfícios".

No caso, era uma história que eu ouvia de fonte confiável, que a princípio não teria nenhum motivo para mentir ou omitir coisa que fosse. Mas faltavam mais informações, por isso mesmo eu retornava ao ponto de partida tentando imaginar o que se passava naquelas vidas, cujas escolhas e provações em decorrência dos anos caíram no esquecimento.

"O parto da menina aconteceu em minha casa, apenas na minha presença e da Maria, que jurou pelos santos que jamais contaria nada do que acontecera naquela fazenda nos últimos meses. Tenho confiança nela, pois, nascida nas terras da família, perto da Capital, foi minha ama e amiga em todos esses anos. Mesmo alforriada na semana do meu casamento, jamais quis me deixar por nada deste mundo. A gravidez e o nascimento da criança foram mantidos em segredo nesta casa. Foram meses longos de espera, cuidados e orações. Ninguém, além de nós, conhecida a verdade".

"A mãe da criança, persuadida a contragosto a não ficar com ela – pois que seria dada em adoção, oportunamente, a uma família desconhecida –, jamais soube que dera à luz a uma menina, pois, além da gravidez conturbada e do parto difícil, nas últimas contrações desmaiou e não participou dos momentos finais do nascimento da filha. Não viu a menina, o que facilitou enormemente as coisas para mim. Pensei que não daria conta ao ver tanto sofrimento naquele momento e por isso mesmo contava com a ajuda do Senhor Deus e a experiência da empregada que tinha assistido a tantos partos na vida, inclusive dos meus três filhos".

"Ainda muito fraca e desfalecida, a pobre mãe foi informada no dia seguinte que dera à luz a um menino, mas que ele não resistira ao parto. Achei melhor assim, pois ao ficar sabendo que perdera a criança, seu coração, ainda que profundamente tocado pela dor da separação e do ventre vazio daquela vida que trazia, pôde suportar melhor a situação".

"Quando recuperou a consciência e voltou a participar do que ocorria em sua volta, lembrei-lhe que contamos com a ajuda dos remédios preparados e orientados pela Maria, consciente que corria risco. Como era uma gravidez acidental, não esperada, chorava muito, inconformada com tudo que passara nos últimos meses, certa que mesmo se a criança

tivesse nascido viva não saberia como criá-la sem provocar um escândalo sem precedentes em sua vida".

"Talvez tenha sido melhor assim, querida – arrisquei, sem muita convicção. Ouviu-me calada, sem manifestar o que realmente sentia. Sem ter o que mais dizer completei, meio desajeitada, que o menino fora enterrado ao pé das roseiras brancas, no quintal da fazenda. Mesmo com o coração amargurado, tive forças para acrescentar que tão logo se recuperasse eu lhe mostraria o local onde sepultamos o anjinho. O que nunca procurou conhecer. Resignada, deu por encerrado aquele episódio em sua vida".

Nessa altura, faltava-me conhecer quem era essa mãe a quem a antiga patroa acolheu em casa, protegendo-a com aquele gesto impensável para quem queria se redimir de experiências malsucedidas no passado. Era estranho esse mundo dos adultos. Mas não havia meios de me orientar, pois, a segunda relíquia deixada pela Aparecida, a do retrato do marido da Madrinha, apenas reforçava que não vinha mesmo dali a paternidade de minha mãe, pois se tratava de um homem mulato, apesar de casado com mulher branca. Desta forma, compreendi que minha mãe – com as dúvidas naturais impostas pela própria gravidez –, ainda que suspeitasse não ser filha do Marido da Madrinha, que nunca conheceu em vida, tentava buscar, sem resposta, sua origem. Ou mesmo, instigada pela dúvida do que continha a versão da mãe – sobre ter ficado grávida na mesma ocasião em que perdera acidentalmente o marido no episódio da cobra –, devia buscar outras explicações sem sucesso, ainda que entendesse estar no caminho certo. A Madrinha por diversas vezes contou que o marido tinha morrido por essa razão e mais nada, além disso. Ainda por cima, não havia em nossa casa qualquer coisa que o lembrasse. Nem mesmo algum documento ou retrato. Quando questionada dizia que não tinha retratos do marido para dispor no painel da nossa sala.

Por saber certamente da história da menina dos olhos azuis, possivelmente contada pela Verônica de quem era tão próxima, minha mãe poderia suspeitar que a Madrinha pudesse ter tido um relacionamento com alguém da família do patrão. Isso talvez explicasse sua mudança para a casinha dos fundos da casa da fazenda... Ou ainda, o cuidado que todos da família tinham pelas pessoas da nossa casa, poderia ser explicado por esse entendimento. Soube algumas semanas depois, em conversa direta com a Verônica – que a princípio não queria admitir –, que o fato dela e minha Madrinha terem se desentendido para sempre, tinha a ver com alguma coisa relacionada com as relíquias. Ou melhor, com a fotografia do marido da Madrinha. Verônica admitiu que por ter bebido "uns gole além da conta", segundo ela – quando começou a beber depois da ida da Aparecida para a Capital, aos treze anos –, que, "num marfadado dia," havia insinuado para a Madrinha que minha mãe não era filha do seu falecido marido. E que a Madrinha envergonhada, revoltada e fora de si, interrompeu ali mesmo a conversa, dizendo que agradecia pela ajuda na amamentação da sua filha, mas que nunca mais falaria com ela, "nem na morte".

Lembrou-se que depois do episódio, no dia seguinte, percebeu a asneira que havia cometido com aquela insinuação maldosa. Sobretudo porque não tinha certeza de nada, falando aquilo de brincadeira, mas de forma maldosa, impensada, que jamais imaginara tomar o caminho que tomou. Mas que compreendeu ser tarde para se desculpar, não havendo outra escolha a não ser amargar o erro e respeitar o rompimento da amizade. Entretanto, Verônica não soube me responder quem, na sua suspeita, poderia ser o pai da minha mãe. Apenas disse que era tudo o que sabia e que na sua idade não tinha mais sentido ter segredos na vida. Justificou para mim que foi muito infeliz com o que disse, e por isso mesmo nunca mais teve a cabeça boa para pensar em outra coisa a não ser no remorso que carregava. "Acho que fiquei mesmo doida", acrescentou.

Perguntada, adiantou que a suspeita desse fato se justificava na ocasião, porque a Natalinha, a quem amamentou por muitos meses, deveria ter nascido morena de cabelos anelados como a sua neta que esteve em minha casa há poucas semanas. Mas percebeu depois de muitos anos que podia estar errada, pois viu muitas crianças, filhas de um mesmo casal, "como no caso da Natividade, casada com homem mulato", tendo filhos ora brancos, negros ou mesmo mulatos. Entristecida e profundamente emocionada, acrescentou que aquela conversa desastrada que teve há vários anos com a minha Madrinha – e que lhe custou a amizade de quem mais prezava –, jamais fora mencionada para mais ninguém, "Aprendi a lição, meu fio", completou. "Mais ocê num fala dessas coisa com os ôtro, Miudinho. Morre aqui com nóis".

30

Quase dois meses depois da visita da Aparecida em nossa casa demos início à panha do café, seguindo a orientação do Tonho que havia previsto há alguns meses, que a mesma coincidiria com a última semana de maio daquele ano. O Patrão, como de costume, apressou-se em acompanhar os trabalhos, conferindo de perto o que havia de resultado favorável naquela safra, sobretudo das lavouras novas, localizadas na parte mais alta da fazenda, que prometiam bebida de qualidade especial com aumento considerável na produção. E tudo isso, com variedades cultivadas e disponibilizadas na fazenda dentro das novas regras do Ministério da Agricultura, mesmo que ainda incipientes para as mudas selecionadas e preparadas pelos técnicos da Escola Agrícola de Viçosa. As chuvas foram regulares, favorecendo a que a lavoura atingisse sua melhor produção naquele ano, comparativamente aos anos anteriores, que também não foram ruins. A panha do café cereja, vermelho e bem distribuído entre as folhagens, foi iniciada nas partes mais elevadas da lavoura, voltadas para o norte, que recebiam diretamente o sol da tarde. Todo o café até então amadurecido nas ramas foi derriçado cuidadosamente, tomando-se o cuidado de não deixar nada tocar o chão durante a panha. Para o controle da impureza e para evitar o contato com o solo que modifica e compromete a qualidade do café, lonas improvisadas foram estendidas sob as leiras do cafezal, seguindo orientação dos técnicos da Escola de Viçosa, enviados pelo Ministério da Agricultura. Era a nova etapa de produção, colheita e beneficiamento que se implantava na fazenda, na expectativa de atender ao que exigiam os exportadores da Capital que agora tudo acompanhavam com visitas periódicas à fazenda, visando aos mercados ressurgentes. Naquele ano, apesar das novidades e do treinamento do pessoal para a nova etapa de panha e secagem, o Tonho ficou por conta de supervisionar os trabalhos de catação e ensacamento do café nos armazéns de Gameleira. Assim, deixou para mim as tarefas que julgava serem possíveis para uma criança da minha idade acostumada desde cedo na lida da lavoura sob sua orientação.

O velho Rubião, na espreita sobre o muro da Tulha Velha, observava o movimento das pessoas da fazenda e dos apanhadores que vinham de toda a região e de lugares mais distantes, refazendo seu calendário de proximidade com os humanos que na maioria dos meses observava apenas de longe. Percebi que nesse ano sua presença me trazia não somente lembranças dos tempos mais distantes quando o acertei com a minha primeira atiradeira, mas também de bons momentos, mais recentes, quando o apresentei à Aparecida ou mesmo à Luíza, sem constrangimentos ou preocupação do que pensariam sobre minhas brincadeiras de criança.

Mas era também o tempo da colheita dos frutos que minha curiosidade ou perseverança conseguiu plantar nesses poucos anos em minha vida, mesmo desconhecendo no que resultariam, sem regras, orientações ou normas preestabelecidas. O "tempo do Império", na fazenda, certamente guardava seus segredos, como também o despontar do novo para alguns de seus atores, alimentando-se de suas próprias questões.

Minha mãe era uma mulher clara de traços delicados, como pude observar melhor nos retratos trazidos pela Aparecida, apesar de ser criada na roça, onde o sol impõe sua vontade, mesmo para as coisas mais despercebidas da natureza. Depois de dar à luz a uma criança prematura e se tornar inexistente para sempre, perdeu todo o viço da forma que carregava consigo até segundos antes do meu nascimento. Sofreu do mal que, inconscientemente, trouxe comigo ao ser expulso para a vida naquela noite em que somente o Tonho pôde acudir como parteiro improvisado.

Motivado pelo que podiam representar para a minha mãe aquelas "relíquias", num momento em que pressentia encontrar dificuldades em sua maternidade, pude reunir o que havia a minha disposição de sinais e documentos. Tudo o que jamais imaginava existir que ligasse fatos ou agentes que agora surgiriam para contar a minha própria história.

Percebi fortemente pela primeira vez que, fotografias são o tempo congelado quando permanecem afastadas do observador, guardadas ou escondidas, apesar de despertarem experiências com data e lugar no tempo, diferentes das imagens dinâmicas da memória – ou mesmo do pensamento –, muitas vezes incontroláveis e fugidias. Pois, as imagens da minha mãe que trago na lembrança, ainda são as mesmas que presenciei muito de perto, disformes, com defeitos profundos e viços inexpressíveis, visivelmente prisioneiros no seu corpo. Salvo os seus olhos, que ainda brilhantes e negros como os meus, preenchiam minha vida com o que restava da sua.

Os de minha mãe – que conversavam comigo e tantas vezes me envolveram de ternura, como toda mãe que ama sua cria – observavam tudo à sua volta, como a absorver, para dentro do espírito, o universo que dela se distanciava sem piedade. Ela certamente compreendia e percebia a dureza desse mundo que lhe fora tomado.

As "relíquias" trazidas pela Aparecida, assim como as demais fotografias, depois de analisadas e bem compreendidas, com muito esforço e curiosidade em indagar sobre o passado, fizeram todo sentido na origem das coisas. Ainda que tudo aquilo jamais fizesse parte das minhas indagações pessoais costumeiras – ou de minha curiosidade de menino, recompensada através da leitura –, reconheço que favoreceram perceber a passagem para a resposta do que me propôs os olhos da minha mãe no momento da sua partida.

Apesar do meu interesse por tudo que havia naquela fazenda, percebi que nada mais me importava naquela ocasião, além de conhecer o final da história, ainda que me custasse toda a vida. Mas, por ter conhecido grande parte dela através do que encontrei naquele diário, me propus nada revelar, em nenhuma circunstância. Percebi que não podia mudar aquelas coisas, pois, à duras penas aprendi de um momento para outro, quase de repente, sobre a imutabilidade do passado, na sua perfeição. Absoluto, deveria apenas fazer parte do universo das recordações e do pensamento.

31

No dia de São João, 24 de junho, que naquele ano caiu no domingo, todos da fazenda foram para a cidade onde haveria uma grande comemoração dos cinquenta anos da ordenação do Padre Juquinha. O padre preferiu celebrar o jubileu junto com os moradores de Gameleira que prometeram fogueira, balão e muita dança na praça, ao cair da noite. Resolvi ficar em casa, pois a tragédia com o Tião, no ano anterior, ainda me trazia fortes lembranças. O Tonho, que queria ficar comigo de companhia pelo mesmo motivo – também porque supostamente encontraria na festa com a meia-irmã Rosa e o filho, provavelmente desapegados do luto –, acabou por ceder aos apelos dos amigos, no final do expediente, no dia anterior. Acho que também pesou o apelo da Luíza, cujos pais, segundo soube mais tarde, somente permitiriam que ela participasse da festa na companhia do Tonho. Gostavam dele.

O dia amanheceu escuro, com muito vento, como se anunciasse chuva, e pela primeira vez, nos últimos anos, não fora prevista pelo Tonho, que também contestava a máxima da fazenda nesse dia santo: "*No São João não tem chuva, só balão*". Saíram para Gameleira logo após o almoço, servido pouco depois das dez horas. Parte das pessoas foi com o Patrão e o Pagé na caminhonete. Outros, na carroceria do caminhão de leite, enviado pelo vereador mais votado do Distrito, como também no jipe do Sr. Deoclécio que se prontificou levar com ele outras cinco pessoas, mesmo apertadas no carro. O Tonho, confiante de que se não previra não haveria chuva, ainda que fosse uma chuva fininha de lua nova, foi mesmo de charrete, levando a Luíza e a irmã mais velha a tiracolo. Disse que retornariam antes da meia-noite.

Naquela tarde, depois de organizar o que levar comigo em uma pequena pasta de couro que ganhei do Tonho para guardar minhas anotações e coisas de interesse, fui em direção à biblioteca passar algumas horas envolvido com minhas leituras e estudos. O velho diário encapado com seda rosa desbotada já não era tão procurado, pois não havia mais nada nele sobre o assunto, que avançasse além do que eu já sabia. Adiantou um pouco mais, apenas sobre a mudança da Madrinha para a casinha dos fundos dois anos depois, quando a Maria precisou se transferir definitivamente para Gameleira para ajudar o genro com os filhos, porque sua filha tinha sofrido um derrame, ficando inválida, vindo a falecer anos depois. Sobre essa passagem, comentou:

"*Com a partida da Maria para Gameleira, a casinha dos fundos ficou vazia, como o meu coração. A negra fazia parte da minha vida e dos meus segredos*".

No mês de sua morte, cinco anos depois, escreveu:

"[...] *A solidão e a incerteza de ter feito do meu melhor – ao entregar aquela criança em adoção –, me atormentaram, entrando em conflito com a razão que me conduziu a tomar as decisões que tomei. Passados esses poucos anos, acho que não errei muito. Perdoai-me meu bom Deus, na Vossa misericórdia! Dói em mim, sobremaneira, o problema do passado distante, que ainda me tortura e me diminui como mulher".*

"Não fui suficientemente forte para enfrentar uma realidade difícil e constrangedora, se não, impossível, na minha condição de esposa, para romper, quando deveria, com o que percebera de censurável no meu matrimônio. Mas agi convicta de que não procederia de forma diferente, nas mesmas circunstâncias, obedecendo ao que me pedia o coração. [...] em outra ocasião, ao tentar resolver dois problemas de uma só vez, atendendo a um pedido de socorro, na sua complexidade, porque indesejada, pensei agir certo ou da maneira que me apresentava como uma saída para um problema maior, insuperável. Tudo isso, apesar das incertezas que ainda tento tirar do pensamento, distraindo-me com leituras preciosas em meus livros, meu refúgio conselheiro. Nele encontro forças para continuar minha vida, aprendendo a lidar com minhas fraquezas e questionamentos eternos, sem limites ou respostas".

Quando cheguei à casa da fazenda naquela tarde, apesar do ar seco, o tempo continuava escuro e frio. Nuvens escuras como cortinas plissadas fundiam céu e terra no horizonte. O vento forte, descontrolado, trazia cheiro de chuva, contrariando a certeza do Tonho, como não se via em junho em nossa região, "desde o tempo do Império", como gostavam os mais velhos. Era ocasião em que o tempo claro, sem nuvens desde as primeiras horas do dia, garantia sol e vento, certos para a secagem do café espalhado pelo terreiro. Para não esfriar muito o ambiente da sala da biblioteca com o vento gelado que entrava ruidosamente cada vez mais forte, mesmo pelo assoalho da casa, tive a iniciativa de abrir apenas a primeira das janelas, a do canto, que continha em uma de suas bandeiras as Folhinhas Eclesiásticas de Mariana. Quando aberta, a bandeira da janela ficava encostada na parede onde se encontravam as fotografias da família do antigo Patrão com os filhos e parentes próximos, como a foto da onça morta com a língua para fora, do caso da menina dos olhos azuis, dentre outras.

No momento em que abria a segunda bandeira daquela janela, precedida de um barulho indecifrável – como o prenúncio de uma trovoada em céu escuro –, rajadas de vento empoeiradas entraram com muita força e barulho pela sala, como um redemoinho descontrolado, destroçando tudo o que havia de solto na biblioteca. Fechei os olhos com força, enquanto segurava a parte da vidraça, para me proteger do vento que entrava com violência. A outra bandeira interna da janela, aberta e solta, girava doidamente de lado a outro sobre a dobradiça – dando pancadas fortes no beiral –, até atingir, em cheio a minha mão, com muita força, fazendo-me largar a parte que segurava. As luzes da biblioteca começaram a piscar freneticamente até apagarem-se de vez. Houve um estrondo naquele momento, seguido de outros, em que se ouvia partes da janela batendo nas paredes, espalhando cacos de vidro pelo ar, assim como dezenas de Folhinhas de Mariana, rasgadas pelo chão e sobre mim, agora caído e assustado com tudo aquilo. O vento continuava forte e em rajadas cortantes, tenebrosas, trazendo também chuva de granizo que tamborilava no assoalho e chicoteava no telhado, quebrando telhas e o que restou dos vidros das outras janelas da fachada da casa. A ventania era tanta que fazia pressão em meus ouvidos, deixando-me momentaneamente ensurdecido, enquanto percebia tremer a casa sob os pés. Por um instante pensei que as paredes da casa também não suportariam a força do vento que continuava forte, pois que se ouvia o barulho de telhas se soltando na varanda da frente, arremessando cacos e detritos pelos cantos. O céu escureceu completamente, sob estrondos contínuos enquanto galhos e árvores inteiras dançavam em ciranda como loucas pelo céu.

Passados longos minutos daquela ventania empoeirada como jamais vira, acompanhada de raios e trovões que rasgavam o céu, percebi ter passado o pior, ainda que sem muita convicção. Era, certamente, mais um desejo. Tive muito medo de que tudo recomeçasse. Na sala da biblioteca havia rastros de sujeira, quadros caídos, destroços de vidros quebrados e folhas espalhadas por toda parte, com muito gelo amontoado no assoalho ao pé da janela aberta. Machuquei um pouco a mão direita com a batida da bandeira da janela e tive escoriações nas pernas e braços, mas sem consequência. Fazia muito frio e a escuridão ainda persistia no horizonte, com fracos claros entre nuvens, mas apenas para me lembrar de que ainda não era noite.

Sobressaltado, limpei um pouco do que pude da sujeira espalhada no assoalho, empilhando num canto da sala o que restou dos vidros quebrados. Joguei pela janela, sobre o assoalho da varanda, colhidas no chão do escritório, latas e latas de pedras de gelo que tombavam sobre os destroços. Depois de recolher e separar o que ainda restava de folhas inteiras das Folhinhas de Mariana, ajuntei sobre a mesa grande de jacarandá os quadros que caíram pela força do vento sobre o assoalho. Dos envidraçados com fotografias, apenas o que mostrava o Patrão e seus irmãos pequenos, ao lado dos primos, Dona Regina com o Deoclécio no colo, ficou com parte da moldura muito danificada pela queda.

Não havia clima para continuar naquela tarde com o meu projeto de permanecer por ali, pois o estrago feito pelo vento e a chuva de pedras de gelo não deixava espaço para leituras. Além disso, o que se via da janela era assustador, mesmo fantástico para uma criança que não sabia quase nada da natureza. Era possível perceber um rastro largo de árvores e galhos amassados até o horizonte como se fora pisoteado pelo gigante Atlas das lendas gregas. O branco formado de camadas sobrepostas de gelo sobre a relva, como nuvens grossas, esbranquiçadas, predominava nos morros e campos, servindo de fundo para árvores desfolhadas e retorcidas, como se flutuassem no céu.

Depois de dependurar alguns dos quadros que não foram danificados e arranjar como podia os objetos espalhados que se desprenderam das mesas e das estantes e tendo fechado como pude a janela, voltei para casa, levando comigo aquele quadro com a moldura quebrada para ver se o Tonho, com sua habilidade de marceneiro, me ajudaria a recompô-lo. Mesmo antes de sair pelo portão de ferro que dava acesso ao pátio interno da casa da fazenda, andando com dificuldade sobre o gelo espalhado, observei do outro lado centenas de telhas quebradas e espalhadas por terra, caibros retorcidos, camadas densas de granizo misturado às folhas e galhos arrancados de árvores distantes.

No trajeto pela estrada, do quintal da fazenda até o terreiro de café, a desordem estava instalada. Havia pés de café inteiros arrancados ou dobrados sobre eles mesmos, com milhares de litros de frutos verdes e maduros espalhados por todo lado, em meio a folhas, gravetos, poeira e muito gelo ainda seco. Postes da rede elétrica caíram por terra ou permaneceram dependurados por fios embaraçados na copa das poucas árvores que restaram ao longo da estrada. De longe observei – apesar da penumbra do céu revolto, que deixava um brilho cinzento em tudo, sem sombras –, que o telhado da nossa varandinha havia desaparecido juntamente com os bancos de madeira, levados pela ventania. Da mesma forma, paredes da Tulha Velha caídas sobre o terreiro misturavam-se com telhas arrancadas da cobertura do escritório ao lado. O mastro de São João Batista da igrejinha tombou por terra, caído sobre os escombros da ventania, na mesma direção onde tombou morto o cavalo do Tião no ano anterior. A parte superior do mastro – com a gravura do santo abraçado ao cordeirinho, faixas com bandeirolas, enfeites e outras alegorias criadas pelo avô do Tonho –, foi arremessada para longe, vindo a parar, despedaçada, na extremidade oposta do terreiro de café.

O velho pé de ingá que ficava nos fundos de nossa casa, onde os macacos prego dormiam desde sempre, estava tombado na direção imposta pelo vento, com as raízes apontadas para o céu. Passarinhos, jacus, saracuras, cotias, micos e grande parte da criação que andava solta pelo terreiro jaziam inertes por todo canto, misturados à soca revirada pela tempestade. Por trás da nossa casa, em direção à mata, uma clareira se abriu até bem alto na serra, formada por árvores centenárias desabadas sobre as outras. Todo o café colhido na semana – protegido nos quatro cantos do terreiro, no dia anterior, sob lonas enceradas, aguardando o dia seguinte para a secagem ao sol –, estava esparramado e disperso, misturados a folhas, terra, areia e gravetos que desceram o morro, conduzidos pelo vento enfurecido. Nas mesmas condições, havia frutos de café, sujeira e pelotas de granizo empoeiradas, acumuladas nos telhados que restaram da vizinhança.

Desolado, mas determinado, entrei em casa pela janela da sala deixada aberta, de coração acelerado, pisando sobre os escombros do telhado da varandinha, entre caibros ripas e telhas quebradas. Também queria pegar um agasalho mais quente, pois o frio continuava intenso. Estava tudo revirado. Das paredes de trás da casa, observei que apenas a que estava ao lado do fogão não tinha sofrido maiores danos. Tive medo só de pensar que por pouco eu também poderia ter sido levado pela ventania.

Senti-me muito sozinho e impotente frente a tanta destruição provocada por um fenômeno que apenas ouvira do relato dos mais antigos ter acontecido há muitos anos, com alguma recorrência, mas jamais com a mesma brutalidade. Pelo momento, não havia o que fazer em relação aos estragos percebidos na fazenda, até que as pessoas mais velhas retornassem de Gameleira para ver por onde começaríamos a recolher e apartar dos destroços o que ainda sobrava de útil. "Deve ser assim um cenário da guerra", pensei, comparando o que presenciava com o que ouvia no rádio sobre o rescaldo da Segunda Guerra que chegava ao fim. Tive medo de que o fenômeno retornasse e me pegasse novamente desprevenido. Apesar disso, abri as outras janelas da casa para deixar entrar um pouco da luz que ainda brigava com o fim da tarde e do vento, agora mais limpo e mais brando, pois havia poeira em suspensão por todo lado. No chão da sala, próximo à parede do painel com os retratos da família, estava caído aquele em que minha mãe e a Aparecida, no primeiro dia de aulas, entravam com seus cadernos no Grupo Escolar de Gameleira, quando tinham sete anos de idade.

Retirei da parede o painel com os demais retratos da família e o dispus sobre a mesa da sala, para fixar posteriormente a fotografia caída. Do lado coloquei também o quadro quebrado que trouxe da casa da fazenda, com o objetivo de consertá-lo oportunamente, com a ajuda do Tonho, antes de devolvê-lo à sala da biblioteca. Estava escuro dentro da casa, exigindo que ligasse o lampião da sala, que não era utilizado há vários meses desde a chegada da energia elétrica à fazenda, no final do ano anterior. Queria organizar um pouco as coisas, assentar poeira, para decidir, com o espírito menos sobressaltado, o que fazer até o momento de sair em direção a Gameleira para avisar a todos sobre os acontecimentos.

Nesse momento ouvi um chamado do lado de fora da casa. Era o novo vaqueiro, o Nequinha, responsável pelo gado de engorda, dizendo que lá pelas bandas do curral da Mata Grande, onde ficava a sua casa, houve também muito estrago além da morte de um novilho, atingido em cheio por uma lasca de tábua desprendida da tronqueira, que lhe atravessou a cabeça, entrando pelo olho. Disse que, passado o mal maior, sangrou o animal, ainda agonizante, deixando-o próximo à sua casa, aos cuidados da mulher que aguardava instruções do que fazer dali para frente. O homem confessou estar muito assustado com tudo aquilo, mesmo sem ainda saber se houve outras mortes de animais além daquela.

Contou que, vindo depressa a pé pelo caminho, encontrou muita destruição e gelo que cobria os morros e todo o trajeto. Que dava pena ver tanto cafeeiro desfolhado, outros arrancados, com os frutos espalhados pelo terreno, de alto a baixo da fazenda. "Era muito disispero", concluiu, desolado. Decidido o que fazer com o bezerro morto, que consistia em retirar-lhe o couro e aproveitar tudo como devia, pedi-lhe que, por hora, arriasse um dos cavalos do pastinho, atrás da Tulha Velha e fosse naquele momento até Gameleira avisar ao Tonho e as demais pessoas sobre o ocorrido. Minutos depois, com a noite instalada – pouco antes de o Nequinha sair a cavalo em direção a Gameleira –, se juntaram a nós os pais da Luíza, assustados, mas aliviados por me encontrarem bem. Contaram histórias não muito diferentes do que viram do seu lado da fazenda.

Uma semana depois daquele acidente – que finalizou com uma geada fria e seca que cobriu grande parte da fazenda, com o gelo esparramado na lavoura até bem tarde no outro dia –, verificou-se que a maior parte do café naquele ano foi perdida. Da mesma maneira, muitos alqueires de lavoura foram destroçados ou mesmo arrancados pelo vento, a ponto de supitar suas raízes para fora da terra. A lavoura nova da região mais alta da fazenda – completamente desfolhada, retorcida e queimada pela geada –, precisou ser recepada[8] precocemente no final da panha.

8 Poda radical em que é cortado o tronco do cafeeiro a uma altura igual ou próxima de 20 cm do chão, visando sua regeneração e produção dentro de dois a três anos. Normalmente indicada para pés velhos e improdutivos, ou que tenham sofrido algum dano que o impossibilite de ter a produtividade esperada.

32

O golpe provocado pelo estrago na lavoura e na colheita naquele ano, além da destruição de árvores, benfeitorias, paredes e telhados das construções por onde passou o tornado – nome atribuído à ventania na ocasião por dois técnicos do Ministério da Agricultura, em visita à região –, foi muito forte para o Patrão. Desconsolado, por diversas vezes repetiu baixinho, para si mesmo, "não há segurança nesta terra frente à natureza".

Depois daqueles dias, parece que não se importava com mais nada, a não ser visitar, de vez em quando, os primos em Gameleira, com alguma passagem nos armazéns, agora reduzidos na mesma proporção de importância da produção na fazenda. Deoclécio o buscava e o trazia no seu novo jipe, uma ou duas vezes por semana, pois o primo não dirigia mais a sua velha caminhonete, agora abandonada na cocheira da casa ao lado das charretes e dos arreios envelhecidos. O Patrão não queria administrar mais nada. Ficava frequentemente em casa, ora na sala, ora na varanda da frente nos dias mais quentes, aos cuidados da Raimunda do Pedro que o tinha como um velho pai, que conhecera desde menina naquelas terras.

O Tonho passava na Casa Grande no final das tardes para reportar sobre as atividades do dia. De vez em quando jantava com ele para prolongar conversa. Ele gostava da sua presença, mais do que saber sobre o que aconteceu de mais importante na administração da fazenda. De tempos em tempos recebia visitas de pessoas mais próximas, assentado confortavelmente na poltrona de couro da biblioteca, de chinelos – que tirava descontraidamente para sentir sob os pés a suavidade do pelo da velha onça pintada estendida sob a mesinha de jacarandá esculpida pelo avô do Tonho. De vez em quando um filho aparecia para convencê-lo a se mudar para a Capital, onde teria melhor assistência médica, em companhia da família, sem sucesso. Se insistisse, dizia existir uma declaração sua, em posse do Tonho que, embora tenha sido escrita há muitos anos, fora reconhecida no cartório de notas de Gameleira e em dois outros em Perobeiras, tendo como testemunhas o vigário e o primo Deoclécio. Nessa declaração, exigia não ser medicado ou levado para nenhum lugar fora de Gameleira em caso de doença. Nem mesmo para o Hospital Nossa Senhora Auxiliadora, na cidade.

O Patrão exigia ainda, em complemento, que queria morrer em casa e ser enterrado no cemitério de Gameleira, ao lado da igreja de São João Batista. Queria seu descanso no túmulo onde enterraram seus pais e os dois irmãos. Mas que tinha pesar de ficar longe da única filha que morreu ainda criança, de sopro no coração, e da esposa, ambas enterradas na cidade: a mulher, a pedido dos filhos, para facilitar suas vindas diretamente da capital; a menina, pelo mesmo motivo, por exigência da mulher.

Distensionado completava "que um dia os filhos receberiam notícias da sua morte, mas que ainda viveria por muitos anos". O Patrão tinha razão, conviveu conosco por mais quinze anos, falecendo aos 90, em 1960, do jeito que queria morrer.

A produção de café na fazenda a partir daquele ano da ventania entrou em declínio, restando apenas lavouras mais novas, de alguma qualidade. Entretanto, não somavam nem mesmo a quinta parte da produção do tempo em que o Patrão, com sua habilidade e amor pelo café, se dedicava inteiramente ao que mais gostava de fazer. Ele imaginava, ou mesmo sabia, que quando deixasse esse mundo, nada daquilo ficaria para contar sobre a vida naquelas terras. Pois, pressentia como qualquer pai pressente – assim como o Tonho em suas advertências acertadas do tempo –, que os filhos jamais continuariam o que fora iniciado por sua família desde o tempo do Império. O gado de corte que sobreviveu à ventania foi vendido e nunca mais reposto.

Nas suas últimas idas à Capital, meses antes do tornado, transferiu legalmente o que ainda tinha em seu nome para os netos, com usufruto seu, divididos igualmente entre eles do que seria auferido com o leilão da fazenda e de outros bens, autorizado para somente dez anos depois de sua morte. Durante esse período de dez anos, determinou que o Tonho e os primos, Deoclécio e Regina – com compensações equivalentes dos lucros com o negócio do café –, administrassem a fazenda e benfeitorias, com vistas a essa venda em leilão na ocasião prevista. Na falta de um deles, por algum motivo, os restantes definiriam o terceiro para assumir, conjuntamente a continuidade da administração até o leilão.

Nos dias seguintes ao vendaval, sem cabeça para me concentrar em qualquer coisa que não fosse ajudar com os trabalhos de reconstrução da fazenda, não tive vontade de retornar às minhas leituras nem à reconstituição dos retratos dispostos sobre a mesa da sala. No caso, apenas pedi à Luíza que os cobrisse com um lençol, para aguardar a hora de voltar a ver o que devia ser feito com aquilo. Na véspera, o Tonho me orientou que seria necessário refazer um dos lados da velha moldura de jacarandá do quadro quebrado, completamente destroçado, esculpindo no novo, baixos relevos, semelhantes ao original.

"Posso fazer para você, ou te ajudar, se quiser", completou. Pedi-lhe que assim que pudesse, preparasse também outro painel como aquele da nossa sala para colocarmos mais fotografias da família, junto com aquelas cedidas pela Aparecida, que supostamente nem ele mesmo conhecia.

Na noite de São Pedro, cinco dias depois do acidente, sem festa, milhares de pés de café foram queimados no terreiro cimentado em frente à minha casa, numa grande fogueira, provocando muita tristeza e consternação por parte da maioria dos empregados e amigos que se solidarizaram conosco. Os pés de café tombados ou destroçados pelo tornado foram recolhidos e amontoados nos terreiros de café em pilhas gigantes. As chamas que entraram pela madrugada, consumindo o que restou do cafezal destruído, ainda com restos de frutos nos galhos, foram vistas até em Gameleira pelos moradores, assustados com aquela visão clara no horizonte, como se anunciasse o nascer do sol. Também o cheiro do café torrado, levado pela fumaça que cobriu a lua durante várias horas, chegou ao Distrito, aos primeiros sinais da alvorada, a tempo de despertar, com seu aroma inconfundível, os mais antigos dos seus sonos mais profundos. A força do fogo que ardeu durante várias horas naquela queima dolorida, transformando em cinzas o que fora queimado do cafezal arrancado, destruiu a parte antiga do piso cimentado do terreiro de café que jamais foi reconstruído.

No dia seguinte resolvi que era hora de remontar o quadro com o antigo retrato do Patrão, irmãos e primos ainda crianças, cuja moldura ficou com um dos lados danificados. Desprendida a parte quebrada da moldura retirei com cuidado o vidro e a fotografia, sem muita dificuldade, pois estavam apenas alojados no acabamento interno, preparada com fina lâmina de jacarandá pelo avô do Tonho.

Era domingo à tarde. Eu estava sozinho em casa naquele dia, preparando e organizando também as demais fotografias para receber o que o Tonho se dispôs a finalizar na serraria, onde o pai da Luíza e dois ajudantes trabalhavam todos os dias no aproveitamento da madeira das árvores derrubadas pelo vento. Preparavam tábuas, caibros e esteios para a recomposição do que fora destruído pelo vendaval. Naquela tarde o Tonho trabalhou sozinho no novo painel para as novas fotografias e na finalização da restauração da moldura de jacarandá, usando as mesmas ferramentas do velho avô Petrônio com o propósito de reproduzir a arte que herdou por merecimento. Desta vez, ainda pela manhã, o Tonho também havia cooperado com o nosso acervo de fotografias, apresentando outras até então esquecidas há anos em um alforje dependurado na parede do escritório novo, ao lado do que restou da Tulha Velha.

Finalizada a minha tarefa, e enquanto aguardava o retorno do Tonho, observei que no verso da fotografia com as crianças da antiga família do Patrão, havia um contorno livre, feito a lápis, que marcava nitidamente a silhueta de cada uma delas. O contorno das pessoas fora desenhado, possivelmente, com auxílio de luz projetada pela frente da foto. Lá estavam, visto da parte posterior da fotografia, da esquerda para a direita: Dona Regina, aos sete anos, com o pequeno Deoclécio ao colo; o irmão mais novo do patrão, ao lado, segurando uma bola com as mãos; o outro, com as mãos atrás, de calças curtas com suspensórios, e, finalmente, o Patrão, com cerca de quinze anos, segurando com a mão esquerda a guia do carro de bois apontada para cima. Ocorre que sobre a silhueta do contorno da figura da Dona Regina – percebida no verso, apenas na contraluz, apesar de desbotada – via-se a frase: "*Purim, 5660*".

Estimulado, mas consciente do que se tratava, e quase sem fôlego, virei a fotografia de frente para observar com mais cuidado o retrato da Dona Regina com o Deoclécio ao colo, na mesma projeção da frase. Naquele momento, como na observação da similitude das coisas da natureza, percebi que alguma lembrança a remetia à minha mãe, quando tinha a mesma idade, na ocasião em que foi fotografada ao lado da Aparecida, em frente ao Grupo Escolar de Gameleira. Mas não era tão evidente, possivelmente, porque eu me sentia sobressaltado pela descoberta. Entretanto, a aproximação das duas fotografias ali naquele momento foi inevitável: apesar da postura dos corpos, comparativamente, não se mostrar evidente, os olhos revelaram-se inegavelmente os mesmos. Eu era, sem dúvida alguma, neto da Dona Regina.

Quando o Tonho terminou o trabalho de restauração da moldura, igualando-se, a meu ver, com a arte do avô Petrônio, eu mesmo completei o quadro, ainda naquela tarde. Ajuntei-lhe o vidro e o retrato, agora limpos, encerrando definitivamente nele o que compreendi ser o final da minha busca, atendendo ao que me recomendava os olhos de minha mãe no dia em que nos deixou. Fui pessoalmente dependurá-lo na parede da biblioteca – agora refeita dos estragos da ventania – onde a antiga patroa um dia o depositou de forma especial, com o último elo do seu segredo.

Rubião, o lagarto cotoco, nunca mais foi visto sobre o muro da Tulha Velha. Acho que, concordando irremediavelmente com o convite dos deuses, foi levado pelo vento para uma festa no céu.

Três anos depois, ao finalizar a leitura de grande parte dos livros da biblioteca, deixei para trás a fazenda e o cafezal para estudar agronomia na Escola Superior de Agricultura e Veterinaria de Viçosa, que naquele ano seria convertida em Universidade Rural de Minas Gerais. Terminado o curso, rumei para Mato Grosso.

Grupo
Editorial
LETRAMENTO